琼瑶
作品大合集

彩霞满天

琼瑶 著

作家出版社

琼瑶，本名陈喆，作家、编剧、作词人、影视制作人。原籍湖南衡阳，1938年生于四川成都，1949年随父母由大陆赴台生活。16岁时以笔名心如发表小说《云影》，25岁时出版首部长篇小说《窗外》。多年来笔耕不辍，代表作包括《烟雨蒙蒙》《几度夕阳红》《彩云飞》《海鸥飞处》《心有千千结》《一帘幽梦》《在水一方》《我是一片云》《庭院深深》等。

多部作品先后改编成为电影及电视剧，琼瑶也因此步入影视产业。《六个梦》系列、《梅花三弄》系列、《还珠格格》系列等，影响至深，成为几代读者与观众共同的记忆。

琼瑶以流畅优美的文笔，编织了众多曲折动人的故事。其作品以对于梦的憧憬和爱的执着，与大众流行文化紧密结合，风靡半个多世纪，成为华文世界中极重要的文学经典。

我為愛而生，我為愛而寫
文字裡度過多少春夏秋冬
文字裡留下多少青春浪漫
人世間雖然沒有天長地久
故事裡火花燃燒愛也依舊

瓊瑤

第一章

乔书培漫步在沙滩上。

是三月的末梢，阳光暖洋洋地照射在海面及沙滩上。那些白色的细沙，被阳光染成了一片金黄。海面上，像是敲碎了一海的玻璃屑，反射着点点光华，亮晶晶的，闪熠熠的，明晃晃的……炫耀得人睁不开眼睛。

乔书培敞着夹克，迎着那带着咸味的海风，无意识地在海滩上走着。低着头，他看着自己在沙上留下的足迹，那单调的、清晰的、孤独的一行足迹。他微蹙着眉梢，陷在某种若有所待的沉思中。三月的末梢，天气仍然带着凉意，海边的风，吹扑在人身上，是凉飕飕的。这种季节，海边总是静悄悄的。不像夏天，这儿会充满了弄潮的孩子们，追逐嬉笑的少男少女，以及拾贝壳的、打水战的、又叫又闹的顽童们。夏季，这儿是孩子们的天堂。而现在，海边却阒无一人，只有他在这儿默默凭吊。

他数着自己的脚印，带着分寥落的、萧索的、酸楚的感觉。

在海湾的另一边，就是渔船出海及归航的所在，码头上永远热闹喧哗。码头和小镇是相连的，这西部的小海港虽然已在最近繁荣了不少，却仍然维持着它朴拙的民风。而海湾的这一边，绵亘着沙滩与岩石，顺着海岸走，你似乎可以走到世界的尽头。他曾经走过，一小时，两小时，三小时，从日出走到日落……只是，那时候，印在沙滩上的足迹不是他一个人的，另一对细小的脚印总是追随在他身边，一路追随到世界的尽头。

而今，那对脚印呢？

他一凛，心头似乎被针刺了一下，抬起头来，他看着那海边耸立的岩石，那些巨大的石块，被海浪日夜扑打，被海风朝夕侵蚀，日复一日，年复一年，都磋磨成了不同的形状，有的像恐龙，有的像老鹰，有的像张牙舞爪的怪兽，也有的平坦光滑如一片石板。小时候，这儿是捉迷藏的好地方，只要躲进这些石堆里，好几小时都可以不被发现，当你渴望孤独的时候，这儿也是隐藏住自己的最佳隐蔽所。他曾经隐藏过。在那些巨石与巨石之间，有个仅可容人的狭小石缝，缝后有个小小的石洞，他给它取了个名字叫"鹰巢"，因为这洞的上面，就是那块直耸入云、状若老鹰的巨岩。这石洞是他的秘密，全世界，只有另外一个人会在这石洞里找到他。

他心底的刺痛在扩大，扩大成了一片迷惘的、怆恻的情绪。不由自主地，他背向海洋，往内陆的方向走去。他的脚步熟悉地走往那个方向：那片稀疏的防风林。防风林在海滩的周边，由许多像松树般的树木造成的。小时候总是疑惑，沙地上怎能长出松树？他以为松树是属于高山峻岭的。长大后，才知道这些并非松树，而是一种名叫木麻黄的植物。走进树林，他再深入了几百米，地上仍然是软软的细沙，沙上躺着一些无人注意的、像松果般的果实。他弯腰拾起了一枚。多年前，他也曾在这树林中游荡。他直起身子，耳边似乎听到一个细小的声音在说：

"我捡到一只小麻雀，它不会飞了。"

他猛地一惊，抬起头来，四面没有一个人影。阳光穿过树隙，在四周投下许多树木的阴影。他深吸了口气，小麻雀，是的，那是只不会飞的小麻雀。他似乎感到一只小手把麻雀放进他的手中。

"你会治好它，是不是？"

他带走了那只小麻雀，只为了那个信赖的声音。一星期以后，小麻雀长成了，他们把它带回林中，望着它振翅飞去。那是他和她第一件共有的东西，共有的希望，共有的祝福和共有的欢乐。

他倚靠在树干上，迷茫地抬起头来，心里恍恍惚惚地想着拉马丁的诗句："旧时往日，我欲重寻。"谁能寻回旧时往日？永远没有人能够！他透过那稀疏的树木，眼光直射向林外，搜寻着望向东方，在那儿！他又看到了那栋老屋！那栋古老而庄严的老屋！"白屋"，大家都这样称呼这幢老房子，因为，据说它最初是由白色的大理石片砌成的，后来，石片斑驳了，才补上了其他五颜六色的建材。"白屋"早就不是白色了，但，它依然那样壮丽，那样倨傲，那样带着它特有的傲岸的气质。它耸立在那儿，漠然地面对着海洋，面对着那块高大的"鹰岩"。

"白屋"和"鹰岩"像两个对峙着的巨人。他总把这栋房子称为"巨鹰之家"。奇怪"白屋"和"鹰"之间的关系，它的主人姓殷，面对着"鹰岩"，是有意？还是无意？小时候，总觉得住在白屋里的人又神秘，又幸运，又与众不同。似乎比所有的人都要高一等。现在呢？老屋的外墙早已灰败，上面爬满了绿色的藤蔓，拱形的视窗，看不到窗纱，也看不到人影。倨傲的老屋只剩下了一分难以描述的寂寞和冷清。昨天，父亲轻描淡写地说过：

"知道吗？白屋要拆掉了，有人投资，在这儿盖一家观光旅社。"

他凝视那老屋，那楼上是一排窗子，从右边数去的第三个窗口，有个女孩曾倚窗而立，有个女孩曾倾听海鸟的啁啾，有个女孩曾弹奏着钢琴，用软软的童音，唱一支好单纯、好细致的歌：

> 彩霞满天，
>
> 渔帆点点，
>
> 海鸟飞翔，
>
> 海浪腾喧，
>
> 对此美景，
>
> 惜取少年！
>
>
> 彩霞满天，
>
> 落日正圆，
>
> 今宵过去，
>
> 还有明天，

　　珍惜光阴，

　　把握少年！

　　是的，彩霞满天！这海岸是朝西的。每到黄昏，落日就又圆又大又灿烂，镶着一圈金边，往海面缓缓沉落。而满天云彩，全被落日染成了绚烂的、亮丽的、变幻莫测而光芒耀眼的色泽。从小，他就被海边的黄昏所捉住，他常常屏息地站在海边，一瞬也不瞬地注视着那落日沉进海洋，和那满天的彩霞，逐渐变成幽暗的暮色。体会着造物的伟大，宇宙的神奇，和那日升日落、潮来潮往的玄妙……他常看得那么出神，那么专注，以至于忽略了身边那小小的"影子"。是的，她是他的"影子"，曾伴着他看落日，伴着他看彩霞，伴着他迎接暮色……

　　如今，那女孩呢？他闭上眼睛，不由自主地一甩头，过去的都过去了！弹琴的女孩、捡小麻雀的女孩、白屋里的女孩、到岩洞里找他的女孩、陪他看落日的女孩、跟着他走往世界尽头的女孩……是已经消失了，再也找不回来了。他垂下眼睛，强迫自己把目光从"白屋"上移开。用脚尖踢了踢脚下的沙子，他无意识地呼出一口气，抬起脚来，他离开了那伫立之地，在林中茫无目的地走着。他似乎走了很长的一段路，然后，他忽然站住了，记忆的底层，有一点小火花在闪动。他四面搜寻，终于，他看见了那棵林中最古老的大树，有纠结的树干，如云如盖如亭的枝丫和树叶，他奔了过去，用手扶着那树干，他围绕着它找寻，树干上有层青苔覆盖，他小心地去剥落那青苔，然后，他找到了！在树干的根部，有块老早老早被刀子削剥的痕迹，那痕迹上，是一片模糊的阴影，仿佛可以看出字迹。他蹲下身子，仔细地去辨认那用蓝墨水写下的字；什么都看不清了！只是一片模糊的阴影，一些污染的痕迹，没有字，没有蓝墨水，他瞪视那痕迹，在内心的刻版上，却清楚地重印出那两行字：

女生爱男生，羞羞羞！
殷采芹爱乔书培，羞羞羞！

就为了这两行字，当初这儿曾经发生多大的一场"战争"，他一个人打三个人，被打得鼻青脸肿昏天黑地，简直是第三次世界大战。他还记得自己被打倒在地上，躺在那儿动弹不得，肇祸的人一哄而散。然后，就是她了，那女孩悄悄地、怯怯地、无声无息地靠近了他，拿着条小手帕，枉然地想弄干净他脸上的血痕和污渍。而他，他怎样呢？他对着她一阵狂吼大叫：

"走开！你这个倒霉鬼！碰到你就倒霉！你最好离我远一点！走开！走开！"

至今记得她当时的神情，小脸蛋涨得通红，乌黑的眼珠被一池清泓所淹没，小嘴巴瘪呀瘪地，终于"哇"的一声，痛哭着跑走了。

这就是当年的自己！有一颗坚硬的、残忍的心！有一副倔强的、鲁莽的个性！有一份易感的、可怜复可叹的自尊！从小，他就是个孤僻的、矛盾的怪物！怎么值得一个女孩毫无理由的崇拜和关怀？

他轻叹了一声，为了那无知的童年。然后，靠着树干，他在沙地上坐了下来，仰起头，他望着那树叶隙缝里的天空，这正是彩霞满天的时候，落日洒下了无数的金色光点。低下头，他看着地上的细沙，那带着些儿湿润的、白色的细沙，他不知不觉地拾起一枝枯枝，在沙上无意识地写着字：

"殷采芹，殷采芹，殷采芹，殷采芹……"

他写了无数个"殷采芹"，当面前的沙地写满了，他就一个名字盖在另一个的上面，继续写着，直到那脆弱的树枝折断了。那清脆的折裂声使他微微一震，他终于抛掉了树枝，慢吞吞地把头扑在弓起的膝上。

海浪扑击着岩石，在喧嚣着。海风穿过了树林，在低吟着。他坐在老树干的下面，默默地咀嚼着那个名字，回忆着那个名字，思想着那个名字：殷采芹，殷采芹，殷采芹……殷家的女孩！白屋里的女孩！殷采芹，殷采芹，殷采芹……他的记忆被带回到许许多多年以前。那些记忆是一个片段接一个片段，像海浪般一波又一波，对他纷纷地、汹涌地、前仆后继地卷了过来。

第
二
章

　　乔书培第一次到这个西部的小海港，才只有六岁。

　　他是跟着父亲乔云峰迁居到这儿来的。当时，这儿的某机关需要一个办文书工作的人，相当于秘书的职位，说起来不算什么好工作，待遇低，又远处荒凉的海滨。但是，乔云峰却毅然放弃了台北的都市生活，带着他扑奔这远迢迢的陌生小镇。乔书培不知道父亲为什么做这样的决定，只隐约地明白，这件事和母亲的弃他们而去有重大的关系。母亲，母亲在他印象里已只是一个模糊的影子，像水雾里的一颗寒星，朦胧、遥远、虚幻而美丽。他总记得母亲有对含愁的眸子，总记得她离去之前常常抱着他暗暗饮泣，总记得她和父亲间曾有一段长时期的冷战……然后，她走了，不再回来了。然后，乔云峰把他带到了这个遥远的小海港。

　　到达这儿的第一天，他们住进了公家配给他们的宿舍，一栋好简陋好简陋的小屋，竹床、竹椅、竹书架……四壁萧然。至今，乔书培记得父亲把他拉到面前，严肃而郑重地盯着他，用近乎沉痛的语气，一个字一个字地说：

"这是一个新的开始，书培。从此，你只有父亲，没有母亲，就让我们父子二人相依为命。我们会过得很清苦，不过，我会教育你成一个独立自主的男子汉！"

这样，乔书培开始了他那海港中的童年。

第一次见到殷采芹是他念小学一年级那天。

那天，因为下午要新生训练，本来只上上午班的一年级新生，增加了下午的课程。因而，学校命令全体学生都要带"便当"（盒饭）。那真是漫长的一天，是记忆深刻的一天，是尴尬而难挨的一天！

便当是父亲给他准备的，乔云峰父兼母职，原就十分生疏，那便当的饭是从公家大厨房里盛来的，上面只有一些肉松、酱瓜和几丝辣椒萝卜干。乔书培不在乎他的饭盒寒酸，他深知父亲已经尽了他的全力。只是，上课第一天，他紧张得什么似的，所有的同学他都不认得，而那些同学彼此间都是邻居，大家熟悉得很，有说有笑有闹，只有他，孤零零的没有人理。而这些孩子中，有个长得又高又壮又结实的男生，显然是孩子头儿。乔书培不知道他的名字，只听到所有同学都叫他"小老鹰"。乔书培不明白这外号怎么来的，那孩子浓眉大眼，声音洪亮，一点也不像老鹰，倒像只老虎。

事情发生在吃午餐的时候。全班都坐定了，老师在台上喊了一声"开动"，大家就都打开便当吃饭。老师很威严，全班都怕老师，吃得好安静，只有"小老鹰"还不时发出吃吃的笑声。乔书培打开便当后，就整个人都呆住了。因为，父亲居然忘记给他放一双筷子或是一把汤匙，那饭盒里除了饭菜之外，什么都没有。

老师站在台上，很严肃地走来走去，不时命令着：

"快点吃！限你们十分钟之内吃完！"

他瞪着便当，急得头上冒汗，就不知道这种情况该怎么办才好。可不敢"报告老师，没带筷子"，怕老师骂，又不敢"不吃"。最后，他一急之下，居然埋着头，像小狗般"啃"起"便当"来了。一口一口地，伸舌头去舔那饭盒中的饭，只希望没有人注意到他的"狼狈相"，只希望那盒便当快点"舔"完，偏偏肉松沾上了鼻子，辣椒又呛了喉咙，他憋着气，既不敢咳嗽，也不敢出声音，怕引起别人注意……但，毕竟有人注意到了，那只该死的"小老鹰"！他只听到他那洪亮的嗓子，大嚷了一句：

"哎呀！他和野人一样吃饭！像我家的大狼狗！"

一时间，所有同学的目光都向他射了过来，他惊慌失措地抬起头，鼻子上沾着肉松，喉咙里噎着饭，只听到满堂一阵哄然大笑，同学都像看见什么稀奇怪物似的，指着他又笑又叫又说。教室里的安静再也维持不住了，严肃的气氛也消失了，有的同学跳到桌子上去了，有的把椅子摇得稀里哗啦响，有的鼓着掌唱歌似的叫：

"大狼狗！大狼狗！大狼狗！"

老师站在讲台上，很生气地拍着桌子叫：

"安静！大家坐好！安静！"

但是，没有人再听老师的，大家越笑越凶，笑得老师的声音都听不见了。乔书培呆坐在那儿，只觉得脸上发烧，一直烧到脖子上，连眉毛都发烫了。他真恨不得当时就从这教室里消失，当时就有个地洞让他钻进去……大家逐渐笑得忘记了原因，只是你推我搡地闹个不停。混乱中，他忽然觉得有人在轻轻地拉他的衣服，他回过头去，立刻接触到一对好温柔好甜的目光，有个小女生正悄悄地站在他后面，在他还没醒悟到她的来意以前，他就感到她飞快地把一样东西塞进了他的手中。他低头一看，是一双筷子！再也描述不出他那一瞬间的惊喜和感激！等他抬起头来时，小女生已经红着脸躲开了，他只注意到她有对又黑又亮的眼睛，和一副怯生生的模样。

他始终记得那双筷子和那筷子引起的后患。

那双筷子是与众不同的，是用红漆木做的，上面有雕花，筷子很短，显然是专门为了放在便当里用的。两支筷子之间，有一根细细的银链子相连接，又小巧，又精致，又讲究。那天放学的时候，他特地跑去找那个小女生，要把筷子还给她，谁知，她却和那个"小老鹰"手牵手地走掉了。

第二天，父亲竟糊里糊涂地把这双筷子放在便当盒中，根本没有追究它的来历，也没有为他另外准备一双。于是，他只好继续用这双筷子吃饭。那天，老师并没有在教室里监视他们，大家就有吃有笑有玩有闹的。谁知道，饭才吃了一半，他就觉得有个阴影罩在自己的头上，他本能地抬起头来，一眼看到"小老鹰"正像铁塔般站在他身边，恶狠狠地盯着他，大声责问：

"你为什么偷我的筷子？"

"你的筷子？"他讷讷地问，不知所措，"这……这不是你的筷子！"

"还说不是我的筷子！"小老鹰怒吼，声震四邻，所有同学的注意力又集中到他身上来了。"你把筷子拿出来！这有银链子的筷子只有我家有！你偷我的筷子！你是小偷！小偷！小偷！小偷……"他一个劲儿地大吼着，一迭连声地吼着，"小偷！小偷！小偷！"

"我不是小偷！"他急急地声辩，头上又冒汗了，全班同学都瞪着他，他急得不知该如何是好。放眼看去，同学都围了过来，黑压压的一群人，小女生也不知道躲在何处。"我不是小偷！不是！不是！"

"这筷子是你的吗？"小老鹰咄咄逼人。

"不……不……不是。"他越急，话就越说不清楚，"是……是……是人家的。"

"哈！是人家的！你说了！你偷来的！"小老鹰抓住了他胸前的衣服。

"我没有偷……没有，没有，没有！"他忍无可忍了，脸涨红了，脖子也粗了，奋力想挣脱小老鹰的掌握。在急怒之中，他伸手对那逼视着自己的脸孔一把抓了过去。于是，一场混战立即开始了，对方的拳头像雨点般挥向了自己。同学们惊天动地地吼叫着：

"加油！加油！加油！殷振扬加油！殷振扬加油！加油！加油！加油！……"

桌子翻了，椅子倒了，他个子小，被小老鹰压在地上，打得他浑身都痛不可忍。他愤怒极了，愤怒得完全没有思想，没有意识，也没有理智了。急切中，一切原始的本能都发作了，他忽然张开嘴，对小老鹰的手臂一口咬去，小老鹰杀猪似的尖叫起来，他却死命地咬住不放，越咬越紧，越咬越重……然后，他忽然觉得四周安静了，只有小老鹰在狂喊狂叫：

"他是只狼狗！他咬人！哎哟！哎哟！……"

在小老鹰的狂叫声里，传来老师严厉的怒吼：

"乔书培，松口！"

他惊慌地松了口，躺在地上，仰视着老师。从没看过那么严厉的目光，那么责备的眼神。老师伸出手来，一手一个，把他和小老鹰都从地上拎了起来。看看这个，又看看那个，老师声色俱厉地问：

"是谁先动的手？"老师的目光停在小老鹰脸上，"殷振扬，一定是你！你怎么永远不学好？留了一级了，还不好好读书，就会打架……"老师的话没说完，乔书培开了口：

"是我先动的手。"

"什么？"老师惊愕地瞪着他，"是你？"

"是我。"他简单地说，倔强地挺立在那儿，本来就是他先去抓小老鹰的，他想。老师有些糊涂了，小老鹰立刻理直气壮地抬起头来，大声说：

"是他！是他先动手！他是只狼狗！他咬我！老师，你看！他把我咬出血来了！他还是小偷，他偷我的筷子，他是小偷……"

"我不是！"乔书培挺直了背脊。

"不是他偷的，"有个细细小小的声音，蚊子叫般地哼了出来，"筷子是我送给他的，不是他偷的！"

乔书培看过去，小女生怯怯地站在屋角，脸红红的，眼睛亮晶晶的，声音细小得谁都听不清，见鬼，你不会说大声一点吗？

"他偷东西！"小老鹰还在吼，"是他！是他！是他！他是小偷，他是狼狗……"

"你是猪八戒！"乔书培对他喊了回去。

"住口！"老师大叫，"两个都不是好东西！又打架，又说脏话，每人罚站三小时，写注音符号一百次！现在，给我到黑板前面去罚站！去！"

于是，那天，当全班都在上课，他却挺立在黑板前面，脸对着黑板，一动也不动。小老鹰似乎并不以为意，不时回头对同学伸舌头，引得同学们吃吃发笑。也不时投给他一个恶狠狠的目光。他却认为是奇耻大辱，而且，又委屈，又恼怒，浑身又痛不可当，心里又急，因为衣服撕破了，不知道回去对父亲怎么讲。这样，好不容易挨到下了课，同学都散了，老师才把他叫下来，简单明了地说：

"乔书培，再发现你打架，就开除你！一连两天，都是你在惹麻烦，看你长得眉清目秀，怎么不学好？怎么开口咬人？只有狗才咬人，懂不懂？"

"他就是狗！"小老鹰又在一边插口。

"殷振扬！"老师吼了一句，于是，小老鹰不再说话，只回过头来，对他不怀好意地、轻蔑地、神气活现地做了个鬼脸。

殷振扬，殷振扬，乔书培在肚子里反复记这个名字，殷振扬，我会报复，总有一天，我要报复！等我长得和你一样高，等我的拳头和你一样硬，我必定要报今日之仇！必定要报你今日带给我的耻辱！

"好了，"老师结束了他的教训，"都给我回家去！"

　　乔书培回到书桌边，默默地整理着书包，同学都走光了，殷振扬也不知何处去了。他闷着头收拾书本、铅笔盒、便当……然后，他听到一阵细碎的脚步声，悄悄地、慢慢地挪近到他身边，他抬起头来，是那个小女生！穿着学校的制服，白衬衫、白裙子，那衣裙就是与众不同，质料又白又细致。她的那张小脸也硬是与众不同，皮肤又嫩又光滑。她站在那儿，微微地喘着气，嗫嗫嚅嚅地低语：

　　"你……以后不要和我哥哥打架，你打不过他，他……他是很厉害的，你……"

　　好哇！原来这小女生是殷振扬的妹妹！怪不得她说话像蚊子叫，不肯挺身而出帮他洗刷"小偷"的罪名！他瞪着她，你哥哥厉害，总有一天我比他更厉害！用不着你来帮他耀武扬威！他想着，咬紧牙关，一语不发，他从书包里找出那双筷子，递到她面前去。

　　"还给你！"他粗声粗气地说。

　　她往后退了一步，眼睛睁得大大的。

　　"不，我家有好多，这双送给你！"

　　他瞪着她，送给我？谁稀罕？谁要你殷家的东西？你哥哥冤我是小偷的时候，你为什么不大声说清楚啊？用了你家的筷子，又成了小偷，又成了狗，又挨了揍，又撕破了衣服，又被老师罚站，又被指责为不学好……倒霉！倒霉的筷子，倒霉小女生！一刹那间，昨日对她所有的那份感激之情，都已烟消云散。孩子的喜怒原是那样明显，孩子的爱憎原是那样易变，孩子的是非原是那样朦胧……他抓起那双筷子，对她重重地扔了过去，嘴里大声地嚷着：

"谁稀奇你家的东西？谁稀奇你家的臭筷子？拿去！"

筷子落在地上，银链子发出一串清脆的响声。小女生的脸孔倏然雪白，嘴唇瘪了瘪，眼睛里有了水雾，那小嘴唇却抿得紧紧的，倔强地忍住泪水，她挣扎着说了句：

"我……不敢跟老师讲，哥哥……他会打我！"

乔书培没有理她，抓起自己的书包，他冲出了教室，一口气跑得老远老远，把那个泪汪汪的小女生单独留在那暮色苍茫的教室里。

这小女生就是殷采芹。

第
三
章

　　虽然上课的第一天就引起了一场风暴，但是，接下来的学校
生活，对乔书培而言，倒是很轻松也很光彩的。事实上，在进学
校以前，那学文学的父亲早已给了他相当多的教育。乔云峰隐居
到海港来之后，一心想当一个作家，白天上班，晚上就孜孜不倦
地写作。乔书培耳濡目染，六岁已看完《格林童话》，知道安徒
生和《西游记》。学校的课本对他是太简单了。第一次月考，他
就拿了个第一名。接着，他在全校一年级作文比赛中又拿了第
一，图画比赛中再拿第一。他成了班上一个特殊的人物，成了师
长们夸赞的人物，也成了部分同学崇拜，而另一部分同学嫉恨的
人物。不知何时开始，班上同学就成了两派，一派的头儿是乔书
培，另一派的头儿就是殷振扬。这两派在以后小学六年的生涯
中，一直是势同水火。

　　开学以后没多久，乔书培就知道殷振扬兄妹是住在"白屋"
里的。白屋，那耸立在海边的"巨厦"，一直像有股魅力似的吸

引着乔书培，每次在海边追逐嬉戏，或在防风林里捉迷藏时，他都会忽然忘形地对着那栋"巨厦"默默出神。那两层楼高的建筑物，有许多方形石柱，又有许多圆形拱门……总使他联想起童话里的古堡，幻想里面囚禁着一个公主，一些英雄。还有地牢、巨斧、铁链……种种残酷的刑具。当这些刑具出现的时候，殷振扬总是手持利器的那个大坏蛋。至于殷采芹呢，她在"白屋"中扮演的角色是模棱的，他总无法把她想成白屋的主人，倒像是白屋里的囚犯。

那时，乔书培最要好的两个同学，一个绰号叫"小胖"，因为他长得圆圆胖胖的很逗人喜爱。另一个叫"阿松"，长得又黑又壮，是班上的体育健将。他们三个常常结伴在海边玩，拾贝壳、捉迷藏、赛跑、游泳、钓鱼、爬岩石、钻岩洞……海边就有那么多做不完的游戏。一天，当他们在防风林里比赛爬树的时候，忽然，从白屋里传来一阵美妙的钢琴声，琴声悠悠扬扬如水珠奔湍，如海浪敲击岩石，一忽儿细碎如小鸟啁啾，一忽儿又激烈如万马奔腾。乔书培从小对音乐艺术方面，就有种与生俱来的兴趣，他不禁听得发呆了。

"你知道这是谁在弹琴吗？"小胖问。

"是谁？"

"是殷采芹的妈妈。"

"也就是殷振扬的妈妈？"他问。

"不是。"阿松整个身子都吊在一根树枝上，两手攀着枝丫，在那儿晃呀晃的，"原来你根本不知道老鹰家里的事，你真笨！"

"老鹰是谁？"

"老鹰就是殷振扬的爸爸，大家都叫他老鹰，他很凶，也很有钱，我们学校的风雨球场就是老鹰出钱盖的，所以，连校长都怕老鹰，殷振扬才那么神气。"

"老鹰不是殷采芹的爸爸吗？"

"当然是啦！"

"那么，殷采芹的妈妈为什么不是殷振扬的妈妈？"

"我爸爸说，"小胖傻呵呵地插嘴，"白屋有好多好多个妈妈！"

"白屋怎么会有妈妈？白屋是房子哩，傻瓜！"阿松说。他已经八岁了，乡下孩子学龄早晚不一，他显得比小胖成熟多了。

"是殷采芹有好多个妈妈。"

"哦？"乔书培睁大眼睛，还是没听懂。但是，欣羡之情，就不自禁地油然而生了："有好多妈妈，真好啊！"

"才不好呢！"阿松说，"我妈说，殷采芹的妈妈常被殷振扬的妈妈欺侮，因为她是老二。现在，老鹰又有了个老三，也好凶好凶。老三不敢欺侮老大，就天天欺侮老二。所以，我妈说，殷采芹的妈妈是个倒霉鬼，总有一天会给殷家的大老鹰小老鹰吃掉。"

"什么叫老大老二老三？"乔书培问，他完全弄不清楚，只模糊地体会到殷采芹有个会弹钢琴的妈妈，这妈妈似乎是这"古堡"里的"囚犯"了。

"你连老大老二老三都不懂？"阿松瞪大了眼睛，大惊小怪、老气横秋地问。

"我懂。"小胖又接嘴，"我家也有老大老二老三。我是老大，我妹妹是老二，我弟弟是老三。不过，我家的老二最凶。"

"你懂个鬼！"阿松打断了他，"又不是讲小孩子，是讲妈妈！"

"妈妈为什么也有大小？"

"当然有大小，"阿松一副"万事通"的样子，"我妈妈就比你妈妈大。"

"我懂了。"小胖说，"你妈妈是老大，我妈妈就是老二了。"

阿松从树枝上跳下地来，用手抓了抓脑袋，显然，他也被闹糊涂了。为了掩饰他自己的"困惑"，他转移了大家的目标，大声说：

"来！我们来比赛跑，看谁先跑到那棵神仙树下面！输的人请吃冰棒！"

神仙树指的是林中那棵老古树，因为它生得张牙舞爪，又巨大如亭，不同于防风林里那些秀气斯文的木麻黄，所以就被称为"神仙树"。

于是，孩子们开始争先恐后地奔跑，吆喝着，呼喊着，穿梭于树林之内，谁都忘了再去追究"老大老二老三"的问题。

不过，从这次以后，每当乔书培看到白屋，每当他听到白屋里流泻出来的琴声，他都会为这"古堡"幻想出一个"囚犯"，那就是殷采芹的妈妈了。为了"同情"这个"囚犯"，他对殷采芹的"敌意"（为什么会有敌意，他自己也闹不清楚了）也消失了很多。而真正和殷采芹做"朋友"，还是开始在那只受伤的小麻雀身上。那时，他们已经升到三年级，乔书培早已是全校闻名的"神童"了。

那天黄昏，乔书培刚和小胖分手，一个人逗留在防风林里面，收集着"松果"（事实上，是木麻黄的果实）。他收集松果，是要做一件"艺术品"。乔云峰刚教过他把鹅卵石漆成不同的颜色，使他初窥到"化腐朽为神奇"的窍门。立即，他举一反三，想用松果、贝壳、珊瑚、石头……来一一试验。他弯着腰，细心地找寻着松果，他要外表生得整齐而硕大的。正在他专心收集的时候，他听到了那个声音，那细嫩、稚气、娇弱的声音：

"我捡到一只小麻雀，它不会飞了。"

他站直身子，就看到殷采芹那瘦瘦小小的身影，站在他的面前。她默默地瞅着他，眼神里有着单纯的信赖和崇拜，她双手紧紧地捧着一样东西，那只小麻雀！他不由自主地伸出手去，她立刻把那正发着抖的小东西郑重地放进他的手心里，肯定而依赖地说：

"你会治好它，是不是？"

他觉得有股异样的感觉蹿进了他内心中。稚龄的孩子根本不解男女之情。可是，这温柔信赖的声音却鼓动了他的男儿气概和英雄感。女孩子真没用，一只小麻雀都弄得她束手无策！他想着，虽然自己也对掌心里那蠕动的小东西有些不知所措，却硬着头皮不肯表示出来。

"让我看看它怎么了。"他粗声说。

"我看过了，它的翅膀断了！"

翅膀断了？他吓了一跳。小麻雀的翅膀断了，他又能怎样？但是，他依然煞有介事地检查了一番，果然，那小麻雀的一边翅膀折了，显然是顽童们用弹弓射击的结果。他把它放在沙地上，它徒劳地扇动着未折的翅膀，在沙上小步奔走，看来是可怜兮兮的。他观望了一会儿，思索着童军课上教过的"急救"方法。

"要上夹板！"他说。

"我去找根树枝来！"她很快地说。

于是，他们坐在那软软的沙地上，用树枝和殷采芹系头发的毛线，忙着给那小麻雀包扎、上夹板，忙了个不亦乐乎。整整弄了一个多小时，才算把那翅膀给固定了。小麻雀在他们手心中不住扑动，叽叽喳喳地叫个不停。殷采芹就像哄婴儿似的，不住口地说：

"乖乖，别动呵！乖乖，绑好就不痛了呵！乖乖，好可怜呵！乖乖，不要哭呵！……"

他用一种崭新的感觉，惊讶地体会到一个女孩儿的温存和细致。然后，他忘了他的松果，忘了他的"艺术品"，忘了他的贝壳和珊瑚……当暮色来临的时候，他带回家的，是那只受伤的小麻雀。

"我带回去治好它！"

于是，他和殷采芹之间，有了一份共有的秘密。秘密的喜悦，秘密的希望，秘密的祝福和秘密的关怀。整整一星期，他早上一到学校，殷采芹就会远远地跑过来，热心地、悄悄地问一句：

"怎么样？"

"好些了！"

她会满足地跑开，整个小脸庞上，都绽放着光彩和快乐。这样，一星期后，他们把小麻雀带回树林，拆掉夹板，两颗小脑袋挤在一块儿，两对眼睛热烈地盯在麻雀身上，两双小手忙不迭地去拨弄那东倒西歪的小身子，两人嘴里，都不停地呼喊着、鼓励着：

"飞呀！快飞呀！飞呀！举起翅膀来飞呀！飞呀！飞呀！飞呀！……"

小麻雀扇动着翅膀，在沙地上摇摇摆摆地漫步，怀疑地昂起头东张西望……然后，它终于恢复了信心，大自然在呼唤它，白云在呼唤它，广阔的蓝天在呼唤它……它骤然仰首，发出一声尖锐的、喜悦的清啼，就"扑棱棱"一声振翅飞去。他们两个不约而同地抬起头，目送它飞向那白云深处。一刹那间，两双小手紧紧地握在一起，两人在树林内跳着、叫着、欢呼着：

"它会飞了！它会飞了！它会飞了！"

这是一个开始。从这一天起，乔书培发现殷采芹成了他的影子。孩子们还不知道男女之嫌，也不懂得异性相吸。两人只是天真烂漫地玩在一块儿。殷采芹正在学钢琴，放学后，她还常常留在音乐教室练琴，那练习曲单调而枯燥，常常要一次又一次地重复弹奏。乔书培说：

"难听死了！你妈妈弹得比较好听！"

"我也会弹歌曲！"殷采芹说。

"不信！"乔书培昂着下巴。

于是，殷采芹弹了一支《彩霞满天》，她边弹边唱，声音婉转动听。又弹了一支"月色昏昏。涛头滚滚，恍如万马，齐奔腾……"她还不会弹和音，常用单手弹奏。那琴声虽单调，却依然悦耳。乔书培羡慕极了，叹息着说：

"如果我也会弹，就好了！"

"我教你！"殷采芹立即热心地说，"你来试试看！"她拍拍身边的长板凳。

乔书培在她旁边坐了下来，用手指按着琴键，"多米索米，多米索米，多米索米……"他跟着她笨拙地练习，手指僵僵的完全不听指挥，"多米索米"变成了"多法索法"。她急了，脸就涨红了，她是最容易脸红的女孩儿。她不住口地说：

"不是这样的，哎哎，不是这样的……"

"是怎么样的嘛？"他不耐烦地叫，有些恼羞成怒，"你根本不会教，你笨死了！"

她睃了他一眼，清亮的大眼睛里充盈着歉意，好像这真的都是她的过失一般。

"是这样的……"

她搬动他的手指，去按在正确的琴键上。一个手指一个手指地去搬动：多米索米，多米索米……她那小小的手扶在他粗壮的手指上，多米索米，多米索米！她的脑袋也随着他手指的动作往下一俯一俯的，急得满头大汗，比她自己弹琴费力了一千倍。多米索米，多米索法……哎哎，又错了。

"不学了！"他生气地敲着琴键，"不好玩。"

"我们再来过，"她安慰地说，又去搬动他的手指，"你看，这样按，慢慢来，你不要急，我刚学的时候，没有你一半好，真的！没有你一半好，真的！"

她一再重复"没有你一半好"，眼睛睁得大大的，眼光里是一片坦白与真挚。于是，他又去按那琴键：多米索米，多米索米……直到音乐教室门口，传来一阵嘲弄的大叫声：

"好哇，男生爱女生！"

他跳了起来，回过头去，一眼看到那阴魂不散的殷振扬和他的三个跟班正站在门口。殷振扬双手叉腰，气势汹汹地瞪着他，又跳又叫又吼：

"乔书培，不要脸，一天到晚跟着我妹妹，你不要脸，男生爱女生，你不要脸！"

"我才没有跟她！"他怒吼着，"你才不要脸！"

"你不要脸！"殷振扬叫到他脸上来，"你是大狼狗！"

"你是猫头鹰！"他吼了回去。

"你是黄鼠狼！"

"你是臭老鹰！"

"你是大鲨鱼！"

"你是八脚鱼！"

"你是王八蛋！"

"你是王九蛋！"

"……"

这样对叫的结果，又是一次世界大战。和往常许多次的战争一样，乔书培挂了彩，鼻青脸肿，浑身伤痕累累。最后，老师赶来了，两人一起处罚，再打十下手心。殷振扬个子高大，皮肤也粗厚，挨十下手心满不在乎。他却被打得手心通红，好几天握笔都握不牢。那肇祸的殷采芹，只能眼泪汪汪地站在旁边，无助地在裙褶里绞着双手。事后，那女孩会挨呀挨地挨近他，好抱歉好抱歉地、低声下气地、乞谅地、讨好地说：

"我妈妈有白花油，擦一点就不痛了，下课以后，我回家去拿给你！"

"走开！"他没好气地叫，"都是你！你能不能离我远一点！讨厌！"

殷采芹低下头去，前额的一绺头发垂下来，遮住了眼睛，她默默地、一声不响地走开了。他望着她那娇娇怯怯、瘦瘦小小的影子，心里有些儿不忍，看到她肩膀微微抽搐，而那背脊却依然倔强地挺直着，他就更不忍了。于是，他粗声粗气地叫了一句：

"过来！"殷采芹蓦然回首，脸庞发亮。

"放学后罚你陪我去捡贝壳，我要捡好多好多，漆成花花绿绿的。"

"是！"她清脆地应着，眼底一片喜悦。

于是，那些日子就这样度过。他在海边游荡，她必定跟随在身边。他们共同走过长长的海岸线，共同拾过贝壳，共同捡过松果，共同看过夕阳，共同面对过海边的"彩霞满天"。那海边的黄昏，彩霞常常染红了整个天空，整个海洋，整个沙滩，整个树林。他的童年生活，是由殷采芹的友谊和殷振扬的战争交织而成的。每次和殷振扬打过架，他就会迁怒殷采芹，好几天不理她。事后，他又会溶解在她那嫣然的温柔里。就这样，吵一阵，打一阵，好一阵……时间，就如飞般地过去了。

当然，在这些日子里，除了和殷振扬打架以外，还有许多记忆是不能磨灭的。其中，包括第一次见到殷采芹的父母，第一次了解人与人之间的距离，第一次体会到人类感情的复杂，以及第一次发现殷采芹的美丽……

这所有的"第一次"都发生在同一天。

第四章

小学毕业了。

毕业那天，真是乔书培的大日子，他在这一天中，可以说是出足了风头。早上，是毕业典礼，几乎所有毕业生的家长都到齐了，乔云峰当然也在座。乔书培以模范生的资格，代表全体毕业生领奖，致辞。他已经是个少年了。穿着笔挺的制服，眉目轩昂，气度从容，口齿清晰，带着抹稚气的神态，侃侃而谈。乔云峰坐在家长席上，不禁眼眶湿润。毕业典礼结束，家长们彼此东一堆西一堆地聚在一块儿，谈儿女，谈生意，谈他们共有的小海港。孩子们也东一堆西一堆地聚在一块儿，谈升学，谈学校，谈他们未结束的童年。只有乔云峰，孤独地站在操场的一隅。到这小镇已经七年，他仍然像只失群的孤雁。乔书培找到了他的父亲，他惊愕地发现，别人的父亲还年轻，他的父亲鬓边已有白发，额上已有皱纹，他那么憔悴，那么落寞。虽然唇边挂着个欣慰的笑容，却掩饰不住那抹寥落与沧桑。他紧偎着父亲，笑着说：

"爸，我带你去看成绩展览室！"

乔云峰把手放在儿子肩上，仔细地看他，也笑着说：

"一定有你的成绩！"

乔书培笑而不答。于是，父子两个走进成绩展览室，这是一间大厅，壁上有书法、图画，桌上有成绩簿、手工艺、劳作等，真是琳琅满目。乔云峰在墙壁上一再看到乔书培的名字，乔书培的画，乔书培的字，乔书培的作文……他呆了。在一种激动的情绪中，去体会、发现、欣赏儿子的才华。他侧过头去看书培，那张稚气未除的脸！他忽然就沉浸在一份突发的喜悦里。感到一种新生，一种取代，一种希望的转移……他宠爱地凝视儿子，父子二人都沉入某种密切的亲情里。就在这时候，有个轻轻的、柔柔的，虽然低微却很清脆的声音传了过来：

"妈，那就是乔书培！"

乔书培父子同时回过头去。

殷采芹正站在长桌的另一端，对这边热切地凝望着，在她身边，有个身材纤长，眉目如画的女人，带着种说不出的风韵，亭亭玉立地站在那儿。乔书培不自禁地怔了怔，听过很多人谈殷采芹的母亲，说她美，说她不平凡，他仍然没料到她还如此年轻，如此漂亮，他想起白屋里的琴声，就悄悄地对父亲说：

"那是殷采芹和她妈妈，就是白屋殷家！你知道吗？她很会弹钢琴。"

"谁会弹钢琴？殷采芹还是她妈妈？"乔云峰问。

乔书培笑了：

"是她妈妈，不过，殷采芹现在也弹得很好了。"

殷采芹母女已经向他们走了过来，采芹只看着书培笑，那笑容还是一贯性地充满了娇柔、依赖和崇拜。她们停在乔云峰父子面前了。殷采芹的母亲先对乔云峰展开了一个亲切而温和的微笑，柔声说：

"乔先生，我们家采芹一天到晚谈乔书培。真恭喜您有这样优秀的一个好儿子！"

"哪里哪里，"乔云峰慌忙说，对这种"客套"，他显然又陌生，又不善处理，"彼此彼此。您的小姐也不错，而且，您那位少爷人高马大，长得真结实，听说，书培在他手上吃了不少亏呢！"乔云峰总记得乔书培被打得遍体鳞伤回家的日子。他完全弄不清殷家的情况，只牢记住殷家还有个小霸王。

殷采芹的母亲脸红了。

"对不起，"她讷讷地说，"振扬是野了一点，家里只有那么一个男孩子，难免就宠了些。"她温柔地、歉然地看着书培，"他常常欺侮你，是不是？你不要跟他打架，将来，你会比他有出息。"

"哦，"乔云峰一怔，自觉说错了话，就忙于弥补，"我并不是责备您少爷，您别误会。现在时代不同了，百无一用是书生。男孩子，还是粗犷一些的好。何况，孩子们打架，总是两方面都不好，书培这孩子，别扭起来的时候谁都管不了，八成是他去招惹了您的少爷……"

"别这样说，"殷采芹的母亲急忙说，"对振扬，我比谁都清楚。"

她诚恳地叹了口气："他是被大家宠坏了，他无法无天，仗势欺人……"

"妈妈！"殷采芹忽然叫了一声，声音里满含着某种难解的惊惧与恐慌，目光直射向母亲身后。书培情不自禁地跟着她的目光看去，立刻，他看到一个身材高大，满面怒容的中年男人。眼光锐利如鹰，鼻子又高又大，似乎占据了脸孔的一半，浓眉，大嘴，一脸的倨傲，一脸的暴戾，一脸的烦躁和恼怒。

"阿秀！"他低沉地喊，声音里充满了压迫的、风暴的气息，"你真好，你真是个贤惠的女人，你真会讨好别人，真懂得谦虚的美德！我的儿子是被宠坏了，是吗？是被谁宠坏了？你能不能说说清楚？"

采芹的母亲顿时脸色雪白，她还来不及说什么，殷振扬不知从哪儿钻出来了。他大声地、挑拨地、半撒赖、半逞强地喊：

"爸！她刚刚还咒我，说我将来没出息呢！"

"没出息？"忽然间，有个胖女人就从人丛里挤了过来，她又胖又大，穿了件红色的软绸衫裤，更显得吨位惊人。她直奔向采芹和她母亲，眼睛恶狠狠的像要吃人一般，直瞪着对方，尖声吼叫起来："我儿子没出息，你就去生个有出息的呀！你这个装模作样，要死不活的死鬼！你怎么不生个儿子呢！你会管孩子，你念过书，你懂得教育，你的女儿怎么十来岁就会勾引小男生呢……"

"美银姐！"采芹的母亲战战兢兢地喊了一声，声音里带着泪，带着焦灼，带着无地自容的尴尬与羞怯，她细声地、急促地、讨饶地、乞谅地说，"是我不好，一时说错了，你不要冤采芹，有什么话我们回家去讲，这儿大庭广众的，给别人笑话……"

"哈！你怕别人笑话，我可不怕别人笑话！我冤了你的采芹，你怎么咒振扬的？如果将来振扬有一丁点儿不顺利，我就找你这个乌鸦嘴算账……"

"美银姐……"采芹的母亲声音抖索着，脸孔一阵红一阵白，"我说错了，算我说错了……"

"谁是你的美银姐？"胖女人得寸进尺，更凶了，"你错了就完了吗？你以为我不知道，你一天到晚就咒着我们母子，你以为你长得漂亮，可以勾引男人啊……"

"住嘴！"采芹的父亲忽然大喝一声，声音像轰雷般震动了整间屋子。这时，他们四周早已围了一大圈看热闹的人了，有家长，有学生，有教员，有男，有女，有老，有少……就像看歌仔戏似的。那"老鹰"似乎被气坏了，他大喊着说："你们吵什么吵？在家里还吵不够？要跑出来给我丢人现眼？滚回去！统统给我滚回去！两个没有一个是好东西！"

"殷耀祖！"胖女人挺着胸，一个字一个字地叫，"你这个王八蛋！你现在又弄上了个狐狸精，就要翻脸不认人了，谁不是好东西？我看你才不是好东西！一天到晚做些偷鸡摸狗的事，不要以为我不知道！姓殷的，你如果不把良心拿出来，我也不是好惹的……"

"美银！"那"老鹰"气得脸色发绿，"你是找我吵架？还是找阿秀吵架……"

"好了，好了，都不要吵了！"忽然间，校长的声音传来了，嘻嘻哈哈地直打哈哈，他穿过人丛，一把就握住"老鹰"的肩膀，又拍又敲又打，笑嘻嘻地嚷，"耀祖兄，你今天是双喜临门，高兴还来不及，怎么还生气呢！你瞧，一儿一女，都是今天毕业！世界上几个人有你老兄的福气！别生气了，别生气了，我请吃中饭，咱们喝几杯去，好不好？"说着，他又推又攘地把"老鹰"推开，一面回头说："殷振扬，送你妈妈回家。殷采芹，你还不去准备你跳舞的服装，今晚的同乐晚会，你是女主角呢！"

于是，一场风暴平息了。殷耀祖被校长连推带拉地带走了。胖女人和殷振扬一起走了，临走，那胖女人还恶狠狠地瞪了采芹母女一眼，意犹未尽地说了句：

"我们回家再算账！"

采芹的母亲伫立在那儿，像泥塑木雕的一般，半晌都动弹不得。人群散开了，大家都走了，采芹用手轻轻地摇了摇母亲，含泪说：

"我们也走吧！"

书培靠在父亲身边，目送她们母女离去。他想着那栋白屋，那两层楼的白屋，那方形的石柱，那圆形的拱门，那爬满藤蔓的墙壁，每到夏天，都绽开了一墙的小白花。那"巨厦"像个古堡，古堡里有野兽，有巨人，有狮子……还有被幽囚的公主和皇后——那就是殷采芹母女了。

参观成绩展览，竟引起了这么大一阵风波，乔云峰实在始料未及，而且为之在郁郁不快。他带着儿子走出学校，沿着那校园的围墙下，他们默默地向前走，乔云峰第一次对乔书培郑重地嘱咐：

"书培，答应我一件事。"

"是的，爸爸。"

"从今以后，离殷家的人远一点！不管是殷振扬还是殷采芹，最好都不要来往！”

“爸爸！”他有些惊愕，本能地帮采芹辩护起来了，“殷采芹并不坏，老师都常常夸奖她的！”

“我并没说她坏，”乔云峰忧郁地微笑着，“书培，你爸爸是个书呆子，还有些书呆子的观念。那殷家整个家庭太复杂，和他们沾上了，只会惹麻烦，虽然你还小，算我未雨绸缪吧，我不希望你和他们家有来往。行不行？”

乔书培抬头看着父亲，父亲那忧郁的眼神使他内心酸楚，从小，他和父亲相依为命，从没有什么事违背过父亲。何况，他并不觉得和殷家来往有什么好处，父亲的话很对，从上学第一天，他就为了殷采芹的好意，而和殷振扬打架。从此就没有天下太平过。真的沾上他们殷家，确实只会惹麻烦。不和殷家来往，对他也没损失，于是，他点了点头，顺从地说：

“好的，爸爸。”

乔云峰笑了，把手按在儿子的肩上，他的笑容里有些凄凉，有些落寞，有些深沉。

“别怪你父亲这么早就干涉你交朋友，我只怕——”父亲的声音低得像耳语，“你会步我的后尘。将来，我会告诉你。”

他不敢去追问父亲，他对乔云峰，一直是有敬，有畏，有爱的。反正，他潇洒地耸耸肩，和殷家不来往，对他也没损失！

真没损失吗？当晚，他就发现自己对父亲的一句承诺未免太草率，太没经过思想，太迷糊……而首次感到某种若有所失的情绪。

那晚，学校有个盛大的同乐晚会，为了欢送他们这些毕业生，表演的都是在校同学，只有压轴的一场"天鹅湖"芭蕾舞剧，是由殷采芹"领衔"主演的。乔书培知道殷采芹一直在学芭蕾舞，就像知道她一直在学钢琴一样。但是，他却从不知道殷采芹的舞跳得那么好，更不知道她脱掉学校制服，穿上一身白羽纱的衣裳，再经过化妆，会有那么一种慑人心魂的美丽！"美丽"，这两个好普通的字，从念格林童话就看过的字，到这个晚上，才真正让乔书培见到了。

那晚的殷采芹，头发上围着一个花冠，身上穿着定做的露肩的白纱舞衣，裙摆短短的，露出修长的腿。腿上穿着白色紧身长袜，脚上是白色舞鞋，全身都缀满了像星星似的闪光的小亮片，使她整个人都像个发光体。整个人都像颗小星星，她飞跃在舞台上，手臂柔软地摆动，那小小的腰肢，那轻盈的步伐，那飘动的长发，那美妙的转折……南国的女孩比较早熟，舞衣下已经有个玲珑动人的身段。她舞着、摆着、旋转着……无论什么动作，都美得像诗，柔得像水。

一舞既终，观众如疯如狂，大家拼命鼓掌，乔书培也跟着鼓掌，鼓得手心都痛了。殷采芹又出来谢幕，她谢了一次又一次，有个一年级的小新生跑上去献给她一束红玫瑰花，她捧着花站在那儿，浅笑盈盈，真是人比花娇！乔书培是完全看呆了。

同乐晚会结束了，乔书培还在那位子上呆呆地坐了几分钟，然后，他站起身来，不明所以地叹了口气。走出那礼堂的时候，他只觉得内心隐痛。别了，小学！别了，童年！别了，殷采芹！

为什么要"别了，殷采芹！"他不懂。为什么这一别，会使他心痛，他也不懂。只是，当他走进那夜雾深重的校园，看到那满天繁星，回忆着像颗小星星般闪烁在台上的殷采芹，他就觉得早上自己的演讲、模范毕业生……都变得微不足道了。

他往校门口走去，刚踏上通校门的那条石板小路，就听到身后有个急促的声音在喊：

"等一下，乔书培！"

他站住了，回过头来，就一眼看到殷采芹向他飞奔而来。她已换掉了舞衣，只是脸上的妆还没卸，红红的面颊，红红的嘴唇，那乌黑的大眼睛像支醉死人的歌。他局促地站着，不安、懊恼、烦躁、期待……的各种情绪，把他紧紧地缠裹着。

"什么事？"他粗声问。从眼角，他可以看到她的母亲正远远地站在她后面，怀里抱着她的舞衣，那舞衣仍然在黑夜里闪着光。

"你喜不喜欢我跳的舞？"她问，爱娇地微笑着，那笑容像朵盛开的花。

他耸耸肩。

"很好呵！"他轻描淡写地说。

她仔细地看了他一眼，微笑消失了。

"你不喜欢。"她低声说，叹口气，"男生都不喜欢看跳舞。"她自我解嘲地说，又伸长脖子四面张望："你爸呢？"

"他没来！"他尽量答话简短，而且气呼呼的。似乎这样就不算对父亲失信。

"哦！"她再仔细看他，"你在和谁生气？"

"没有。"

"哦。"她咽了一口口水，如释重负，"我妈妈要我帮她向你爸爸道歉，因为早上我们好失礼……"她凝视他，又微笑起来，"我妈说，请你明天晚上来我家吃晚饭……"她压低了声音，悄悄地、兴奋地、欢乐地低语，"告诉你，我爸爸明天一早就带我哥哥和他妈妈去台南，家里只有我和我妈，你不是一直想参观白屋吗？我们可以玩一个够！我带你去看阁楼里的储藏室，有几百年前的东西，连清朝的衣服都有，我祖先做过清朝的大官，你一定会喜欢那些东西，还有一口镶了珠宝的箱子，还有那些古古的家具，你一定会喜欢！"

他睁大了眼睛，鼓着腮帮子，这"邀请"真是诱惑极了。但是，他才答应过父亲，不和殷家来往！

"喂，你在想什么？"她惊愕地问。

"哦，没什么。"他回过神来。

"明天晚上等你？"她挑着眉毛，"不要晚上，你下午就来好了。"

他咬咬牙。

"我不去！"他短促地说。

"什么？"她吓了一跳，不相信地看着他，"你不去？"

"不去！"

"为什么？"她的眼睛睁得又圆又大，里面闪熠着清亮的光芒，"我说过了，我哥哥不在家，不会和你打架的，家里只有我和我妈呀！"

"我不去！说了不去就不去！"他恼怒地低吼，"你怎么这么啰唆？"

她呆住了，怔在那儿一动也不动。笑容消失了，乌云移过来，遮住了那对发亮的眼睛。她那红艳艳的嘴唇翕动着，却没有吐出任何声音。

他再看了她一眼，发狠地一跺脚，他掉过身子，飞快地就往校门外跑去。他跑得那样急，好像四面八方都有力量在拉扯他似的。

别了，小学！别了，童年！别了，殷采芹！他心里模糊地念叨着，跑得更快更快更快了。

第五章

真的就这样和殷采芹断绝来往了吗？真的就这样容易地砍断一段童年的友谊吗？真的就这样简单地把那些海边的彩霞满天，岩洞里的捉迷藏，树林里的捡松果，沙滩上的拾贝壳……统统都忘了吗？

一切并不这样单纯。

初中，他和殷家兄妹又进入了同一所中学。中学采取了男女分班制，他和殷采芹、殷振扬都同校而不同班。初中时代的男女生，比小学时腼腆多了，男生和女生几乎完全不交往。稍有接触，必然成为其他同学的笑柄。这样倒帮了乔书培的忙，他是自然而然地和殷家兄妹"不来往"了。

可是，这段时期里的乔书培，已经是学校里的风头人物，他办壁报，参加全省作文比赛，代表学校去和其他学校竞试，他的图画被选中为青年美展第一名……奖状，奖状，奖状……拿不完的奖状。乔书培三个字，成了全校的骄傲，几乎没有一个同学不知道他，没有一个老师不赞美他。他那时热衷于学习，近乎贪婪地去吞咽着知识，尤其是文学和艺术方面的。但是，在这忙碌的学习生涯里，他仍然悄悄地、秘密地、本能地注意着殷采芹。

殷采芹一样是学校里的宠儿。随着年龄的增长，她身长玉立，眉目分明，皮肤白皙，而体态轻盈。她童年时就具有的那份女性温柔，如今更充分流露在一举手一投足之间。和那些同年龄的女孩子——那些小黄毛丫头——相比，她硬是"与众不同"。而让她在学校里受到重视的，并非她的漂亮，而是她那一手好钢琴。每次同乐晚会，她一定表演弹琴，那琴键在她手指下，就像活的一样，会奔流出如小溪如瀑布如飞泉如长江大河的音浪，使人沉醉，使人叹息，使人不由自主地被卷入那水流里。

每当学校开音乐会，乔书培从没有错过她的节目。有时，当她的节目一完，他就会悄悄地离席而去了。他从没有深刻地去分析过自己对她的情绪，只觉得她手底的音浪和她弹奏时的神韵，加起来是一种不折不扣的"美"，一种令人叹为观止的"美"！

殷振扬在中学也是不寂寞的，也是顶呱呱的大人物，他初二那年又没有顺利地升级，却长得雄赳赳气昂昂，身高一八〇，成了学校里的篮球健将，每天活跃在操场上，代表学校，东征西讨。他手下的喽啰越聚越多，打架生事，对他如同家常便饭。每打一次架，他就被记上一个大过，每参加一次球赛，他又被记上一个大功，这样功过相抵，他就在学校里"混"下去了。

初中的生活，除了念书、拿奖状、参加比赛……这些光荣事迹以外，对乔书培而言，并没有什么特别值得留念的事，唯一在他的心灵里，留下了不可磨灭的印象的一件事，发生在他初三那年。

那年，他又被学校派为代表，参加全省美术比赛，他画了一张"海港夕照图"，把渔船、落日、海浪、彩霞满天一一收入画中。但，主题却并非夕阳，也非渔船，而在一个老渔夫的手上。那老渔夫坐在渔船的船头上面，正埋头修补一面渔网，落日的光芒，斜斜地射在他那骨节粗大，遍是皱纹的手上。这幅图是他多年以来，最感骄傲的一幅，更是自己最喜欢的一幅，更是美术老师赞不绝口的一幅。当这幅图选去参加比赛以前，曾经在学校的艺术室里先展览了一星期，当时，美术老师对全校同学肯定地宣布过一句话：

"乔书培这幅画一定会获得比赛第一名。"

如果没有这句话，如果不是那么自信，又那么自许，再加上那么自傲，后来，失败的打击都不至于那么重。这幅画参加比赛的结果，非但没有得第一名，甚至没有入选！画被退回了学校，评审委员批驳了一句话：

"主题意识表现不清！"

美术老师把那幅画交还给乔书培的时候，那么勉强地微笑着，勉强地挤出了几句话：

"乔书培，没有人能轻易地'评审'艺术的价值，除了我们自己！不要灰心！"

那天放学后，他没有回家。拿着那幅画，他走到海边。那正是隆冬的季节，海边没有人，海风强劲而有力，沙子刮在人脸上，都刺刺的生痛。他面对那广阔的海洋，忽然想放声狂歌狂啸狂叫一阵。但，他什么都没做，踯躅在海边，他望着那无边的海洋，第一次认真地评判自我的价值。然后，由于冷，由于孤独，由于心底的那份沉重的刺伤，由于失意……他像童年时代一般，把自己隐藏进了那岩石的隙缝里。坐在他那掩蔽的所在，他从隙缝里望着云天，听着海浪的喧嚣，忽然觉得自己好渺小，好渺小，好渺小……渺小得不如一粒沙，微贱得不如一粒灰尘。

就当他在那岩石中品尝着"失败"的时候，他发现有个人影闪进了岩洞，他抬起头来，是殷采芹！她正斜倚在高耸的岩壁上，默默地瞅着他。自从小学毕业以后，他就没有和她一起玩过，在学校里遇到，大家也只是点点头而已。现在，她站在他面前，不说话，不动，静静地瞅着他，大眼睛盈盈如秋水，皎皎如寒星……风钻进了岩缝，鼓起了她的裙子和衣衫，把她的短发吹拂在额前。他迎视着这对目光，也不动，也不说话，只觉得心跳在加速，呼吸在加重，血液的运行在加快……

好久好久，他们只是对视着，谁也不说话。然后，还是他先打破了沉寂，他粗声地、微哑地问：

"海边这么冷，你来做什么？"

她的睫毛微微闪了闪，轻声吐出两个字来：

"找你！"

"找我？"他的语气鲁莽，"找我做什么？"

她不语，又看了他好一会儿。那对眼睛那样清亮，那样坦率，那样说尽了千言万语……使他蓦然间就瑟缩起来，就恐慌起来，就本能地想逃避，想武装自己……尤其，他正在那么失意的时候，那么情绪低落的时候，那么自觉渺小的时候，那么自卑而懊丧的时候……他粗声粗气地开了口：

"你来嘲笑我的失败？还是来欣赏我的失望？"

她摇头，缓慢而沉重地摇头。然后，她靠近了他，在他对面的沙地上坐了下来，她弓起了膝，用双手圈在脚上，压住那被风卷起的裙摆。她睁大眼睛，一瞬也不瞬地看着他，低声说：

"你知道的，是不是？"

"知道什么？"他皱起眉头。

"你知道，你一直就知道。"她低叹了一声，眼光纯净如秋水，声音低柔如清风，"你在我心目里，永远是个英雄，永远是个胜利者！"

他的心猛跳。十六岁的少年，还是那么混沌，那么懵懂。但是，在这一瞬间，那异样的兴奋就像海浪般冲向了他，使他头昏昏而目涔涔了。他瞪着她，喉咙里干干涩涩的，声音沙哑而模糊：

"再说一遍！"他命令地说。

她瞅着他，蓦然间双颊绯红。

"不说了！"她含糊地说，掉头去看那阴沉天空，和那暮色苍茫的海面，"天都快黑了，你是不是预备这样在海边坐一夜呢？"

"你怎么知道我在这儿？"他问。

"我当然知道。"她继续望着海面，"你一离开学校，我就……跟在你后面。"

"你……"他睁大眼睛，摇摇头，不知道该说什么。

她回头对他很快地笑了笑，笑得羞涩，笑得含蓄。笑完了，她又掉头去看海面了，嘴里自言自语着：

"为了一次失败，就跑到海边来发呆，真傻！为了那些不会欣赏你的评审委员，就跑到海边来吹冷风，真傻！得不得第一名，就那么重要吗？真傻……"

他瞪着她。心里的结在打开。喜悦的情绪在胸怀里流荡，自悲自伤的情绪在飘散……鼓着腮帮子，他大声地、粗鲁地打断了她的话：

"我傻我的，关你什么事？要你来管我？要你来教训我？要你来跟着我吹冷风……"

他忽然住了嘴，发现她的眼光正对着他闪亮，她唇边漾着笑意。于是，顿时间，他们一起笑了出来，不知所以地笑了出来，欢乐地笑了出来……在这些笑声里，童年的时光就都回来了，他们又成了那对嬉戏在海边的、无忧无虑的孩子。他们相对而笑，好一会儿，笑停了。她抿了抿嘴唇，笑意仍然遍布在眼角眉梢，她柔声问：

"我们恢复友谊了吗？"

他微微一怔，多年前答应父亲的那句诺言，已经淡如海边的微云，被风一吹就散了。他深深地点了点头。

"当然。"他说。

"为什么你后来不理我了？"她又问。

他再度一怔。

"不知道。"他逃避地说。

"不知道？"她望着他，又笑，又叹气，"你是个又骄傲，又古怪，又喜怒无常的人！"

他在她的浅笑薄嗔下迷失了，眩惑了，撼动了。瞪视着她那嫣红如醉的面颊和她那盈盈如梦的眸子，他不自禁地目眩神驰，而不知身之所在了。

她在他的注视下惊悸了，瑟缩了，站起身子，她扑了扑衣服上的沙。

"我要回去了，天都黑了。再不回家，哥哥又会在爸爸面前胡说八道，我就又要倒霉了。"

他也站起身来，盯着她：

"你哥哥还是欺侮你吗？你妈妈还是那么受气吗？你家那个河马还是那样凶吗？"

"河马？"她呆了呆。

"那个又大又胖的河马，"他用手比划着，"殷振扬的那个妈妈！"

她要笑，用牙齿紧咬住下嘴唇。

"当心，"她忍着笑，说，"给哥哥听到了，又要揍你了！"她往岩洞外面走去，"明天，再讲给你听！"

"明天？"他屏息地问。

"明天下课以后，我们还在这里见面！"

"一言为定？"

她瞅了他一会儿。

"我对你失信过没有？"她说，"一言为定！"

他们走出了岩洞。暮色像一层轻烟轻雾，正在海面扩散开来。冬天的海边，就有那么种冷飕飕的、萧飒飒的气氛。但是，他那颗年轻的心，却像一盆烧旺了的炉火，热烘烘而又暖洋洋的。他走到岩壁那儿去拿他的画，当他进岩洞的时候，曾经把那幅画靠在石头上。但是，他呆了呆，他的画不见了。

"你把它藏到哪儿去了？"他问她。

"什么东西？"她不解地问。

"我的画呀，你别装糊涂！"

她怔了，眼睛睁得大大的。

"你的画不见了？"她问，"你确定是放在这儿的吗？会不会给风吹走了？"

"那么重的画框，怎么吹得走！"他说，四处找寻着，岩石前，岩石后，以及附近的海岸和沙滩。她也帮着寻找，连那防风林里都去看过了，那张画连影子都没有。然后，他们并立在海边，面面相觑，她的脸色有些苍白：

"有人知道我们在岩洞里。"她说，声音微微颤抖着，"有人拿走了那幅画！"

"拿走就拿走吧！"他甩了甩头，故作轻松地说，"大概是小胖，他从小就爱捣蛋！管他呢！反正是幅'主题意识不清'的画！"他看了她一眼，不安地耸耸肩，"回去吧，不会有什么事的，如果是小胖，他就是想敲诈我！"

"如果不是小胖呢？"她问。

"又怎样呢？"他挑起了眉毛，"有人规定了我们不能在岩洞里谈天吗？"

她望着他，笑了。

"那么，明天见！"她说。

"明天见！"

他目送她穿过防风林，跑向了白屋。目送她的影子被暮色所吞噬，他的心像鼓满风的帆，正驶向一片浩瀚的大海。失踪的画没有在他心中留下什么阴影，那种崭新的欢愉和透骨的喜悦把他包围着，使他根本没有空隙来容纳阴影。他哼着歌，轻快地往家中走去，甚至于忘记了比赛落选的事。

他回到家里，已经是晚上了。一进家门，他就吓了好一大跳。乔云峰正坐在书桌前面，严肃地、忧郁地、阴沉地坐在那儿，一句话也不说，在书桌上面，赫然是他刚刚失踪的那幅画！

"哦！"他怔在那儿，困惑地望着那幅画，"爸，你从哪儿拿来的？"

"你问我吗？"乔云峰冷冷地说，"我正想问你呢，你在什么地方丢掉了这幅画？"

他默然了，呆呆地望着父亲。乔云峰那阴沉的神态，那冷峻的语气和那严厉的眼光使他震动了，他从没有看过父亲如此生气，如此愤怒。

"在……在海边。"他讷讷地说。

"在海边！"乔云峰沉重地低吼，"你既然要做坏事，就不要让人抓住把柄啊！"他的眼光，锐利森冷得像两道寒冰直射向他，"你才多大？你才十几岁？就懂得勾引女孩子了？你答应过我，不和殷家来往，为什么又不守信用？为什么？"

"爸爸！"他挺直了背脊，本能地反抗了，"我没有做坏事！"

"没有做坏事，你和谁在岩洞里？"

"殷采芹。我们只是在那里谈天，除了谈话之外，我们什么事都没做。"他直视着父亲，坦坦然地注视着父亲，头抬得高高的，"爸爸，谈话也是犯罪吗？"

乔云峰凝视着儿子，他重重地呼着气，脸色发青。

"你是个不知天高地厚的傻瓜！"他咬着牙骂，"你知道是谁把这幅画送来的？是殷振扬和他的爸爸！你知道那只老鹰对我说些什么？叫我管教好我的儿子！说他们殷家不会接受……"他咬紧牙关，咽住了下面的话，狠狠地瞪着乔书培，他的眼睛涨得发红，脸色气得铁青："书培，你一向懂事，为什么要自取其辱？你父亲虽然只是个小书记，还有一身傲骨，你何必去沾惹那群土霸恶绅？难道你不知道那殷家是惹不起的吗？我老早老早就跟你说过了，沾了他们家，就会惹麻烦，你不懂吗？"

乔书培呆呆地望着父亲，从父亲那沉痛的语气里，终于体会到一件事，殷振扬父子，必定带来了一场风暴。而那只会念书、与世无争的父亲，也必定受到了一场侮辱。他深吸口气，垂下了眼睛。

"我懂了。"他闷闷地说。

乔云峰默然片刻，瞪视着儿子，他好久都没说话。然后，他忽然把书培拉到身边，用他那枯瘦的手，握紧了书培的手腕。他沉痛地、怜惜地、伤感地、忧郁地说：

"孩子，人世间的事不一定都公平，也不一定都有道理。你不懂，我知道你不懂。你不懂我们和殷家，各有各的自傲，我们有的是傲骨，他们有的是傲气。他们看不起我们，我也看不起他们。这中间的微妙，是你不能体会的，你还太小。我只能告诉你，你如果继续和殷采芹来往，会使我很伤心，也很难堪。书培，在你还没有陷得太深以前，拔出你的腿来吧，那殷家，是一个好大好大的泥淖，一个又脏又臭又污秽的泥淖。这话我本来不愿意讲，你逼得我非讲不可了。"

他紧偎着父亲，眼前看到的，只是父亲鬓边的几根白发和额上的几条皱纹。他不愿去想殷家是不是泥淖，不愿去分析这中间的矛盾和道理，他只看到父亲的白发和皱纹，只听到父亲那沉痛而伤感的声音。

"我知道了。"他短促地说，"我不会再去招惹他们家了！"

他挣开父亲，往自己的房里冲去。刚冲到房门口，他听到父亲在他身后喊：

"书培！"

他站住了，回过头来。

乔云峰深深地注视着他，用不疾不徐的语气，轻轻地说了句：

"那是张好画！"

他怔了怔，凝视着父亲。

"那是张好画！"乔云峰重复了一遍，"难得你能掌握到那个主题：那双夕阳下的手！"

他的心因父亲的赏识和了解而悸动了。

"它没得奖，"他说，"评审委员认为它'主题意识表现不清'！"

父亲点了点头。

"你瞧，这就是人生！好在，你的目的是画画，而不是得奖，对吧？"

他笑了笑，把自己关进了房间里。房门一合上，他的笑容也合上了。他想着殷采芹，今夜，她又会有什么命运？他倒在床上，用一种苦恼的、痛楚的心情去想她。明天，他和她有个约会。明天，在海边有个约会！他闭上了眼睛，咬紧了牙关，明天，他知道，他不会去海边了。

第六章

　　明天，不会去海边。但是，明天，注定是个未知数，注定是要出点事的，注定要改变许多人的命运。

　　早上，乔书培去学校的时候，情绪仍然低落，他几乎是忧郁而不安的。昨夜一夜没睡好，他想过许多事情，想过和殷采芹的友谊，想过那些为殷采芹打架的童年，想过小学同学在神仙树上写字来嘲弄他们的往事，想过殷采芹对他的感情……想过在岩洞里恍悟到的欢愉和震撼……而今，一切刚"开始"似乎就面临"结束"。正像父亲说的，他们家和殷家之间，有一条无法飞渡的无底深渊，他和采芹，像是伫立在两个山巅的人，只能迎风伫立，遥遥相望，切莫"再进一步"！

　　头一次尝到失眠的滋味，头一次领略感情的苦恼。不过，他叹息着想，反正都会过去的！他面前还有好多好多的事要做，好多好多的路要走。殷采芹毕竟只是他生命里的一个点缀，忘掉她吧！"好男儿当如是"！

他到了学校，上了四节课，在中午的休息时间里，小胖匆匆忙忙地找到了他，把他拉到一边说：

"小心，殷振扬已经约了打手，预备放学以后，在你回家的路上修理你！"

他愣了一下，自言自语地说：

"又要来这一套吗？"

"你最好躲一躲，下课后到我家去吧！反正殷振扬不敢在学校动手，训导主任已经说过了，殷振扬再打一次架就开除！"

"我不躲，"他本能地挺了挺背脊，"要打就打，我也不见得打不过他！"

"你一定打不过他！"小胖焦急地说，"你少逞匹夫之勇，他们有一伙人，你才只一个！好汉不吃眼前亏！"

"你不懂，"他望着小胖说，"我躲得了今天，躲不了明天，我不能躲殷振扬一辈子！"他忽然深思地靠在墙上，蹙着眉说，"或者我可以和殷振扬谈谈！为什么我和他之间，一定要结仇呢？我跟他讲讲理看，现在不是小时候，大家都大了。"

"唉唉！"小胖急得直跺脚，"你少糊涂，少当书呆子了，你骂了人家妈妈是大河马，又占了人家妹妹的便宜……"

"我占了他妹妹的便宜？"乔书培惊问，"什么话？什么东西叫便宜？"

"你没有吗？"小胖愕然地说，"雅丽告诉我，殷采芹昨天给她爸爸用鞭子狠抽了一顿，骂她不害羞，跟你不三不四的，抽得手臂上都是血痕，所以，今天朝会上，她连弹琴都不能弹。"

他呆住了，怔了两秒钟，然后，他拔起脚，就往女生教室的方向冲去。小胖一把抓住了他：

"你要干什么？"

"去看殷采芹！去问问清楚！"

"你还要惹麻烦，"小胖抓住他不放，"你麻烦还没惹够是不是？你要闹得全校都知道啊？"

"我不管！"乔书培挣脱了小胖的手，直冲向女生教室那边，自己也不太明白，为什么一听到殷采芹挨打，他就五内如焚了。只觉得又惊又怒又痛，把所有的理智、思想，连同对父亲的诺言，都抛到九霄云外去了。

他一口气跑到了殷采芹的教室外面。通常，男生找女生，总是有些偷偷摸摸，像小胖和雅丽的来往，就是相当秘密而鲜为人知的。他却跑到那教室门口，当门一站，对着里面直视过去。在全体女生的愕然中，他看到了殷采芹，她正坐在那儿对他发愣。他微微扬了扬头，殷采芹就乖乖地站起身子，走出来了。

"你干吗？"她悄悄地问，"有话放学之后再说，岩洞那儿不能去了，我在神仙树下面等你。"

"你挨了打吗？"他率直地问。

她震动了一下，看了看四周，同学们都在对他们行注目礼了。他惊觉过来，就领先向校园后面的一片密树浓荫里走去，她默默地跟在他身边，到了树林里，他回过头来瞅着她。就在这短短的一段路程里，他完成了一段心路历程，由一个懵懂迷茫的少年时期，走入了一个敢做敢当的青年时期。

"你挨了打？"他再问，重重地呼着气，"是不是？你爸爸用鞭子抽了你，是不是？"

她咬咬嘴唇，慌忙摇摇头。

"没……没有。"她支吾着说，"只……只是骂了我一顿。"

他一把拉起她的手臂来，捋起她的袖子，立即，他看到她整只手臂上都是鞭痕，一条一条青紫的痕迹，淤血地、肿胀地浮现着。她急忙夺下手来，用袖子盖住了伤痕，急切地、不安地解释：

"不是为了你！"

"是吗？"他打鼻子里问，又惊又怒，而且内心绞痛，"放学后，我去看你爸爸！我要问一问，我和你谈谈天，有什么地方错了？为什么要打你？"

"你疯了？"她惊呼着，"我爸会把你撵出大门！而且，我不是为你挨打，你不要误会，是……为了我妈，我爸要气我妈，他打我，是为了要我妈心痛。与你……与你一点关系都没有……你千万别来搅这潭浑水，这是我们的家庭纠纷……将来……将来我再解释给你听！"

他瞪着她。

"你发誓不是为了我？"

"不是！"她拼命地摇着头，"绝对不是！"

他沉吟了一会儿，仔细地审视她：

"你知不知道，你爸昨天去看过我爸爸？"

她大惊失色，嘴唇变白了，眼底里盛满了恐慌。

"怎样？"她问。

"我被禁止和你来往。"他说，"不只是你爸爸禁止，我爸爸也禁止。"

她的眼睛睁得好大好大，一瞬也不瞬地望着他，嘴唇更白了。

"你预备怎么样？"她再问。

"今天来上学的时候，我已经决定告诉你，我们到此为止。"他凝视着她，她那白皙的面颊光滑得像缎子，眼珠深黑、迷蒙，浮着薄薄的雾气，"但是，现在，我改变了主意。"

"哦？"

"知不知道海鸟怎么叫？"他忽然问。

她困惑地摇摇头。

"海鸟叫得吱吱叽叽的，听起来像两句话：'寄寄寄，去去去！'一点也不好听！"他说。

她仍然困惑地望着他，完全不了解他的意思。

"以后，每天晚上，你如果听到海鸟叫，那就是我在防风林里了。"他继续说。

她的眼睛闪亮，唇边浮起了笑意。她深深地点了点头。

"你不怕你爸爸知道？"她悄声问，"他会不会……打你？"

"我爸和你爸不同，他不是野蛮民族！"他说，不安地耸了耸肩，"他不会打我，永远不会。可是……"他坦白地说，"我怕他知道，很怕。"

她凝视他。

"而你还是要……'寄寄寄，去去去'？"

他笑了。那笑容一闪而逝。他又深思地蹙起了眉头，沉吟地说：

"最近，我很糊涂，我越来越不了解人与人间的关系，越来越不懂是非善恶的区分，我觉得我们接受的教育和我们实际的生活是两回事。我爸常对我说，成长本身就要付出代价，就像昆虫要费力地去脱壳一样。我有预感，我的代价或者会付得比别人大……"

他的议论只发了一半，上课钟响了。他们两个匆匆分开，各奔各的教室，临行，她又急急地交代了一句：

"如果临时有事找我，可以写条子叫雅丽传给我！"

"好的！"

他回到教室，照常上课，心里仍然乱糟糟的，但是，却比昨夜的辗转难眠和茫然若失要好多了。他知道自己做了个决定，这决定不知是对是错，能确定的，是违背了大人们的戒条——而大人，就一定对吗？他甩甩头，"我并不要做坏事，"他想，"我只要自由，自由地交朋友，自由地成长，自由地脱壳。"

可是，他忽略了这"自由"还有的另一项阻力。当天放学后，他就在学校附近的一块空地上，被殷振扬和七八个彪形大汉团团围住了。事实上，自从小学以后，他就没有和殷振扬打过架。当小胖警告他殷振扬要找他打架的时候，他也没有很重视这件事，在他的心目中，打架还是孩子们那一套，扭成一团，打几个滚，完全不登大雅之堂。他根本不明白殷振扬这么大了，十七八岁的人（他因一再留级，年龄比乔书培他们都大）怎么还会动不动就打架？因此，当他被围困的时候，他也一点都不紧张，只是举起手来，对殷振扬说：

"慢点！有话好好说，我们又不是还在读小学，我先声明，我可不和你打架！"

"打架？"殷振扬大吼，"谁要和你打架！我是要揍你！我不是要和你打架！"

说完，他一拳就击中了乔书培的肚子，乔书培只觉得一阵剧痛，五脏六腑似乎都裂开了。他再也按捺不住，就对殷振扬一头撞去，殷振扬毫无防备下，被撞了个正着，他"哇呀"一声大叫，嚷着说：

"好呀！他还真打呀！大伙儿上！"

一声令下，四面八方的人都围了过来，有几个人从乔书培身后一把抱住了他，反剪了他的双手，殷振扬就左一拳，右一拳，对着他的下巴、小腹、胸口……挥舞过来，乔书培挣扎着，那些大汉却把他箍得像铁桶似的，使他完全动弹不得，殷振扬每打一拳，就问一句：

"还敢骂我妈妈是河马吗？"

"还敢追求我妹妹吗？"

"还敢癞蛤蟆想吃天鹅肉吗？"

"还敢转我们殷家的念头吗？"

"……"

乔书培这时才知道，这再也不是童年的打架了，这是一种"暴行"，一种致命的残杀！他的五脏六腑全在撕裂，浑身骨节都在散开，下巴的骨头似乎都裂了，嘴里咸咸的全是血……他痛得已经没有思想，没有意识，他开始疯狂地、不受控制地张嘴怒骂：

"你妈是河马，河马！河马！河马！河马！河马……"他一口气叫出几百个"河马"，直到殷振扬一拳打中他的鼻子，血直流下来，滴在衣服上，他脑中轰然乱响，心想，今天这条命八成是完了。他痛得再也叫不出声音，再也骂不成句子……就在这时候，他听到一声女性的尖叫声，带着哭音的尖叫声：

"哥哥！你还不住手！我已经报了警！警察来抓你们了！"

他睁开眼睛，勉强集中自己要涣散的思想和意识，于是，他看到殷采芹扑了过来，和身扑在殷振扬身上，死命用胳膊抱住了殷振扬的手臂，殷振扬大吼着：

"你疯了？你这个不要脸的小婊子！走开！"他一把把殷采芹推翻到地上。采芹跌倒了，但她爬起来，又和身扑向她哥哥，乔书培心中大急，采芹，你在送死！果然，"啪"的一声，殷振扬给了采芹重重的一耳光，采芹又跌倒了。但是她再爬了起来，第三度扑了上去……

忽然间，警笛狂鸣，人声杂沓，那些抓住乔书培的大汉猛然松手，大家哄然一声，四散奔逃。乔书培对前面栽了过去，终于失去了知觉。

醒来的时候，他已经躺在自己的床上了。父亲正用一种沉痛而忧郁的眼神，默默地望着他。他周围全是人，放眼看去，有小胖，有阿松，有雅丽，还有几个其他要好的同学。他试着摸索自己，才发现下巴上、面颊上，全都绑上了绷带。他的手无力地垂了下来，只觉得浑身上下，无一处不痛。他张开嘴，用舌头舔舔嘴唇，他整个嘴唇都破了肿了。他望着雅丽，费力地、模糊不清地、喃喃地说：

"雅……丽，采芹她……她……"

"她给她爸爸捉回去了。"雅丽立即说。

他摇了摇头，心里又恐惧又担忧，他们父子会杀了她！他想起她手臂上的血痕，想起殷振扬对她挥去的一耳光，他瞪着雅丽，欲言又止。

乔云峰注视着儿子，他叹了口长气。

"放心，书培，"他沉声说，"老虎也不吃自己的孩子。你还是多关心一下你自己吧！我已经在警察局报了案，他们会治殷振扬的罪。"

他望着父亲，心里有几百种矛盾的情绪。如果殷振扬因此坐牢，他们和殷家的仇，也就再也解不开了。他无法说任何话，也无法表示任何意见，只是疲倦地闭上了眼睛。同学们看他倦了，也都纷纷告辞了。当同学都走了，乔云峰才坐在儿子身边，用手紧紧地握住了乔书培的手。

"下学期，我们搬到台中或高雄去。"乔云峰说。

乔书培一震，立即睁开了眼睛。他看到父亲好忧郁好忧郁的眼光，好沉重好沉重的神情。他挣扎着说：

"爸……"

"不要说话！"乔云峰忧愁地命令着，"我本来想，我已经在这儿住了快十年了，我几乎爱上了这个小城。但是，唉！"他叹了口长气，"十年前，我为你母亲而隐蔽了自己，十年后，似乎又该为了你，放弃这小城！"

他在枕上摇头，拼命地摇头，困难地说：

"不要，爸爸。不要！"

"不要？"乔云峰问。

"不要！"

"你要留在这小城里？为了我？还是为了殷采芹？"

他苦恼地把头转向一边。

"为了这小城，"他呻吟着，口齿不清地说，"我也爱它，它像是我的家乡，我是在这儿长大的，不能让殷家把我们从这儿赶走。"

乔云峰皱了皱眉。

"由衷之言吗？"他沉吟地问，"我很怀疑。我不信任你，书培。你留在这儿，恐怕还是为了殷采芹。不过，你说动了我，好吧，让我仔细地考虑考虑这件事。"

乔书培在床上整整躺了一星期，在这一星期里，父亲绝口不提殷家，也不提迁居到其他城市的事。乔书培也不敢多问，一星期后，他重新回到学校里。

到了学校，他才知道殷振扬被开除了。而殷采芹呢？自从打架出事那天之后，她就没有到学校来上过课。这使乔书培大大不安，大大震惊了。雅丽找到了他，递给了他一封信，安慰地说了句：

"看了，你就懂了。"

他打开信封，抽出信笺，那封信简短而扼要，显然写得很仓促。虽然只有寥寥数语，却充满了恻隐与无奈：

书培：

　　我被遣送到苏澳姨妈家里去了，我转学到那儿一家教会中学，我会过得很好，你放心。

　　哥哥再也不会找你麻烦了，你爸爸撤销了伤害告诉，条件是保障你以后的安全和送走我，我想，与其你转学不如我转学，所以，我走了。

日子长得很，是不是？书培，我们都还好小好小，小得没有力量改变这个世界上的许多事，但是，有一天我们也会长大，是不是？

我会在苏澳写信给你，寄到雅丽家转交，你呢？你不能写信给我，教会学校很严，我又受到特别监视。不过，这儿也有海滩，也有渔港，我会天天在海边去听海鸟的叫声："寄寄寄，去去去！"我要练习把那声音听熟。总有一天，我还是要回到白屋的。我回来的时候，希望那海鸟会在我窗子底下叫。会吗，书培？

临行不能看你，只能草草写两个字，珍重！书培！珍重！

采芹

他握紧了信笺，一语不发。

当天黄昏，他又漫步在沙滩上，望着那大海，望着那飞翔的海鸟。他倾听着海鸟的鸣叫声"寄寄寄，去去去！"他走入防风林，一步一步地，直到他看见了白屋。

靠在一棵树上，他看着白屋，那二层楼的第三个窗子，是殷采芹的房间。他望着那垂着窗纱、寂无人影的窗子，那是殷采芹的房间！总有一天，她会回来，那窗子将有灯有光有人影……那时候，他得学会海鸟的叫声。

他奔回到沙滩上，海浪起伏着，海风呼啸着，海鸟飞翔着……他望着那海鸟，一只又一只，张着那白色的翅膀，有韵律地、美妙地掠水而过，依稀仿佛，白色的海鸟变成了个小女孩儿，穿着一身银白色的羽纱衣裳，轻盈、柔软地旋转、摆动，舞在那大礼堂的舞台上。

他爬上了一块岩石，仰首向天，他骤然发出一声清越的长啸！他心中在呐喊着：长大！长大！长大！从没有一个时刻，他那样渴望长大！

是的，日子总会过去，他总会长大。但是，他却再也没料到，和殷采芹这一别，却足足有三年之久，再见面时，他真的是个大人了。已经考上大学了。而整个世界，都早已是另一番面貌！

第
七
章

　　高中三年，是乔书培最顺利，最没有风波，没有争斗的三年。他进了小城中最好的一所高中，一直保持名列前茅、品学兼优。高中是男女分校的，他仍然和小胖同一个学校。雅丽初中毕业后就没有再升学，小城中的风俗，女孩子能够念完初中，已经是很了不起的事了。她留在父母的杂货店里帮忙，仍然和小胖来往着。乔书培就依赖他们的来往，偶尔得到几封殷采芹的信。每次收到信，他总会兴奋得好几天不能平静。他经常把信带到海边，坐在那岩石上，一遍一遍地重读那些信。当他读信的时候，海浪就在他脚下呼啸着，海鸟就在他头顶飞翔着，海风就在他身边穿梭着，彩霞就在天边翻涌着。他把信捧在胸前，一如采芹正和他共用着这海浪，这岩石，这海风，和这彩霞满天。

　　别后的第一年，殷采芹的信很多，谈她的学校，谈校中的老修女，谈她那边的渔民和海港，谈放假后回家的时光。可是，放假了，她根本没有回来，只写了一封很简短的信告诉他：

　　……爸爸要我放假后仍然留在苏澳，我要从姨妈家搬到学校里去住。以后，写信不会这么方便了，我恐怕无法再常常给你写信，修女管理我们就像军官管理士兵似的……

　　从此，她的信少了，到第二年，殷家就出事了。她寄来了最后一封信，上面潦草地写着：

　　……书培，你知道我爸爸的大理石工厂倒掉了吗？而且，他被牵涉进伪造文书和违反票据法里，听说要判刑，全家愁云惨雾，哥哥已经到台北去另谋发展了。我那第三个姨娘居然席卷白屋里的细软，和一个工人私奔了。我母亲已经迁来苏澳姨妈家，正商量办法营救爸爸。我可能会辍学，这儿的学费太贵，我不再是富贵之家的小姐了。以后写信，诸多不便，请你原谅我忽然家逢不幸，心乱如麻……我只怕，以后除非梦里，才会听到海鸟的啁啾了。

　　这是她写来的最后一封信。那年，乔书培正念高二。而小城中，也正盛传着殷家的"剧变"。事实上，殷家的事闹得很大，绝非殷采芹信里那三言两语所能包括的。据说，殷耀祖涉嫌利用渔船走私，并且是个庞大的走私集团的负责人，他被逮捕而且送去法院调查，殷振扬和他那"河马"母亲全赶去营救。就在白屋的真空状态中，那出身烟花的三姨娘，眼看殷家一败涂地，就和大理石工厂中的工头，席卷了所有白屋里值钱的物品跑掉了。当时，留守在白屋里的只有采芹的母亲，三姨娘跑掉，二姨娘遭殃，"河马"跑回小城，把采芹的母亲骂得半死，于是，白屋再也不能住了，那可怜的女人只得投奔到苏澳去依靠那儿的亲戚……

这所有的事，都是小胖阿松他们陆续告诉乔书培的，小城中没有秘密，殷家的事一传十，十传百，几乎尽人皆知。殷耀祖被捕后就没放回来，白屋的繁华在一刹那间就成过去。乔书培曾经亲眼看到那"河马"把白屋中最后的一些家具运走，其中包括紫檀木的雕花桌椅、镶珠宝的大檀木箱子，成套的雕花屏风，各式各样的矮桌矮凳……以及那乌黑油亮的大钢琴……

再也听不到白屋里的琴声了，再也听不到那小女孩儿用轻柔的声音低唱"彩霞满天，渔帆点点，海鸟飞翔，海浪腾喧……"的曲调了。那楼上的第三个窗子，再也不会亮起灯光了。乔书培已练得一级棒的海鸟叫，连一次应用的机会都没有了。在白屋的家具搬空以后，房子的门窗都被封死，没多久，就挂出了"吉屋出售"的牌子。又没多久，"吉屋出售"的牌子拿走了，换上法院的"查封"的条子……于是，乔书培知道，老鹰已经定罪，财产一律充公。往日殷家的富贵繁华，就像海面的海市蜃楼，转瞬间就烟消云散。

在殷家"败落"的这段过程里，乔书培说不出自己内心的感触，也没有人可以和他谈一点儿知心话。小胖他们只是幸灾乐祸，因为当初都受过殷振扬的欺侮。雅丽逐渐变成个平凡的小女人，一心想嫁给小胖，当贤妻良母，她对乔书培和殷采芹那段故事，已不再感兴趣，何况，也没有"情书"再让她转达了。于是，乔书培完全失去了殷采芹的消息，无从打听，也无从过问。

那段日子，他相当消沉，回了家，也变得落落寡欢。他越来越喜欢沉思，越来越喜欢孤独了。于是，有一晚，乔云峰在他书桌边坐下来，静静地开了口：

"我从没有告诉过你，关于你母亲的故事。"

他抬起头来，看着父亲。有一份本能的好奇与关怀，这是他从小就有的"结"，只是从来不敢问。

"你母亲出身豪富，是个世家之女，祖父是翰林。她很美，很美……你想象不出来的美。"父亲深思地说，脸上却淡淡的，毫无表情，像是在说别人的故事，"我和她是在大学里认识的，两人一见钟情，爱得天翻地覆。当时，我正半工半读，因为我只身来台，无亲无故，生活过得非常清苦。我们的爱情受到了阻力，她父亲并不是不讲理，而是很实事求是。他承认我有才华，有抱负，却叫我'拿出实际的成绩来，才可以谈婚嫁'。你母亲……她那么爱我，她在我一点成绩也没有的时候，就和我私奔了。"

父亲停止了叙述，在那一刹那间，乔书培注意到，父亲脸上闪过了某种温柔，某种深刻的温柔。他望着桌上的台灯，若有所思地用手指拂弄着灯罩上的穗子。

"我和你母亲公证结婚，然后就开始了一段漫长而艰苦的生活。在我们结婚前，你母亲对我说过：你是神，我跟你，你是鬼，我跟你，你是富翁，我跟你，你是乞丐，我也跟你！今生今世，如果你敢把我从你身边赶开，我立刻就跳楼！死了之后，变成鬼，我还是要跟着你！"乔云峰住了口，把眼光从台灯上收回来，落在乔书培的脸上，他深沉地、含蓄地、郑重地说，"书培，永远不要相信女人的誓言，永远不要相信女人的爱情，世界上所有的海誓山盟，到最后都成虚幻！"

乔书培默默地瞅着父亲，过了很久，才低声问：

"后来呢？"

"婚后，我们过得很苦，我一向不太适合于大都市的恶性竞争，我与世无争而又生性淡泊，这种个性，是二十世纪的废物。我的工作总是碰壁，生活的压力使你母亲面临整个的幻灭，你出世以后，生活更苦了。我再也不是你母亲心目里的英雄了，她毕竟是个娇生惯养的大家小姐，她看不惯我的日坐书城，她嘲笑我的自命清高，往日，她所欣赏我的地方，成为日后她所轻视我的地方。书培，记得你以前参加图画比赛落选的事吗？"

"记得。"

"你母亲，她要的是'奖'，而不是'画'。我呢？偏偏是'画'，而不是'奖'。"

乔云峰自嘲地微笑起来，那微笑显得又寥落，又失意，又苍凉，又忧郁。

"后来呢？"乔书培再问。

"后来，"父亲忽然振作了一下，提高了声音，"她遇到了一个奖！"

"一个奖？"

"是的。她遇到另外一个男人！一个二十世纪的男人，积极、奋斗、有前途、有事业……有一切我所没有的优点，一个像她父亲一类的男人。于是，她离开了我们。所有的海誓山盟都成过去，她毅然决然地离开了我们。"

乔书培不说话，只是默默地瞅着父亲，好久好久，他们父子二人，相对凝视，彼此在彼此的眼底，去阅读着对方的思想。然后，乔书培低问：

"为什么要告诉我这些？"

"你知道我为什么要告诉你这些。"乔云峰说，深沉而诚挚地望着书培，语重心长地说，"忘掉殷采芹吧！"

他震动了一下，不说话。

"答应我，书培，"乔云峰继续说，"永远不要为情所困，永远不要为情所苦。尤其，决不要为一个女人，付出你全部的感情，那会使你整个精神生活，面临破产。"

他凝视父亲："你破产过吗？"

"是的。幸亏我有你，从你身上，我又一点一滴地积蓄起来，现在你是我的全部财产了。你——会不会再让我破产一次呢？"他深深地瞅着儿子。

乔书培感动而震撼了。他望着父亲，情不自禁地喊了一声：

"爸爸！"

于是，他们父子之间，再也不谈这件事。而乔书培呢，他开始"努力"地去"遗忘"殷采芹。反正，她不再来信了。反正，她目前的行踪何处，他都不知道。反正，他的功课已经越来越忙了。反正，他和殷采芹，原也没有进入到什么"情况"，反正，他马上就要联考，功课已经压得透不过气来。

这样，直到他高中毕业，直到他已考完联考。直到放了榜，他考上师大艺术系。

就在他和父亲准备着他的行装，就在他要去台北就读的那最后一个假期，殷采芹不声不响地回来了。

那天黄昏，他一点心理的准备都没有，整天，他都幻想着台北的大学生活。白天，他办了许多事。黄昏时，雅丽忽然来找他，把他拖出家门，她神神秘秘地递给他一张纸条，他还以为是小胖托他办什么事。小胖没有考上大学，即将入伍受军训。他毫不在意地打开纸条，那熟稔的、娟秀的字迹就一下子跳进了他的眼帘：

晚上八点钟，我在岩洞前面等你。

他惊跳起来，一把抓住了雅丽。

"她回来了？"他傻傻地问。

"当然哪！否则谁写给你的条子？"雅丽笑着说。

"她住在什么地方？白屋吗？"

"白屋还能住吗？你越来越傻了！她……暂时住在我家。"

"暂时？她一个人回来的吗？她妈妈呢？"

"啊呀，你把问题留下来去问她吧！"雅丽急着要走。

他又一把抓住了雅丽。

"等一等，为什么要到晚上？我现在就去看她！"

雅丽按住了他。

"你还是听她的安排吧！急什么呢？三年都这么过去了，三小时还等不了吗？"

等不了吗？三小时都等不了吗？那确是世界上最难挨的三小时！他根本一分钟都没有迟延，握着纸条，他就径直来到海边，坐在那熟悉的岩石上，那岩洞就在身后，他坐在那儿，用手托着下巴。整整三小时，他像根老树，像块化石，像那岩石的一部分，他动也不动，只是坐在那儿，看太阳沉落，看彩霞满天，看暮色来临，看海鸟飞翔……看夜色不知不觉地降临，看月亮不知不觉地升起，看海面不知不觉地洒下了点点星光……

忽然，像受到什么神秘力量的牵引，他蓦地转过头去，于是，他看到了她！

她站在海边，无声无息地站在海边，正默默地对他这儿注视着。她穿了件白色碎花的软纱衬衫，同质料的大裙子，披着一头如云长发，伫立在那月光下的沙滩上。海风卷起了她的衣衫，舞动了她的长发，她身长玉立，衣袂翩然。如诗，如画，如梦，如烟，如雾，如仙，如幻……如海面幻化的仙灵，如月光织成的幻影……

他慢慢地站起了身子，傻傻地对她凝望。她也一动不动，只是站在那儿，遥望着他。他们就这样对峙了好一会儿。然后，他走下了岩石，一步一步地，他往她那儿缓慢地移过去，移过去，当他走近了她，他们之间，只剩下一步路的距离，他站住了。

月光清晰地照射在她脸上，三年！三年的时间，把一个少女变成了仙子，把美丽已化为神奇！她双眉入鬓，双目如星，那流动的眼波，那长而微卷的睫毛，那粉红色的双颊，那小小的、颤动的嘴唇……他看着，看着，看着，不信任地看着，从她的头发，看到她的脚尖。她也同样在看他，那盈盈如秋水的眸子闪烁着优柔的清光。然后，不知怎的，她一下子就投进了他的怀中，他紧拥着她，连思想的余地都没有，他的嘴唇就紧贴在她那柔软、细腻而湿润的嘴唇上了。

虽然，他们从小娃娃的时代就已经认识，虽然，他们已经共同在海边度过不知道多少黄昏，虽然，他们也为了彼此而付出了代价，虽然，他们也因相知相许而引起过轩然大波……但是，他们却直到如今，才为彼此献上了自己的初吻。

那是怎样眩晕的一刻呵！天地似乎在这一刹那间才混沌初开，生命之火似乎在这一刹那间才熊熊燃烧，大海狂涛似乎在这一刹那间才翻滚汹涌，心灵与心灵似乎在这一刹那间才撞击出火花……他呼吸炙热，心脏狂跳，周身的血液，像海浪般在喧嚣奔腾。

终于，他抬起头来，用双手紧捧着她的面颊，他贪婪地、睃巡地注视着她，昏乱地低叹着说：

"你怎么可以这样子！怎么可以！"

她在他的埋怨下微微悸动。

"怎么样？什么怎么可以？"

"你怎么可以这样子美！怎么可以这样子迷人啊！"他低喊着，"你怎么可以三年没有踪迹，然后忽然从海底升起来一样站在我面前！你怎么可以！怎么可以这样子把我捉住！让我浑身像火似的燃烧起来！"

她闭了一下眼睛，那两排睫毛密密地垂着，微微地颤动着，有水珠逐渐地浸湿了那睫毛，于是，他飞快地把嘴唇压在那睫毛上，吮去了那两滴露珠。然后，他把她的头紧拥在胸前，用他那男性的、有力的胳膊，把她紧紧缠住。他的嘴唇埋在她鬓边的黑发里。

"不许哭，绝对不许哭！"他说。

"是。"她低应着，像个听话的孩子。

他们又紧贴了一会儿，然后，她抬起头来，他们再度彼此打量，彼此注视。

"你长得好高好壮了！"她低语，"我喜欢你的头发，以前，我不知道你有这么浓密的头发！"

"毕业以后才留的。"他说，用手捞起她那随风飘飞的长发，"你呢？这头发好像留了好多年了。"

"两年。"她说。

"两年？"他扬了扬眉毛，"修女许你留头发吗？"

"修女？"她怔了怔，"我早就不住在苏澳了。"

"哦。"他被拉回到现实，用手挽住了她的腰，他紧搂着她，肩并着肩，他们沿着海岸，向岩石那儿走去。"快告诉我，"他说，"这些日子你是怎么过的？你住在什么地方？你妈妈呢？还有——你没有考大学吗？我找遍了放榜名单，都没有找到你的名字。"

"你有多少问题？"她问。

"几百个。"

他们走到岩石下面，在一块平坦的石块上坐了下来。她依偎着他，用手抚摸他的手，爱怜地、温柔地抚摸着他手背上的筋络，喃喃地说：

"师大艺术系！我早知道的！你生来就是个艺术家！在你给

鹅卵石、松果、贝壳漆油漆的时候，我就知道你是个艺术家！"
她拿起他的手来，用自己发热的面颊，紧依在那手背上："我喜
欢你的手！"

"你喜欢我的头发，你喜欢我的手，"他失笑地说，"不喜欢
我的人吗？"

她抬起眼睛来，热烈地、宠爱地、崇拜地看他。天哪！他重
重吸气，这醉死人的眼光！

"我喜欢你的头发，因为它是你的一部分，我喜欢你的手，
因为它是你的一部分，我喜欢你的……"她的声音低得像耳语，
"一切的一切的一切的一切……"

天哪！这醉死人的语气！这醉死人的温柔！他重新拥抱住了
她；天哪！这醉死人的、女性的胴体！他放开她，坐远了一点，
对着那潮湿的、新鲜的、带着海洋气息的空气，深深地呼吸。

"你还是没有告诉我，"他说，"你这三年是怎么过的！"

"这三年！"她叹口气，"我不说，你也该知道，爸爸在牢里，
哥哥失踪了。"

"失踪了？"

"反正，不知道跑到哪儿去了。我跟着妈妈，过着小家小户
的日子，倒也平平静静的。当然，一切不能和在白屋里的生活来
比了，不过，总算还过得去。"她忽然住了口，痴痴地望着他，
"我们不谈这个好不好？最起码，今天晚上不要谈。"她把身子挪
近了他，呆望着他，"你爸爸好不好？"

"很好。"

"一定更反对我了？"她说。

他微微一凛，心头有阵乌云飘过。她立即摇摇头，脸上涌出一个好动人好动人的笑容。

"不，不，我们也不谈这个。"她说，笑容在她唇边漾动，"你听过海鸟唱歌没有？"

"海鸟会唱歌吗？"他惊愕地问。

"会的。我后来天天在港口听海鸟叫，原来它们也会唱歌，歌词很简单，老是重复着同样几句话。"

"哪几句话？"

"寄寄寄，去去去，寄也不能寄，去也不能去！"她用海鸟似的啼声，轻轻地说着。月光下，她的面颊上浮着淡淡的哀愁。

他瞪着她，一瞬也不瞬地瞪着她，觉得自己简直不能呼吸了。他立即体会到她那份狂热而无奈的深情，领略了这几年来她那份"欲寄无从寄"的惨切。于是，他骤然又把她拥进了怀里，带着贪婪的甜蜜，疯狂地甜蜜地去吻她。她一心一意地反应着他，身子软绵绵地贴在他胸怀里，软绵绵的像一池温水，缓缓地淹没他，淹没他，淹没他。淹没他的理智，淹没他的思想，淹没他的意识……他喘息地把嘴唇移向她耳边，喘息地低语：

"赶快离开我！"

"为什么？"

"你知道为什么，我要你。"

她更紧地贴住他，她的呼吸热热地吹在他脸上。她的面颊烧得像火，嘴唇也像火。她用嘴唇贴住他的脸，他的耳垂，他的颈项，她低低地说：

"我不在乎。如果你要，我不在乎。"

他的手摸索到她胸前，那儿有一排小小的扣子，他解开了一个，再解开了一个，他的手指探进去，那细嫩的肌肤，温软如棉，他头中昏昏的、乱糟糟的，他喘息地说："你该在乎，你该在乎，你该在乎……"

"为什么？"她说，"从六岁，我就知道我是你的！"

他的手更深地探进去。然后，他听到附近有一只海鸟在叫，不停地在叫，尖锐地在叫：

"住住住！住住住！住住住！"

他跳起来，把她一把推开。他一直走到海水边上，脱下鞋子，他走入那凉凉的海水中，海水淹过他的脚背，浸湿了他的裤管。他甩甩头，迎着那迎面而来的海风，他静静地伫立着。

她悄悄地走了过来，也踩进水中，她踏着海浪，走到他的身后，用胳膊环绕过来，从后面抱住了他，她把面颊静悄悄地贴在他的背脊上。

他抚摸着她的手指，那环绕在自己腰上的手指，他轻声地、温柔地、郑重地说：

"有一天你会成为我的，我要你披上白纱，做我的新娘。现在，我们面前还有好多阻力，好多问题，等着我们一个一个地去冲破。"

她在他身后轻声叹息，低语着说：

"我以为——月光是我的婚纱，青天是我的证人。"

"你说什么？"他没听清楚。

"没什么。"她慌忙说，"我在听海鸟唱歌。"

他回过身子来，紧紧挽住她。

"采芹，让我们有个周密的计划，有个长远的计划，我……"他凝视她，"爱你。"她屏住呼吸。

"十三年来，这是你第一次说这句话。"她说。

"是吗？"他问。

"可惜我没有办法留住这声音。"她又叹口气。

"你不用留住，以后我每天在你耳边说。"他拉住她的手，"来，让我们做一个完整的计划，你先告诉我，你以后预备再念书？还是……"

她用手蒙住他的嘴，对他娇媚地微笑着。

"明天，"她说，"明天再去计划。今晚我太兴奋，太快活了，我没有多余的心去计划未来。让我先醉一醉，明天我们反正还要见面，明天再去计划。"

他笑了，紧拥着她，他们漫步在海滩上，月光下，两人的足迹清晰地排列着，沿着海岸线绵延着，似乎一直绵延到世界的尽头。

第八章

　　这一夜，乔书培是休想睡觉了。

　　整夜，他想着她。她的笑，她的温柔，她的甜蜜，她的细腻，她的美丽，她的一切的一切！他想着她。奇怪，从小在一块儿捡贝壳，拾松果，养小鸟……他从没有觉得她有多了不起过。自幼，她常像个小影子似的跟着他，他总是嫌她烦，总是嫌她给他惹事，几时曾经珍惜过她！他对她永远那样凶巴巴的、命令的、烦躁的……她也永远逆来顺受。哦，童年，童年的他是多么鲁莽，多么粗枝大叶，多么不懂得怜香惜玉啊！他在床上辗转翻腾，叹着气。好在，来日方长，他有的是机会弥补。但是，台北，大学，他又要和她分开了。进大学的喜悦，和与她分开的离愁似乎不成比例。哦，再也不要分开！再也不要分开！再也不要分开！他从没有如此强烈的一种渴望，渴望和她在一起，渴望长相聚首，耳鬓厮磨。

　　瞪视着天花板，他完全不能合眼休息，周身的血液仍在喧嚣奔腾，心脏仍在那儿不规则地、沉重地擂击。太多的话还没跟她说，太多的未来还没有去计划，初见面的狂喜已经冲昏了头，怎么那样容易就放她走啊！他从床上坐了起来，眼巴巴地望着窗子，眼巴巴地等着天亮，只要天一亮，他就可以到雅丽家去找她了。他回忆着她的眼光，她的唇边的温馨，那醉死人的温馨。真没想到，当初在防风林里的那个小黄毛丫头，竟会让他如此牵肠挂肚，神魂颠倒！他咬着嘴唇，把下巴放在弓起的膝上。时间过得多缓慢，天怎么还不亮呢？

终于，黎明慢慢地染白了窗子，那窗玻璃由一片昏暗，变成一抹朦胧的灰白，再由朦胧的灰白，变成了一片清晰的乳白……他一动也不动，听着自己的心跳，数着自己的呼吸，他耐心地等待着。总不能在凌晨时分，就去敲雅丽的房门啊。那清晰的乳白变得透明了，初升的朝阳在绽放着霞光，透明的白色又被霞光染成了粉红。他再也按捺不住，披衣下床，他看看手表，才早上五点钟！

才五点，时间真缓慢！总不能五点钟去扰人清梦，可是，他也无法再睡下去了。悄悄地去梳洗过后，倾听了听，父亲还熟睡未醒呢！今晚，他要做件事，今晚，他要把采芹带回家来，今晚，要跟父亲彻底地谈一次……殷家是个污秽的泥淖，泥淖也种得出清丽脱俗的莲花啊！爸，你没念过《爱莲说》吗？

他扬扬眉毛，不知怎的，就是想笑。一夜未睡，他仍然觉得胸怀里充溢着用不完的精力。那崭新的喜悦，就像喷泉似的，从他每个毛孔中向外扩散。他穿好了衣裳，悄悄地走出房间，悄悄地走出家门，才早上五点钟，他不能去吵她！他伫立在黎明的街头，那带着咸味的、熟悉的海风，正迎面吹了过来。于是，他清啸了一声，就拔腿对海边跑去。

他跑到了海边，沿着海岸线，他狂奔着，又跳又笑又叫地狂奔着，把水花溅得到处都是，他像个疯子，像个快乐的疯子。跑呵，跳呵，叫呵，笑呵。大海呵，阳光呵，朝霞呵，岩石呵，你们都来分享我的喜悦呵！

他在海边来来回回地跑了一次又一次，跑得浑身大汗，跑得气都喘不过来了。然后，他把头整个浸进海水里，再抬起头来，他觉得自己浑身都是"海"的味道了。拂了拂那湿漉漉的头发，他再看看手表：七点半了，可以去找她了。雅丽一定会嘲笑他，哦，让她去嘲笑吧！

他用小跑步跑回小城，一路上，对每一个他碰到的人笑。卖菜的、卖鱼的、上班的、上学的……他对每个人笑。渔夫呵，小贩呵，老师呵，学生呵，小姑娘呵，阿巴桑呵……你们都来分享我的喜悦呵！

他终于停在雅丽家的门口。

雅丽的杂货店才刚刚在卸门板，他对着里面东张西望，冲着门口的伙计笑。于是，雅丽出来了。看到他，雅丽微微一怔，一句话没说，她转身就往屋里冲去。懂事的雅丽呵，你知道我来做什么。他靠在门口的柱子上，对着杂货摊子笑，期待和喜悦像两支鼓棒，正交替地捶击着他的心脏，他用手按住心脏，少不争气好不好？为什么跳得这样凶！

雅丽又跑出来了。他伸长脖子往她身后看，没见到采芹，怎么，她还害着吗？还是尚未起床呢？

　　"乔书培，"雅丽拉住他，把他拖向了街角，"她已经走掉了。"

　　他怔了怔，瞪着她，不解地皱起了眉头。

　　"你是什么意思？什么叫走掉了？你是说，她去找我了？还是在什么地方等我？"

　　"不是，不是，"雅丽拼命摇头，"她是走掉了。她坐早上五点钟的火车走了。"

　　乔书培的心脏"咚"的一下，就掉进了一个无底的深渊里，他的呼吸几乎停止了，手心冰冷，他死盯着雅丽，不信任地、昏乱地、恼怒地说：

　　"不要开玩笑，雅丽，不要开这种玩笑。"

　　"我没有开玩笑。"雅丽睁大了眼睛，眼里闪起了一抹泪光，"她一夜都没睡，坐在那儿写啊写啊，她写了封信给你……"她从口袋里掏出一个信封，递给他，"早上五点，她就搭最早的一班火车走了。"

　　他接过那信封，瞪着信封上的字：

　　留交

　　乔书培

　　他心里有些明白了，有些相信了。他忽然觉得天旋地转起来，忽然觉得太阳变成了黑色，他把身子靠在墙上，脑海里还有分挣扎着的思想和残余的理智。

　　"为什么？"他喃喃地说，"为什么？早上五点钟，那时我已经起来了，我还来得及阻止她……火车？她到哪儿去了？"他一把握住了雅丽的手臂，"她的地址呢？给我她的地址！"

雅丽挣开了他的掌握。

"没有。她根本没告诉我她从哪儿来，或者要到哪儿去。我也不知道她的地址。你为什么不看看她的信呢？或者，她会在信里写得清清楚楚，或者，她会在信里告诉你她在什么地方等你！"

一句话提醒了乔书培，放开了雅丽，他慌忙抽出信笺，一看，竟密密麻麻地写了好几张信纸。心里就凉了一半，不祥的预感，立刻把他牢牢地抓住了。握紧信笺，他不再追问雅丽，就径自往海边走去。

他又回到了海边，回到那岩石前面，回到他们昨晚接吻拥抱的所在。他在那岩石上坐了下来，摊开信笺，好久好久，他不敢去看那字迹。最后，他终于咬咬牙，对那信笺仔细地、一口气看了下去。

书培：

当你收到这封信的时候，我已经离开这小城了。可能永远离开，而不再回来了。换言之，我和你之间，大概也就缘尽于此了。

别恨我，书培，也别怪我，书培。要知道，在你对我根本还不怎么样注意的时候，我就爱上了你。或者，童年的爱情都是糊糊涂涂而不自觉的，但，在我好小好小的时候，就那么依赖你，那么崇拜你，那么喜欢你……只有在跟你相聚的时候，我才会快乐，我才会欢笑，会唱歌。小时候，许多事都是为你做的。我至今记得，毕业晚会上，我因为有你而跳那支"天鹅湖"，可是，你并不欣赏，也不喜欢，那晚，你对我好凶好冷淡，你拒绝我的邀请……知道吗，书培？那晚我竟哭了一整夜。而且，从此之后，再也不学芭蕾舞！

我重提这件往事，只是要告诉你，你在我心里的分量。从小，你就品学兼优，常使我欣羡不已，我苦练钢琴，只因为你爱听。初中时，每次音乐晚会，你坐在那儿，我就弹得悠然神往，你走了，天地也就等于零了，我也就意兴索然了。这些事，你是不会知道的，你一直那样自傲，又那样超然，你不会晓得，我从小就爱你！爱得好深好固执，爱得好疯好炽烈。

当然，我也了解我们间的距离，我出身豪门（怎样可悲的"豪门"！）你出身于诗书之家，你父亲像希腊的"苦修者"，是个哲学家、艺术家兼隐士。我父亲却是个为达目的不择手段的人。我们家生活奢华，你们家生活清苦。贫富之分，还构不成我们间的问题，最大的问题是，我们两个家庭，在精神上、思想上、境界上的距离，这距离像一片汪洋大海，简直难以飞渡！

信不信？我很早就在为这距离造船、架桥。我念了很多书，包括中外文学。尤其在我被充军到苏澳去以后，我拼命苦学，我背唐诗，念宋词，甚至猛磕元曲。只希望有一天，你父亲会接纳我，认为我也有一点点"墨水"，能配得上你。哦！书培，你决不会相信，我用心多苦！

可是，我家出事了。父亲锒铛入狱，粉碎了我所有的计划，也粉碎了我的未来。哦，书培，请你原谅我，今夜，我没有对你说实话，我骗了你，骗你认为我们还有"未来"，因为，我实在不忍心破坏这么美丽的晚上。奇怪，书培，我们认识了十三年，你为什么等到今夜才吻我？我们真浪费了很多时间，是不是？

现在，让我向你坦白我的实际情形吧。书培，我没有考大学，因为，我连高中都没有读毕业。父亲出事之后，我就被迫辍学了，那阵子家里好乱，所有的钱财，充公的充公，被卷逃的卷逃，只一刹那间，我们就从"豪富"变成了"赤贫"。这还没关系，问题是我们如何生活下去。哥哥一直没有好好念过书，出事后，他干脆一走了之。我的生母和"河马"，日日奔波于营救父亲……这之间的艰苦情况，绝不是你能想象的。往日的亲友，忽然间都成了陌路，我们母女三个，处处遭人白眼，而父亲在狱中，多少需要钱用，于是，我成了家里唯一的财产！

别紧张，书培，我再潦倒，也不会走上堕落的路，更不会走入风尘，这一点，你必须信任我。这些日子，我和母亲反复思量，唯一可行的路，是接受D君的资助。原谅我不愿直书他的名字。D是一个很有办法的人物，他答应为父亲上诉，并保证能有帮助。我想，写到这儿，你应该明白了，我已经在今年五月，和D君订了婚，马上，我就要嫁入D家了。

书培，我原不该再回来这一趟的，我原不该再见你这一面的。让你就这样以为我已经从世界上隐没了，可能对我们两个都好得多。可是，我在大专联考的放榜名单里，找到了你的名字，你知道，我多为你高兴呵！于是，想见你一面的欲望，把什么理智都淹没了，我觉得，我不见你这一面，我简直就会死掉了。所以，我回来了，所以，我见到了你！所以，我不能跟你计划未来！你懂了吗？可是，书培，今夜，你"怎么可以"用这样强烈的热情来迎接我啊！你为什么不像小学毕业那晚那样冷冰冰，让我可以死心离去啊？你"怎么可以"这样缠绵温柔，让我简直梦想你是从童年时就在爱我的了。你怎么可以？怎么可以？怎么可以？书培，你已经把我的五脏六腑都搅得粉碎了，你知道吗？

我必须逃走了，否则，我会置父母于不顾，我会连天塌下来都不管，而跟定你了。我也想过，或者，我即使嫁给D，也不见得能帮助爸爸。你瞧，你几乎让我不顾一切了。可是，书培，你已经是大学生了，我只是个读到高一的乡下姑娘，我配不上你，我"必须"配不上你，我"一定"配不上你，我非用这一点来说服自己不可。否则，我会跟你去台北，会跟你到天涯海角，我会跟定了你！

今夜，我曾经安心想委身于你，别说我不知羞呵。目前，我还纯洁得像张白纸，你实在应该拥有我的！你早就拥有我的心了，我又何必去在乎我的身体呢？我是安心要给你的，因为，我不甘心给别人，真不甘心！可是，书培，你实在是个"君子"，这样也好，让我们开始得"纯纯洁洁"，结束得"干干净净"！

我走了，书培。再见面时，我可能已红颜老去。记住我今夜的样子吧，不不，忘了吧，还是忘了比较好，人如果没有"记忆"，一定会少掉很多痛苦，是不是？忘了我吧！不不，你得记着我，如果你真把我忘了，我会伤心而死！你怎能忘记我？我爱了你那么久！哦，你瞧，我已经语无伦次了，我自己都不知道在写些什么了。

不能再写了，天都快亮了。告诉你一个秘密，我最怕在黎明时分，听火车汽笛声，因为那声音代表了离别，代表了远行，代表了不可知的未来。三年前，我也在黎明时被火车带走。那汽笛声好苍凉好苍凉……

可是，我已经听到汽笛声了。

别了，书培。你一直是个好洒脱好洒脱的男孩子，每次你遇到烦恼时，你总是"甩甩头"，就把它"甩掉"了。现在，是你"甩甩头"的时候了。别了，书培。

祝幸福永远

采芹

乔书培一口气念完了这封长信，他是呆住了，傻住了，完完全全地呆住傻住了。有好长一刻，他觉得自己几乎没有什么意识，几乎是麻木的，几乎是没有知觉的。然后，他慢吞吞地折叠起那封信，把它放进衣服口袋里，他就站在那儿，看海浪，看太阳，看云雾，看海鸟……看浪花的翻翻滚滚，看潮水的来来往往，看海面的起起伏伏，看阳光的闪闪烁烁……骤然间，他翻过身去，用尽浑身的力量，对身后那高耸入云的岩石一拳捶了过去。他的拳头重重地击在一块岩石的棱角上，那棱角直刺进他的皮肉里，他觉得痛了。那痛楚一直抽进了他的心脏，他坐下来，沿着那石壁坐下来，用双手紧紧地抱住了头，紧紧紧紧地抱住了头，嘴里模模糊糊地呻吟着：

"怎么可以这样子？怎么可以这样子？采芹！这太残忍，太残忍，太残忍……"

他把头匍匐在膝上，他不知道这样抱着头坐了多久，然后，他忽然感到有一只温柔的、女性的手扶住了他的肩，他浑身一震，是采芹！是采芹！这封信只是开个玩笑，只是试探他的感情，他狂喜地抬起头来，狂喜地喊：

"采芹！"

不，不是采芹，站在他面前的，只是那好心肠的雅丽。她望着他，泪眼凝注。

"不要这样，乔书培，"雅丽含泪说，"她拜托我照顾你，叫你不要太伤心。好在，大家都生活在台湾，早晚有一天，还要遇见的！"

他抓住了雅丽，像是溺水的人抓住了救生圈似的，他紧紧地攥住了她，热烈地说：

"她还对你说了什么？还对你说了什么？告诉我，都告诉我！她在什么地方？什么城市？我要去找她，我要告诉她这是不对的，她不能用婚姻来买她父亲的平安，这是件莫名其妙的傻事！我可以办休学，我可以先去找个工作，我可以养她们母女三个，我也可以想办法去营救她爸爸，我去问，去打听，去找门路……"

雅丽用手揉着他的头发，像个大姐姐在安抚胡闹的小弟弟，她勉强地微笑着，诚恳地说：

"你知道你在说傻话，你知道你办不到！你还太年轻，乔书培，你才十九岁，而且，你生来就注定是个艺术家的料！你没有办法帮殷家的忙！"

"但是，我还是要找到她，她在哪儿？告诉我，雅丽，你一定知道！我只要一个城市的名字！"

雅丽摇摇头，深思地望着他："如果我是你，我会到台北再说！"

"台北？"

"你该去台北了，早些去注册，去办住校手续吧。至于殷采芹，你——最好忘了她。否则……台北是个大城市，殷耀祖犯的是个大案子……说不定，采芹根本就在台北。她可能故意跑回来一趟，混乱你的注意力……"

乔书培直跳起来，紧握了雅丽的手一下。

"雅丽，你知道吗？你是个天才！"

于是，三天后，乔书培就去了台北。

在台北，忙于注册，忙于办理住校，忙于购买书籍和应用物品，忙于应付大都市的生活……他到一个星期之后，才有时间去调查殷耀祖的案子。他那么陌生，又那么没经验，奔走了将近两个月，才知道，殷耀祖发放到外岛去了。至于他的案子到底在哪儿审理的，根本就弄不清楚！

殷耀祖在外岛，殷采芹呢？茫茫人海，漠漠天涯，殷采芹，你在何方？

日子一天天地过去，采芹杳无消息，他投身在大学生活里了。一天又一天，一月又一月，他忙着念书，忙着吸收，忙着绘画，忙着考试，也忙着回忆和相思，但是，殷采芹是已经从这世界上消失了。

一个学期过去了，第二个学期又来了。时间的磨子，永远在不停地转动，转走了夏天，转走了秋天，转走了冬天，然后，就又是新的一年，新的一个春天了。

第九章

三月底，学校开始放春假，乔书培又回到了海边。

这就是我们故事一开始，在那三月的末梢，乔书培会坐在防风林里，反复在沙上写着"殷采芹"的原因了。殷采芹，殷采芹，左一个殷采芹，右一个殷采芹，无数无数的殷采芹……这树林，这沙滩，这海洋，这岩石，这风，这云，这海浪，这白屋……处处处处，都有殷采芹的名字，可是，殷采芹，你在何方？

点点滴滴，丝丝缕缕，旧时往日，我欲重寻！那个三月的末梢，乔书培在海边追悼着过去，那个三月的末梢，乔书培在料峭春寒中，一直坐到太阳沉落。那个三月的末梢，乔书培终于了解了一件事：人，永远不可能挽住春天，留住海浪。

过去的是过去了，再也追不回来了。殷采芹不论在世界的哪一个角落，与他乔书培都不会有关系了。当暮色在林中慢慢笼罩下来，当太阳在海面慢慢沉落下去……他终于拿起一枝木麻黄的叶子，像扫帚般横扫掉地上那无数无数的"殷采芹"。站起身来，他对着海洋深吸了口气。脑子里掠过了李义山的两句诗：

"此情可待成追忆，只是当时已惘然。"

或者，人生的事，就都是这样的。古往今来，感情是同一个模子里印出来的故事，让你甜，让你苦，让你酸酸楚楚，永无了时。

甩甩头。"你一直是个好洒脱好洒脱的男孩子，每次你遇到烦恼时，你总是甩甩头，就把它甩掉了。现在，是你甩甩头的时候了。"他苦涩地想着，苦涩地笑了，苦涩地甩甩头。人呵，你身上永远背负着那么多的责任，你有个孤独寂寞的老父，你有个正待开发的未来……你不能把自己永远埋葬在回忆里！听吧，海鸟在唱歌呢！

"去去去！去去去！莫迟疑！去去去！去去去！莫迟疑！"

于是，乔书培再甩了甩头，在那个三月的末梢，他试图甩掉他的过去。踏着落日的余晖，他大踏步地回到了家里。

家，一如往日，简单，清苦，却充满了书香。父亲有颜回精神，一箪食，一瓢饮，人不堪其忧，回也不改其乐。乔云峰用宠爱的眼光望着儿子，不管怎样，他这一生虽然谈不上一点点成就，他毕竟带大了这个儿子！这个茁壮的、漂亮的、优秀的、卓越的儿子！人，一旦进入老年，对下一辈的宠爱，居然会如此强烈！强烈得近乎依赖了。

"去拜访了你的老朋友吗？"乔云峰问。

他深思了一下。

"是的。"他微喟着说。

"大家的变化都很多吗？"

"不。"他迟疑着，"我的变化比较多。"

乔云峰深深地看了他一眼，是的，这是个简单的、单纯的、宁静的小海港，大家永远过着守旧而近乎保守的生活，对个台北的大学生来说，"距离"会在不知不觉中产生了。

"你在大学里……"他忍耐不住自己最关心的问题，从他一回家，他就想问的问题，"有没有交到女朋友？"

乔书培抬起眼睛，读出了父亲眼底的期待和关怀。

"有个中文系的女同学，"他静静地说，带着种深思的表情，"大家还很谈得来，不知道算不算是女朋友"。

"哦？"乔云峰更关心了，"她叫什么名字？"

"她姓苏，名字叫燕青，小燕子的燕，青颜色的青。也是大学一年级。"

"苏燕青，"乔云峰微笑起来，"蛮好听的名字。她家住台北吗？"

"是的，她父亲是个大学教授，在辅大教中国文学，她母亲也是学教育的，在教中学。"

"哦，"乔云峰的微笑加深了，笑容填满在每条皱纹里，"你见过她父母？"他不经心似的问。

"去她家吃过几次饭。"他也不经心似的答，"他们知道我家不住在台北，对我比较照顾一些。"他抬起眼睛，注视着父亲，"你知道学教育的人，他们把所有年轻人都看成自己的子女一样。"

乔云峰笑了。

"你的意思是要告诉我，他们对你并没有另眼相看？"他笑着问。

“我没有什么意思，”乔书培也笑着，心底，有层迷惘的隐痛在扩大，那隐痛像一张大网，把他整个罩在里面，“我们只是普通朋友，很普通的……只是同学而已。我想，我才读大一，谈这个问题，还是太早了。何况，苏燕青是中文系的宠儿，追她的人大有人在，我——并不属于其中的一个。”

乔云峰深深地注视着书培，然后，他站起身来，走到儿子面前，他把手紧紧地压在书培的肩上，沉挚地、了解地、语重心长地说：

“书培，你该把过去那一段情忘掉了，答应我把它忘记！否则，你会作茧自缚，终生不能获得快乐。要知道，人生许多机会，许多幸福的机会，都是稍纵即逝的。你很可能轻易就放掉了到手的幸福，以后，你再后悔就来不及了。书培，你答应我，不要让以前的事情，成为你以后幸福的绊脚石，好吗？”

乔书培看着父亲，看了好久好久，终于，他毅然地一甩头，站起身来，粗声说：

“我知道，我统统知道。今天下午，我已经把过去埋葬掉了。你放心，回台北后，我会重新开始！”

乔云峰眼底一片喜悦。

四月初，带着份壮士已断腕的情绪，带着份“重活一遍”的决心，乔书培回到了学校里。春假过去了，等于又一个春天过去了。乔书培上课的时候，就已经决定了，过去种种譬如昨日死，一切要重新开始，一切要重新争取，新的生活里没有“殷采芹”的名字。采芹，她被木麻黄的叶子扫掉了，被海浪卷走了，被海风吹散了。

　　于是，这天下课后，他和苏燕青去看了场电影，又到"甜心"去吃豆浆油条。燕青的脸圆圆的，有对小酒窝，长得相当甜。她喜欢穿件格子衬衫，穿条牛仔裤，打扮得像个小男生。某些时候，她也确实像个小男生，满头被风吹得乱糟糟的头发，一对慧黠而调皮的眸子，嘴里总是轻快地哼着歌，要不然就嚼着口香糖。她是活泼的，明朗的，爱笑的，而又美丽逗人的。

　　这天，他们看了场《仙人掌花》，是英格丽·褒曼东山复起的片子，另一个女星是歌蒂·韩。他们在吃豆浆油条的时候，两个人就不停地讨论着剧情。苏燕青不停地吃，她已经吃了一碗甜豆脑，又吃了一碗咸豆浆，再吃了两根油条，一个烧饼……现在，她又在叫着了：

　　"我真想吃隔壁牛肉面大王的红油抄手！"

　　"你只是'想'吧？"乔书培问，"我不相信你还吃得下去！"

　　"不相信？"燕青挑起了眉毛，招手就叫住了伙计，"你能不能帮我去隔壁叫一碗红油抄手，送到这儿来？"

　　"可以！可以！"伙计走了。燕青冲着他笑。

　　"你看吧，我说吃就吃！"

　　"很好，你尽管吃！"乔书培笑着说，"总有一天，你会胖得像只河马！"

　　"河马？"燕青又挑挑眉毛，又望望他，又噘噘嘴唇，"你在吓唬我，哪里有人会胖得像河马！"

　　"我就认识一个女人，胖得像河马，丑极了。"

　　"哦，"燕青咽了口口水，"真的像河马吗？"

　　"真的像。"他一本正经地说。

红油抄手送来了，燕青瞪着那碗发怔，拿起筷子，她悄眼看乔书培。

"你是不是怕我吃太多，你付不出账来？"她问。

"你吃豆浆油条，红油抄手，还吃不垮我！"乔书培笑了，"只要你不闹着吃牛排就好了。何况，如果我真付不出账，你小姐也得自己付。"

"那么，"燕青端起碗来，"我吃了哦？"

"吃呀，没人叫你不吃呀！"

燕青看了看那碗油腻腻的抄手，辣椒味香喷喷的。她骤然把碗放回桌子上，瞪着乔书培：

"你认识的那个'河马'，有多少岁？"

"大概……四五十岁吧！"乔书培有些恍惚。"河马"、毕业典礼、展览会、采芹……他重重地一甩头。

"哎！那么老呀！"燕青如释重负地喊，"管他呢！二十年以后，管他是像河马还是大象呢！"她稀里呼噜地吃起红油抄手来，边吃边眉飞色舞地说，"我告诉你吧，女人活过三十五岁就没意思了，你瞧，那个阴沟里的褒曼啊，以前美得像仙女一样……"

"阴沟里的什么？"他听不懂。

"英格丽·褒曼呀！傻瓜！"燕青喊。

"哦！"

"你记得《战地钟声》里的英格丽·褒曼吗？"燕青收住了笑，正色说，"剪得满头短短的头发，像个小男孩子，抱着马肚子和马说话，祷告上帝保佑她的贾利·古柏，那样子真美极了，可爱极了。但是，今天《仙人掌花》里的她，所有风韵都给歌蒂·韩抢走了。所以，女人是不能老的。世界上再也没有比红颜老去，年华不再更悲哀的事了。我看《愚人船》里的费雯·丽，也有这种感觉，岁月不饶人，再美丽的女人也禁不起时间的考验。所以，我奉劝天下的女明星，如果老了，千万别再东山复出！"

"照你这么说，"乔书培有些失笑地说，"女人老了怎么办呢？"

"所以，"燕青忽然变得一本正经起来，她那小脸显得少有的庄重和严肃，眼珠黑溜溜地盯着乔书培，"越美丽的女人越悲哀，美丽的女人常常以为仅凭美丽就可以征服全世界，殊不知美丽是很残忍很可怕的东西，因为它一定会消失，会老去，世界上没有永远开放的花朵。"她歪着头，把手指插在短发中，那深思的眸子里满蕴着智慧。"一个聪明的女人，要懂得充实自己，懂得去吸收知识，懂得去了解人生……于是，一旦老去以后，虽不能再像花一样地明艳，还可以像树一样地长青。"

乔书培注视着她，有些眩惑，有些震动，有些惊奇。

"你很可怕！"他忽然说。

"我很可怕？"她抬起了下巴，"怎么说？"

"你的脸像花，你的思想像树，这种女人，岂不会让天下男孩子遭殃！"

"哎！"她笑了，"你是在捧我？还是在讽刺我？"

他瞅着她。

"你自己说呢？"

"我说吗？"她对他点点头，"你是一本很难读很费解很复杂的书。如果我聪明的话，最好对自己看不懂的东西，表示沉默。"

他不说话，他们两个相对注视了好一会儿，然后，他叹了口气，逃避似的说：

"我并不难读，也不复杂，我只是比较会隐藏自己，我怕太容易被看懂，你就会发现我一无所有了。"

"啧啧，"她咂着嘴，不同意地摇头，"别说得那么好听，更不要故作谦虚。我打赌，你并不想让我看懂你！"

"我也打赌，你并不真想看懂我！"他说。

"是吗？"她深深地瞅着他，用小匙搅着碗里的辣椒油，她已不知不觉地吃光了她那碗红油抄手。"我有点怀疑……"她转动着眼珠，一股"怀疑相"，"你在引诱我说出我想看懂你，我……决不中计！"

他笑了笑。不说话。

她望着他，狐疑地、深思地、好奇地、探索地望着他。她眼底那抹慧黠的小火花在闪动，她从他的头发打量到他的鼻梁，从他的眼睛打量到他的嘴唇。然后，她忽然说：

"我中计了，我想看懂你！"

他微微震动了一下。抬起眼睛来，他接触到她那坦率的、真挚的、热切的眸子，这眼光使他全身一震，背脊上立即冒出一股凉意，多年以来，有另一个女孩也曾用这样的眼光看过他，只是，那眼光里面还掺杂着更多的一份崇拜和依赖。他跳了起来，仓促地说：

"你吃够了吧，我们该走了！"

她悄悄地把眼光挪到桌面上，微喟了一声：

"当然吃够了，我总不能把人家整个店都吃下去！"

他付了账，走出豆浆店，他们漫步在那初夏的街头。星光很好，闪闪烁烁地布满了整个天空。夜色也很好，不冷不热，晚风吹在人身上，是凉爽而清新的。他们并肩而行，她的家就在这附近，他本能地陪着她往她家的方向走去。一时间，两个人都很沉默，都有点儿心事重重。一直走到快到她家门口的时候，他忽然开了口：

"燕青，改天，我要告诉你我的故事！"

她站住了，有些惊惶。

"不不，"她很快地说，"你不必告诉我！"

"为什么？"他瞪着她，"你不是想看懂我吗？"

她睁大了眼睛，有股调皮的、稚气的、天真的神韵，遍布在她那年轻的脸庞上。

"我不要你为我编故事！"她说。

"你以为——"他结舌地说，"我会为你编一个故事出来吗？你以为……"

"我以为你被一个女孩子遗弃了！"她笑嘻嘻地说，脸上的小酒窝忽隐忽现，"我以为你曾经轰轰烈烈地爱过，又轰轰烈烈地结束了。我以为——你在你那个海边的岩洞里，藏着一个人鱼公主。"她扬起眉，"是吗？"

他的面容僵硬。他瞪着她，好一会儿，他没有说话，然后，他低声地、微哑地、粗鲁地说了一句：

"再见！"

转过身子，他正要离去，她伸出手来，一把就握住了他的手。他回头，忧郁地凝望她。她脸上那调皮的笑容消失了，眼底是一片真挚，一片诚恳，一片女性的温柔。

"改天，你一定要告诉我你的故事！"她郑重地说。

他摇摇头，有些被弄糊涂了。

"你是个很难缠的女孩子！"他困惑地说，"你聪明、机智、多变而莫测高深！"

"你也是个难缠的男孩子。"她说，"你骄傲、忧郁、深沉而喜怒无常。"

他瞪视她，对于她随口答出来的话惊愕无比，而衷心佩服，他从没遇过反应如此敏捷的女孩。

"你知不知道我有些怕你？"他说，"我怕聪明的女孩更胜于怕美丽的女孩，何况二者兼备。"

她居然脸红了，她又微笑起来，那对酒窝就又在颊上闪动。

"你这句话有没有对别的女孩说过？"她问。

"没有。"他坦白地回答。

"好。"她郑重地说，"我会把它收得牢牢的，如果我自卑感发作的时候，我就把它拿出来自我安慰一番。"她紧握了他的手一下，"明天见吗？"她问。

"明天下午你有课吗？"

"有两节中国通史。"

"我会来找你！"

她笑笑，翩然转身，回家去了。

他仍在那巷口待了待，然后，他转过身子，慢慢地、安步当车地往学校走去。他是最不愿搭公共汽车的人，不管多远的路，他都喜欢徒步走去。尤其，在他心里充满了矛盾的感情和思想的时候。散步可以给他思想的时间。他走着，心里模模糊糊地想着苏燕青，那慧黠、灵巧、充满活力而又娇媚可人的女孩。在学校里，她曾使很多男孩子倾倒。而他呢？他又有哪一点值得她垂青？他反而对她总是爱搭不理的。他想起父亲的话："人生的许多机会，许多幸福的机会，都是稍纵即逝的。"他是不是要放走这稍纵即逝的幸福呢？不不，他已经决心重新开始了。

他叹了口气，幽幽地叹了口长气。于是，他依稀听到，他身后有个女性的声音，也幽幽地叹了口长气。

闹鬼吗？还是苏燕青在和他开玩笑？他蓦地回首，身后有一排尤加利树，有个人影飞快地闪到一棵树后面去了。他有些失笑，淘气呵！实在是够淘气的。他往那棵树走了两步，忍着笑，他命令地说：

"燕青，别闹着玩了，你跟着我干什么？出来吧！"

树后寂然不动，他伸长脖子看去，依稀看到一些发丝和衣角，他笑着说：

"燕青，我已经看到你了，再不出来，我就来抓你！不信？你试试看！"他重重地往前再跨了两步。

于是，树后的女孩走出来了，长发垂肩，衣袂翩然，穿着一身全黑的衣衫，鬓上插着朵小白花。她站在那儿，亭亭然如玉树临风，飘飘然如倩女还魂……她的眼睛睁得大大的，盈盈然如秋水，皎皎然如星辰，默默地、静静地、幽幽地瞅着他。

他只觉得脑子里轰然一响，立即感到天旋地转。他的心脏怦然狂跳，脑子里如万马奔腾，他张着嘴，竟吐不出声音，好半天，他才大大地喘出一口气来，他伸手揉揉眼睛，再对她看去，又伸手敲敲脑袋，再对她看去。终于，他有些真实感了。他喃喃地、昏乱地、迷惑而不信任地说：

"采芹，会是你吗？可能吗？采芹？你过来，让我看看是真
的还是假的，你过来！"

她向前走了两步，停在他的面前了。他伸出手去，怯怯地
碰了碰她的衣角，再怯怯地轻触她的面颊，又怯怯地轻抚她的长
发，她动也不动，只是站在那儿被动地看着他。于是，他骤然发
出一声喜极的狂呼：

"采芹！"

就不顾一切地，把她紧拥在怀里了，哪怕街车还在穿梭，哪
怕行人还偶尔掠过，哪怕街灯还在闪亮……他什么都不管，只是
紧紧地、紧紧地把她抱住了。

第
十
章

　　二十分钟以后，他们已经并肩坐在校园一角的一棵大榕树下面了。这榕树有些像家乡里那棵神仙树，有合抱的树干，密密的树叶，如伞如亭如盖的枝丫，它的下面，是个很好的隐蔽的所在。对许多大学生来说，校园是情侣们免费的休憩所，这儿有天然的冷气（夜风），天然的音响（虫鸣），天然的灯光（星辰）……而且不会受营业时间限制。所以，一到夜晚，校园里各个角落，常常都有双双对对的亲热镜头。乔书培每晚散步在校园里，可以说司空见惯，却没料到，今夜，自己也成为其中一对。

　　拥着采芹，他只是不信任地看着她，不信任地抚摸着她的眉毛、眼睛、面颊、嘴唇……不信任地去握她那双柔若无骨的手，又不信任地抚弄她的头发，不信任地去触摸她的衣角，不信任地去握她的肩……坐在那大榕树下，他就这样神魂颠倒，坐立不安地盯着她，不住口地问：

　　"你怎么这样神秘？你怎么每次都像奇迹似的从地底冒出来？

99

你从哪儿来的？你怎么会跟在我后面？这些日子你都藏到哪里去了？……”

她幽幽地看着他，幽幽地叹口长气，幽幽地说：

“还是有几百个问题啊！”

“是的，每次见你都有几百个问题！”他说，瞪着她，一瞬也不瞬地瞪着她，忽然把手指送到她唇边去，命令地说，“咬我一口，快，你咬我一口！”

她回避了一下，惊愕地说：

“你要干吗？”

他重重地呼吸，重重地喘气，又重重地叹息。

“我不相信呀，”他说，“我实在不能相信是你，这一切，像个神话似的，你忽然就这么出现了……不行，”他内心烦躁地说，“你得咬我一口！证实一下你是个活生生的人，你得咬我一口！”

“如果我告诉你，我是个鬼呢？”她说，声音虚飘飘的，“我很可能已经死了，现在是我的鬼魂来见你！”

他盯着她，用双手捧住了她的面颊，他的眼睛里燃烧着火焰：

“如果你是鬼，”他一个字一个字地说，“你会是第一个被‘人’缠住的‘鬼’，我会缠住你，缠得你当鬼都当不安宁！”

“哦！”她低呼着，眼里迅速地蒙上了泪影。她投身在他怀中，轻颤着像一只依人的小鸟。“书培，乔书培！”她热烈地低呼着，“我多想你多想你啊，我快要为你死掉了！再见你这一面，我是死也值得了！再听你说这些话，我真的是死也值得了！哦，书培，乔书培，你并没有忘掉我？你还记得我？你还想念我？……”

“忘掉你？你这个莫名其妙的傻瓜！”他恨恨地骂着，用力扳起她那埋在自己怀里的头，就用嘴唇紧压在她的唇上。他吻她，用力地吻她，吻得一点也不斯文，吻得既野蛮又粗鲁。他的胳膊箍紧了她那小小的身子，似乎想挤碎她。他疯狂地、悲愤地、恼怒地吻她。然后，在她耳边咬牙切齿地说："我是该忘掉你的，你这个残忍的、没心肝的傻瓜！你让我做了一夜的梦，然后你就这样跑掉了，不声不响地跑掉了，你不怕我一头撞死在那岩石上吗？你这没心肝的、残忍的女人，我该杀了你，我该勒死你……"他用手抚摸她的脖子，她那细腻的脖子，然后，又骤然把脸埋进她的长发中。"哦，采芹！"他辗转地、悲喜交集地、温柔地，而又恐惧地问着，"你——嫁给他了吗？"

她屏息不语，浑身颤抖。

他的心脏似乎停止了跳动，他不敢要那个答案了。抬起头来，他看到她鬓边那朵小白花，滚进他的衣褶里去了。他拾起那朵小白花，那用毛线织成的小白花，他凝视着，担忧地、小心地问：

"你为什么戴白花？"

她的头慢慢地从他怀中抬了起来，用手拂了拂凌乱的长发，她坐在那儿，静静地望着他。月光下，她的脸像用白玉精工雕塑而成的，白皙，光滑，玲珑剔透，而绽放着一种夺人的光华。她的眼珠黑亮深幽，似两颗掉落在深潭里的黑宝石。她的嘴唇轻轻地嚅动着，像两瓣在寒风中轻颤的花瓣，她的声音低沉而苍凉：

"我妈妈——她死了。"

他一凛。所有的神智，都从那初见面的狂喜和昏乱中苏醒过来。他深深地注视她。用手握住了她的手，她的手冷得像冰。他专注地、关怀地、怜惜地凝视她：

"你妈妈？"他惊痛而惋惜，"怎么会？她还那么年轻！"

"她死了！"她重复了一句，声音更幽冷了，像空谷里传来的回音，"她是自杀的！她……吞了安眠药，就这样死了。"

他紧握住她的手。

"多久以前的事？"他问。

"半个月了。"

"为什么？"

她垂下了眼睑，注视着裙子里的一片落叶，她坐正了一下身子，把手从他的掌握中抽出来，她拾起那片落叶，无意识地玩弄着。她就这样低俯着头，慢慢地、不疾不徐地，像在述说别人的故事一样，轻轻地说了起来：

"我们一直住在台中。爸爸的案子是在台中审判的，他被押在台中的看守所里。我们找了很多门路，求过很多人，花了很多钱，到处碰钉子，到处看白眼，钱也白花了。然后我们认识了那个姓狄的人。他是个律师，已经四十几岁了，他说他和司法部里的大官都是朋友，和立法院也有交情，他来往的确实都是大人物，他又有钱，用钱像倒水一样。他住在一个豪华的大厦里，有汽车，有司机，有三个用人。他说他的太太去世已经三年了，如果我嫁给他，他就负责营救爸爸出狱。"她抬起眼睛来，很快地瞅了他一眼，"这些，我上次给你的信里，已经大致都提过了。"

他点点头，注视着她。

"妈妈知道我是爱你的，"她继续说，又垂下了头，"她始终知道我是爱你的，比你知道得还要清楚。可是，当时已经没有别的路可走，大妈——就是那个'河马'——又一直在逼迫着我们，好话坏话都说尽了。于是，我和那个姓狄的订了婚，到家乡去和你见了最后一面。回到台中，正赶上高等法院要重审爸爸的案子，大家都认为很有希望，认为那姓狄的出了好大的力量，于是，我就被送进了那个姓狄的家里……"她的声音低了下去，头也低了下去，她的双手死命地揉搓着那片落叶，把那落叶揉成粉碎了。"我就被送进了那姓狄的家里……"她低低地重复着，声音里充满了泪痕，终于，有两滴水珠落了下来，掉落在裙褶中，她轻轻抽噎，"我曾经想给你……那晚，在岩洞前面，我……曾经想给你……那时候，我是……好干净……好干净的，我……"

他闭了闭眼睛，把她拉进了自己的怀中。他用胳膊拥着她，轻轻地摇撼着她，他的下巴温存地贴着她的鬓角，他的嘴唇温柔地轻触着她的前额。他不敢说话，因为他的喉头哽着一个好大的硬块，他的心脏像绞扭般痛楚着。他不说话，只是好温柔好温柔地拥抱着她。

好半晌，她似乎平静了些，吸了吸鼻子，她用手拭去了面颊上的泪痕，又继续说了下去：

"案子开庭了，我们才发现希望渺茫，姓狄的只是敷衍我们，要我们等待，等待，等待。等到后来，爸爸的罪判定了，被送去外岛服刑了，我们才知道上了姓狄的当。可是，人已经是他的了，便宜也给他占去了，还说什么呢？妈妈就怄上了，整天哭啊哭啊，我只好安慰她，告诉她这是我命中注定的，反正女孩子长大总要嫁人的。好在姓狄的对妈妈和大妈都挺照顾，并不缺钱用。然后，我那个哥哥突然出现了，带了一大伙人，他对那姓狄的说，我妹妹不是贱卖的，他要姓狄的拿一笔钱出来，不知怎的，就吵起来了。我这才知道，我根本不是他太太，他早就有太太了。哥哥指着我妈的鼻子说：'你办的好事，赔了夫人又折兵！'我妈气得昏倒了，醒来就逼着姓狄的和太太离婚，正式娶我，姓狄的对我妈说：'你自己是什么料，你女儿也是什么料！我姓狄的是什么身份，怎么可能娶一个走私犯的女儿，何况是小老婆生的！你少做梦了！'我妈这一怄，当晚就吞了安眠药了！"

她停止了叙述，坐在那儿，她的头俯得低低的。有一绺长发从额前垂了下来，遮着她的面颊。她就这样坐着不动。他默默地瞅着她，只觉得五脏六腑都在翻腾、痛楚，也一句话都说不出来。

"妈妈死了。"她又幽幽地说了下去，"爸爸送去了外岛，我什么都没有了，连顾忌都没有了。我就天天哭，天天哭，哭妈妈，哭爸爸，哭我自己。哭到后来，姓狄的发火了，他说他花了钱，弄来了一个哭死鬼。他对我又吼又叫，说是如果再哭啊，就把我赶出去，让我在街上饿死。我告诉他，我是宁愿饿死的，宁愿饿死也不要跟他的。他揍了我，狠狠地揍了我。我骂他是魔鬼，是骗子，是吸血虫……于是，他把我赶出来了，叫我滚得远远的，叫我一辈子也不要回去，叫我永远别让他看见。"她深吸了口气，把额前的头发拂向脑后，她慢慢地抬起头来了，慢慢地扬起睫毛，她用那对黑白分明的眸子，静静地瞅着他。

"我身上只有两百多块钱，当时，我想去跳河算了，死了算了。因为，我不知道我活着还有什么价值。可是，我又不甘心了，我想，就是要死，也要先见你一次。否则，我是死不瞑目。这样，我就坐火车到台北来了，我知道你在师大艺术系，以为来了就可以找到你。三天前，我就来学校等你了，可是，学校里没有人，后来我才知道你们在放春假，我也不知道你什么时候开始上课，我也不敢问人，怕别人知道了，嘲笑你有我这样一个见不得人的朋友。我就天天到学校来等着，在校门口的那棵大树后面等着。一直等到今天下午，我看到你出来了，可是，你带着那个好漂亮的女同学，我不敢上去认你，怕给你丢脸。我又舍不得离开，我就自己也不知道是怎么了，就傻傻地跟在你们后面。你们去看电影，我跟到电影院，你们去喝豆浆，我就守在豆浆店门口，你们出来了，我又远远地跟着，一直等到你和她分开了……"

她的声音停止了，她的眼睛大大地睁着，眼光痴痴地停驻在他脸上。他吸口气，咬咬牙，终于问出一句话来：

"这三天，你住在哪儿？"

"女青年会，她们收容无家可归的女孩子。"

他默默地凝视她，在一片紊乱的、痛楚的思潮里，去试着整理出来一个头绪。听了这一篇叙述，他才了解到她目前的处境，无家可归的女孩子！她已经家破人亡，无家可归了！他怜惜地、心痛地想着，那个白屋里的小公主，尝尽了天下所有的苦难，现在，是投奔他而来了！因为，在这世界上，他是她唯一的亲人了。他凝视着她，在那深切的怜惜的情绪中，竟不知道该说什么了。

他的沉默使她悚然而惊了，使她心慌，使她迷惘，而又使她自惭形秽了。她挣扎着、勉强地、瑟缩地、哀伤而又谦卑地说：

"对不起，书培，我并不是存心要跟踪你们，我只是……只

是……只是身不由己。现在，我……我也放心了。那个女孩子，她好漂亮，好活泼，好可爱好可爱的。我看到她也拿了书，她是你的同学，是吗？这样，就会有人照顾你了，这样，你在台北就不会寂寞了，这样，你终于有了配得上你的女朋友了……我来这儿，绝不是还有什么奢望，我只是……只是……只是要见见你，见到了你，我也心满意足了。你不要为难，我会……我会安排我自己……我会……我会走开……"

他一直瞪着她，听她吞吞吐吐地说着，听她自言自语地说着。这时，他再也忍不住，就把她一把抱进怀中，用嘴唇温柔地盖在她的唇上。他好温柔好温柔地吻她，好细腻好细腻地吻她，好怜惜好怜惜地吻她。他的嘴唇接触到她那颤抖着的嘴唇时，他觉得自己的心都碎了，因心痛而碎了，因怜惜而碎了。然后，他把她的头压在自己的肩上，他拍抚着她的背脊，像拍抚一个无助的小婴儿：

"你不许走开！"他说，温和而固执地说，"你什么地方都不许去。因为，我再也不许你离开我了！"

她挣扎着抬起头来，不信任似的看着他，费力地从嘴里迸出几句话来：

"你真的……不必顾虑我，我不是来给你惹麻烦的。你真的不要为难。你真的不必管我……"

"你在说些什么鬼话？"他粗声地问，死盯着她，"我发疯一样地找你，发疯一样地等你，发疯一样地想你，现在，好不容易把你等来了，你以为我还会放掉你吗？我还会像上次那样傻，把我的幸福和欢乐一起放走吗？采芹！你休想，你休想再逃开我！

你休想！如果你敢再从我身边走开，我会杀掉你！知道吗？我会杀掉你！"

她随着他的声音，眼睛越睁越大，随着他的声音，泪水涌进了眼眶，越涌越多，终于，那睫毛再也承受不住泪水的分量，成串的泪珠就扑簌簌地滚了下来。她哭了起来，整晚，她叙述了无数的悲剧，叙述了人生至惨的生离死别。她都没有这样放声一恸。这时，她哭了，她哭着投进他怀里，哭着抱住了他的腰，哭着把脸藏进他胸前的衣服里。

"我已经……我已经……"她边哭边说，"我已经是残花败柳了。怎么配……怎么配……再来跟你？你如果真的还要我，我就……我就给你当个小丫头。你和那个好漂亮的小姐谈恋爱，我也……我也不吃醋……"

"胡说八道！"他轻叱着，觉得自己的眼眶也湿了，觉得自己的声音也哽了，"我看，我真需要一段时间，才能治好你的自卑感。别再说傻话了，别再说莫名其妙的话了，让我听了都生气！你以为全天下的男人都和你爸爸一样？三妻四妾，用情不专？不，采芹，你将是我生命里唯一的女人，再也不允许别人插入！"

"可……可是，"她嗫嚅着，"那个，那个好漂亮的小姐……"

"天哪！"他叫着，用双手抓住她的胳膊，把她从自己胸口推开，他盯着她的眼睛，似乎想一直看到她内心深处去。"你有完没完？你撞见我请一个女同学看电影、喝豆浆，你就认为我和她之间，有特殊的感情吗？"

"我……我不是吃醋，"她慌忙解释，泪珠仍然在眼眶里打转，"我已经没有资格吃醋……"

"为什么没资格吃醋？"他打断她，"你可以吃醋，不可以给我乱戴帽子。任何一个妻子，都可以吃丈夫的醋，你当然也可以吃醋！"

她停止了呼吸，眼睛里，泪光闪亮。

"你说什么？"她做梦似的问。

"我说——"他清晰地、有力地吐出几个字，"我要娶你。"

她把手压在胸口，她的脸色和月光一样白。

"你一定不是认真的，"她喃喃地说，"你只是同情我。你从小就有一颗好善良好善良的心，你同情受伤的小鸟，现在，我就是那只受伤的小鸟。哦，书培，你可以治疗受伤的小鸟，但是，不必娶她的！"

"喂！"他有些生气了，他提高了声音，"我看，你的脑筋有些不清楚了。让我告诉你吧，我爱你，我不能缺少你，我要你成为我的，我一个人的！我再也不允许别人把你从我怀里抢走！你懂了吗？"

她屏息片刻，眼光在他脸上睃巡，她重重地喘气，一句话也说不出来了。

"让我告诉你我们该怎么做吧！"他握紧了她的双手，语气坚定而有力，"明天一早，我就去找房子。我现在有公费，数字虽然很少，付房租大概还没问题。找到房子，你先搬进去住……不不，我们一起搬进去住，我们给自己布置一个爱的小窝，好吗？"

她整个的脸庞都发着光，她的眼睛里绽放着那么美丽的光彩，使她那像白玉似的脸更加晶莹剔透了。她深深地抽了口气，她的眼光崇拜地、热烈地、依赖地、着迷地停驻在他脸上，像一个信徒在看她的神祇。

"……我会去找兼差，对了，找两个家教做，那么，就可以赚点钱，"他继续说了下去，"当然，在我毕业以前，我们都会过得很苦，我不能给你买漂亮的衣服，我甚至买不起一枚戒指……"他忽然有些悲哀起来，现实的问题，把他给击倒了。"我看，我们必须把婚礼延到毕业之后再举行，爸爸那儿，也要有个交代。采芹，你不在乎晚两年举行婚礼吧？"

"我？在乎吗？"她仍然做梦似的说，她的声音轻柔得像晚风，像低吟而过的晚风，醉醺醺的，软绵绵的。"你允许我留在你身边，我就是神仙了。我怎么会在乎呢？就是你一辈子不娶我，我也……"

他用手一把蒙住了她的嘴，恶狠狠地盯着她，粗声粗气地说：

"你把我想成什么人了？尽管现在一般大学生都不要婚姻，都看不起婚姻，都认为婚姻是一道枷锁，但是，我不属于其中之一！我要婚姻，只有两个真正两心相许、有自信共同生活一辈子的人，才有资格谈婚姻，我就是这种人，假如你以为我在对你开空头支票，以为我像那个——"他气呼呼地顿了顿，终于用力冲出一句粗话，"他妈的！那个姓狄的人一样，只是要占有你的身体，那么我就……"

她急急地挣脱他的掌握，也忙着用手去堵他的嘴，慌慌张张地说：

"我不是这个意思，你不要生气……"

"听我说完！"他抓住了她的手，"采芹，让我把话说得清清楚楚，我们明天就找房子，我们布置一个爱的小窝，目前，我们不能结婚，不只是经济问题，你要给我时间去说服我爸爸。但是，将来，如果我变了心，如果我不娶你，我会走路摔死，过河淹死，坐车撞死……”

“唉唉！”她叹着气，又要来堵他的嘴，“我相信你，相信你，相信你，你不要赌咒发誓吧！”

他握住她。

“那么，我们说定了？”

“你怎么说，就怎么好！”她顺从地说，眼睛里依然绽放着那梦似的光彩。

“我们会过得很苦哦？”他说。

她拼命摇头，眼睛更亮了，有个好美丽好美丽的笑容在她唇边漾开了，这还是她今晚第一次笑。

“不会苦！”她说，“绝不会苦！神仙家庭怎么会苦？绝不会！绝不会！”

“好，那么，”他看看手表，“天一亮，我们就去找房子，这学校附近，有很多四楼公寓，都非常便宜。”

她点点头，用手抚摸他的面颊。夜已经好深好深了，附近的一些情侣，都陆续地走了。她依依不舍地看他，慢慢地站起身子。

“你累了，”她体恤地说，“你该回宿舍睡觉了，我明天再来找你！”

他一把把她拖了下来。

“不要再来这一套！”

“哪一套？”她不解地问。

"上次，我晚上放你走，早上你就不见了！不不，我不回宿舍，再有三小时，天也就亮了。如果你累了，你就躺在我怀里睡，我会帮你赶蚊子。总之，现在，我不会放你走，我不敢再冒一次险！"

她惊愕地看他，不由自主地紧闭了一下眼睛，再睁开眼睛时，她眼里又满含了泪水。

"你——真的这样爱我？"她碍口地问，"你——真的不在乎我——我——"她更碍口了，"我曾经——跟过别人？"

"嘘！"他把手指压在她的唇上，"不要提，我在乎。如果我不在乎，我就不是男人了。不要提！永远不要提！让它跟过去的痛苦一起埋葬掉！"

"哦！"她悲呼了一声，用面颊紧贴着他的胸膛，"我真想为你重活一遍！"

他用手抱住了她的头，抚摸着她那像缎子般的长发，那光滑的面颊，那小小的嘴唇。他觉得眼眶发热，他的声音里，充满了温柔与深情：

"不要埋怨了，采芹。命运待我们已经不错了，在经过这么多苦难以后，我们还能重逢，还能相聚在一起，命运待我们已经不错了……"他仰首看天，那儿，有线曙光，正从遥远的天边升起。他心里不由自主地想起前人的话："我未成名，卿今已嫁，卿需怜我，我更怜卿！"于是他就把她搂得更紧了。她也更深更深地倚进他怀里，用双手紧紧地围住了他的腰。

第
十
一
章

　　乔书培和殷采芹跟在那房东太太的身后，上了一层楼，又上
一层楼，这种四楼公寓是没有电梯的，整个上午，他们已经爬过
无数无数的楼梯了，有的房租太贵，有的要"免炊"，有的要跟
别人合住，几乎没有一间是适合他们的。现在，已经是他们看的
第十栋房子了，广告上说：

　　"一房一厅，厨浴全，带家具，月租一千。"

　　世界上有这么好的事吗？只一千元，有一房一厅还带家具？
不过，他们已看过的那些房子，也是写得冠冕堂皇的，进去一
看，就面目全非了。所以，他们对这栋房子也没有抱很大的希望。

　　上完了四层楼，房东太太回头说：

　　"还要上一层楼。"

　　"还要上一层楼？"乔书培惊愕地问，"这不是只有四层楼吗？"

　　"是的，但是你们要租的那两间屋子，在阳台上面，所以还
要上一层楼。"

乔书培看看采芹，她已经走得鼻尖冒汗了。但是，她的精神还是蛮好的，面颊上，反而比昨夜红润，眼睛里，依然闪着那抹喜悦的光彩。

再上了一层楼，他们看到了两间用木板搭出来的房子，高踞在那阳台上，房子四周，倒还有些空旷的水泥地，空地上堆着些破花盆破瓦罐、破篮子破篓子的。房东太太用钥匙打开了房门，推开门，她说：

"我想，这就是你们要的房子了。"

他们走了进去，立即，他们觉得眼睛一亮，房子因为盖在阳台上，两面有窗，阳光正洒满了一屋子。想起整个上午看到的房子，都是阴暗而潮湿的，这"阳光"先就给了他们好感。房子里确实有"家具"，两张藤椅，一张小方桌，还有个小竹书架，虽简单，却清爽。采芹走过去，推开里面一间的房门，有张木板床，床头边，还有个简陋的小化妆台。在"客厅"的外面，搭了小小的厨房和浴室。这房子，"麻雀虽小"，倒"五脏俱全"。乔书培走到窗边，往下望，可以看到下面的街角和街角那儿卖零食的小摊贩，往前望，一片屋顶，一片天线架子，在那些屋顶和天线架子的后面，还可以看到远山隐隐。

乔书培心里已经喜欢了，只不知道采芹的意思如何。采芹走了过来，站在他身边，也对外远眺着。乔书培问：

"你看怎样？怕不怕爬楼梯？"

采芹笑吟吟地把下巴倚在他肩上，低声说：

"这叫作'欲穷千里目，更上一层楼'啊！"

他望着采芹，感染了她的喜悦，他也忍不住微笑了起来。于是，他回头望着房东太太：

"我们租了！"

那房东太太有张很温和慈祥的脸，大约四十余岁，矮而微胖，眼角微向上飘，是中国人所称的凤目。想必，她年轻时是很漂亮的。她看着他们，点点头。

"好，我姓方，你们可以叫我方太太。你们希望哪一天起租呢？"

"今天。"乔书培说，立即从口袋里掏出钱来，"先付一个月房租。"

"知道要付押租吗？"方太太问。

"押——租？"乔书培呆了。

方太太解事地望着他。

"没有钱付押租？"她问，"你们是夫妻吗？"

乔书培点头，殷采芹摇头。方太太笑了。

"你们很相爱？"她问，看看这个，又看看那个，乔书培的眼睛发光，殷采芹满脸羞红。她面对着这对年轻的、充满期望的脸，感受到那青春的、恋爱的气息，在整个小阁楼里洋溢着。她终于点了点头：

"租给你们了。"她把手里的钥匙放在桌上，取走了乔书培点交给她的一千元。"不过，话先说在前面，冬天，这房子其冷无比，夏天，这房子其热无比，下雨天，你们进出的时候要淋雨，而且不保险房子不漏水。"

"没关系！都没关系！"采芹笑得又甜蜜又温馨，她整个脸庞都发着光，"我们不怕冷，也不怕热！"

方太太对他们笑笑。

"好了，房子是你们的了。这儿是合约书，你们签个字吧！谁签？"她取出合约书。

"他签！"采芹笑着低语，"他是一家之主！"

书培签了字，方太太再看了他们一眼：

"我不管闲事，但是也不想惹麻烦，你们不是离家私奔的吧？"

"你放心，"书培诚挚地说，"我们无法私奔，因为这才是我们的家，我们没有别的家了。你放心，我保证没有麻烦带给你！"

方太太走了。当房门一合拢，采芹就大大地欢呼了一声，在屋子里旋转了一下身子，扑进了书培的怀里。她抱着他的腰，又跳，又叫，又笑，又揉，又绕着圈子：

"多好呵！书培。多好呵！我们总算有自己的小窝了。这房子不是可爱透顶吗？不是迷人透顶吗？不是美丽透顶吗？不是温暖透顶吗？我只要稍稍把它再布置一下，它就是个标标准准的小天堂了！"

他拥着她，俯头紧吻着她的唇。她的手绕上来，揽住了他的脖子，闭上眼睛，她一心一意地献上自己的嘴唇。他们胶着在一块儿，好久好久，他才抬起头来。

"我爱你！"他对她悄悄地低语。

"我更爱你！"她迷乱地说，把脸疯狂地埋进他衣服中，嘴里一迭连声地轻呼着，"更爱！更爱！更爱！更爱……哦，书培！你不知道我祈祷多少次，梦过多少次，幻想过多少次啊！书培，我们真的不会再分开了吗？真的不会了吗？"

他推开了她，含笑盯着她的眼睛。

“不，我们现在就必须分开！”

她惊跳，笑容消失了。

“分开几小时，”他慌忙说，“我要去宿舍里，把我的衣服棉被拿来，我还要去买一点东西，一些家庭日用品，你看看，我们缺些什么！”

“哦！”她又笑了，声音里居然发着颤，“你吓了我一跳！你不可以这样吓人！”

“不了！”他立即说，又把她拥进怀里，“再不吓你了，再不了。”

她抬头看他，有些羞涩地笑着。

“你身上还有钱吗？”她问，“给我一点。那些家庭用品，我去买，你只要把你的东西搬来就好了。”

他掏出自己所有的财产，付掉房租之后，还剩下七百五十多元，他把它统统推到她面前，说：

“你是主妇，你看着办吧！”

她还给他一百元，收下了其余的，笑着问：

“这钱要过多久？我想，我该做个家庭预算！”

“算了吧！”他揉揉她的头发，“暂时，别为钱操心，我去借一点。我有个要好的同学，名字叫陈樵，平常，我们衣服都混着穿的，改天我会把他带回来！我找他借钱去！”

他往外走，又回头不放心地看看她。

“如果你要出去买东西，不许离开太久！我一天没上课，要去办一个请假手续，要搬迁出宿舍的手续……我想，大概黄昏的时候，就可以回来了！”

她点点头。

"我等你回来吃晚饭！"她说。

"你准备自己开伙吗？"他问，"锅盘碗一概不全，我看你免了吧，我们出去吃馆子！"

她冲着他笑。

"你现在有家了，"她柔声低语，"有家的男人不该吃馆子。反正，你去办你的事吧，这些家务，用不着你来操心的，快去快回，嗯？"

他再凝视了她一会儿。

"你不会在我离开之后，就失踪了吧？我回来的时候，你一定要在'家'里等着我！"

她拼命地点头。

"再见！"他又吻吻她。

她倚在门框上，目送他的影子，消失在楼梯的转角处。回过身来，她张开手臂，似乎想拥抱住这整个房间、这整个世界。她美妙地旋转了一下身子，嘴里喃喃地念叨着，唱歌似的低唱着：

"要买扫帚，要买拖把，要买水壶，要买茶杯，要买饭碗，要买食物，要买——一瓶酒！"

于是，当黄昏笼罩着大地，当暮色轻拥着阁楼，当夕阳俯吻着小木屋，书培回到了他的"天堂"。一上楼，他就呆住了。整个小屋已经焕然一新。屋外，那些花盆整齐地排列着，从楼梯口到房门口，排出了一条小径，小径的两边，都是花盆，盆里居然都种着五颜六色的小草花。那些花怒放着，花团锦簇地簇拥着那小屋。那些破瓦罐里，都插上了一支支的芦苇，苇花映着夕阳摇曳，像一首首的诗，像一幅幅的画。他走进小屋，只看到窗明几净，在那窗台上，一盆不知名的小红花正鲜艳地绽放着。窗上，垂着白底绿条纹的帆布窗帘，雅雅的、素素的、干干净净的。小方桌上，也铺着同色的桌布。桌上，有个小玻璃瓶，里面插着一支红玫瑰。他呆立在那儿，简直不相信自己的眼睛！

采芹一阵风般卷了过来，用手抱住他的腰。

"有一点家的味道了，是不是？"她娇媚地问。

"哦！"他左顾右盼，伸长脖子张望，她连床上，都铺上和窗帘同色的被单了。"你会变魔术吗？"他问。

"那些是最便宜的帆布，"她笑着，"我买了一大匹，床单、窗帘、桌布就都解决了。至于那些花，是方太太院子里野生的，名字叫日日春，一年四季都开，我只是移植了一部分。芦苇是那边空地上的，我采了一大把，要多少就有多少。都是些不花钱的东西，不过，我也把钱花光了。"她的笑容里带着歉意，"你知道，许多东西都非买不可。"

"当然，"他宠爱而怜惜地看她，"你忙坏了。别为钱担心，我向陈樵借了一千元，明天，我会去家教中心登记，兼两个家教，我们就可以过得很舒服了……唔，"他忽然用力地吸了吸气，一阵肉香，正绕鼻而来，他睁大了眼睛，惊愕地问，"什么香味？别告诉我，你真有本事开了伙！"

她笑得像一朵刚绽开的花朵。

"我正在烧红烧肉！希望你吃得惯我烧的菜！"

说完，她像只忙碌的小蜜蜂一般，又轻快地从他身边飞开，去整理他从宿舍里搬来的衣物棉被和书籍了。

这样，当夜色来临的时候，他们打开了窗子，迎入一窗月色。书培坐在餐桌上，惊奇地看着一桌香喷喷的菜，红烧肉、炒干丝、炸小鱼、黄瓜肉片汤……他看着，第一次发现，一双女性的手，会制造出怎样的奇迹。采芹含笑站在他身边，再拿出了两个小酒杯，和两瓶小小的红葡萄酒，她羞红着脸说：

"这是样品酒，杂货店老板娘送我的。反正我们都没酒量，只是喝着玩而已。"

她打开酒瓶，注满两人的杯子，在他对面坐了下来。他默默地望着她，低声问：

"是不是还少了样东西？"

"少了什么？"她不解地问。

他从外衣口袋里，摸出两支小小的红蜡烛。

她闪动着睫毛，似喜还悲，含羞带怯。她点燃了那对红烛。于是，他们就在烛光下静静相对，彼此深深地看着对方，痴痴地看着对方，傻傻地看着对方……终于，书培举起了酒杯，低声地问：

"这算交杯酒，是不是？"

她的面颊顿时绯红，连眉毛都红了。但是，她唇边的那个温柔的微笑，却甜得像酒。他们举起杯子，都一饮而尽。她再给两人注满了酒，轻声说：

"我太高兴，太高兴，太高兴了！有酒也醉，没酒也醉，我已经浑身都轻飘飘了！"

于是，他们吃饭，喝酒，彼此殷勤相劝。采芹是毫无酒量的，才两杯下肚，她已经面红如酡，笑意盎然而醉态可掬了。她一再给书培添饭，布菜，又一再对他举杯，嘴里呢呢哝哝地说：

"我是做梦也想不到会有这一天的！这实在太美了，太好了，我觉得自己已经长了翅膀，可以飞到月亮里去了。哦，月亮！"她回头看窗外，再也没想到，这小阁楼可以享有如此美妙的月光！那一轮皓月，正高高地悬着，清亮，明朗，洒下了一片银白色的月光。她注视着月亮，痴痴地笑着："明月几时有？把酒问青天！哦，书培，让我们也把酒问青天！问问它，我们是不是永远如此幸福！知道吗？书培，我好喜欢苏轼的词，我好喜欢！不知天上宫阙，今夕是何年！"她幽幽长叹，满足地、快活地、幸福地、半带醉意地长叹，"但愿人长久，千里共婵娟！哦，书培，我们永远不要再隔千里，连一里都不要！但愿人长久，但愿人长久，但愿人长久……"她喃喃地念着，忽然转头看着书培，甜甜地笑着，柔声说，"你知道有支歌叫《但愿人长久》吗？"

"不知道。"他说，放下了碗筷，他走到她身边，把她轻轻地揽进了怀里。他们坐在那擦得干干净净的地板上。"你醉了吗？"他问。

"醉了。"她轻轻地答，"此时此情，焉能不醉？书培，"她凝视他，"我唱歌给你听，好吗？"

"好。"

于是，她柔声地低唱了起来：

把酒问青天，

明月何时有？

莫把眉儿皱，

莫因相思瘦，
小别又重逢，
但愿人长久！

把酒问青天，
明月何时有？
多日苦思量，
今宵皆溜走，
相聚又相见，
但愿人长久！

把酒问青天，
明月何时有？
往事如云散，
山盟还依旧，
两情缱绻时，
但愿人长久！

把酒问青天，
明月何时有？
但愿天不老，
但愿长相守，
但愿心相许，
但愿人长久！

　　她唱完了，双颊布满了红晕，眼底写满了醉意。她歌声细腻，歌词缠绵，那湿润的嘴唇，轻颤着如带露的花朵。他注视着她，心为之动，魂为之迷，神为之摧……他竟不知此身何在，是人间，是天上？他不知不觉地捧起她的脸，把嘴唇一遍又一遍地压在她唇上。她的面颊更热了，热得烫手，他们的呼吸搅热了空气。

　　"书培！"她喃喃低唤。

　　"嗯？"他含糊地应着，把她从地上抱了起来，她横躺在他臂弯里，软绵绵的，柔若无骨。

　　"这么多的幸福，我们承受得了吗？"她低叹着问，"我觉得我已经有了全世界！"

　　他抱着她走进卧室，下巴始终紧贴着她的脸孔。进了房间，他和她一起滚倒在床上。他拥抱着她，那么温存，那么温存地吻她，吻她的额，吻她的鼻尖，吻她的下巴，吻她的颈项……吻下去，吻下去，他伸手笨拙地解她的衣扣。她静静地躺着，唇边仍然满含着笑意，满含着醉意，满含着奉献的快乐和震撼的狂欢！她握住他那笨拙的手，把它放在她那软绵绵的胸膛上。

　　"我是你的！"她喃喃地说着，"永远永远，只是你的！只是你的！"

　　月光从窗外射了进来，朦朦胧胧地照射在床前。窗口，有一支芦苇，颤巍巍地摇曳在晚风里。他怀抱着那个软软的、柔柔的躯体，像怀抱着一团软烟轻雾，这团软烟轻雾，将把他带入一个近乎虚无的狂欢境界。谁说过？"销魂，当此际，香囊暗解，罗带轻分。"

"你——"他喘息地在她耳边低语，"是我的新娘。"

"是的。"她呻吟着，抱紧了他。

月光仍然照射着，好美丽好美丽地照射着。他们裸裎在月光下，似乎裸裎着一份最坦白、最纯洁、最无私、最真挚的感情。"月光是我的婚纱，青天是我的证人。"多久以前，她说过？直到今宵，才成正果！真的，把酒问青天，明月何时有？但愿天不老，但愿长相守，但愿心相许，但愿人长久！

第
十
二
章

画室里静悄悄的。

乔书培在画架前，凝视着自己的那张"人体素描"，再看看站在台上的模特儿，心里有些儿恍恍惚惚。画过这么多次人体，他从没有杂思绮想，但是，自从经过昨夜的温存，他才知道一个女性的奇妙。他握着炭笔，不专心地在画纸上涂抹，眼前浮起的，不是模特儿，而是那温婉多情的殷采芹。

陈樵正站在他身边，他来自高雄，和书培同寝室，同年级同系同科，而成知己。陈樵的父亲在炼油厂做事，家境并不坏，但是，因为他下面还有五个稚龄的弟妹，所以他总自认是弟妹们的榜样，而特别肯吃苦耐劳。在性格上，陈樵比书培成熟，他比较脚踏实地，不幻想，不做梦。只是默默地鞭策自己，以期出人头地。

他冷眼看着书培，看着他把画纸上的模特儿勾成长发飘飞，星眸半扬，一副"醉态可掬"相。他走过去，轻声问：

"你在画谁？"

　　书培一惊，望着画纸，脸上有些发热。他撕下了这张画纸，揉碎了，再重新钉上一张白纸。抬眼看了看陈樵，他的思想又被扯进了另一个现实的世界里。

　　"陈樵，你现在有两个家教？"

　　"是！"

　　"让一个给我如何？"

　　"你不是去家教中心登记了吗？"

　　"登记是登记了，家教中心说，一般家庭都指定要数理或外文系的，咱们艺术系的很不吃香，他们叫我等机会。我看希望渺茫，而我，却急需一个工作。"

　　"你这两天到底在忙什么？又搬出宿舍，又借钱，又找工作的？"

　　"改天告诉你！"

　　"只问一句，"陈樵盯着他，"与女人有关系？"

　　"是的。"

　　陈樵沉吟了片刻，忽然问：

　　"你知不知道苏燕青昨天到教室来找过你？"

　　"啊呀，"他怔了怔，"糟糕，我忘得干干净净了。"

　　"什么东西忘得干干净净了？"

　　"本来，我和苏燕青有约会的。"

　　"那个女人让你忘了苏燕青？"陈樵一边画着素描，一边问，他语气中已杂着不满，他一直非常欣赏苏燕青，认为她是个有深度，有才华，有幽默感而又美丽脱俗的女孩。

　　书培听出他语气中的不满，皱皱眉头，他坦白地说：

“是的。”

陈樵正要再说什么，教授背负着双手，走过来了。他们不便再谈话，都把注意力放回到画纸上。这样，一直到下课，他们没有再谈什么。等下课钟一响，大家收拾好画具，纷纷散去时，陈樵才一把抓住书培的手腕，说：

“来，我要好好地审审你！”

“审我？”书培说，“你似乎认定我做错了什么。”

“有没有错，等我听过事实后再评定。”

他们走出了教室，这是下午，阳光洒满了整个校园。这正是初夏的季节，天气还没热，阳光暖洋洋的，清风吹在人身上，也凉爽爽的。他们沿着校园的碎石子小路，向前无目的地走着。

“说吧，”陈樵说，“怎么会突然有个女人冒出来，就把你给拴牢了？这种女人，也未免太厉害了吧！”

“你已经先对她就有敌意了，”书培叹息着说，“你甚至不去弄清楚来龙去脉。”

“我正在想弄清楚呀！”陈樵说，“她是什么学校的？我们学校吗？”

“不，她没念大学，她连高中都没毕业。”

“哦！”陈樵轻呼了一声，眼珠转了转，“好吧，学历不能代表什么。她家做什么的？”

“她家——”书培困难地咬咬牙，“她爸爸在外岛服刑，她妈妈在半个月前自杀了。”

“哦！”陈樵的眼珠都快从眼眶里掉出来了。他在一棵树下站住了，定定地看着书培，“你在开玩笑吧？”他怀疑地问。

　　"一点也不开玩笑，"书培有些烦恼地说，"这种事也能开玩笑吗？"

　　"你说她爸爸在坐牢？"

　　"是的。"

　　"什么案子？"

　　"很复杂的案子，走私、违反票据法、违反国家总动员法……反正很复杂。"

　　"你从哪儿认识这样一个女人啊！"陈樵喊着，"你准是被人骗了！乔书培，你太嫩了，你太没经验了，你根本没打过防疫针，你又是冲动热情派，被女人随便一钓就给钓上了……"

　　"陈樵！"书培懊恼地打断了他，"你如果敢批评采芹一个字，我就跟你绝交！"

　　"哦！"陈樵背靠在树干上，眼光直直地射向书培，点点头说，"看样子，你相当认真。"

　　"我当然认真，"书培气呼呼地说，"我将来要和她结婚，怎么会不认真？"

　　"将来要结婚？现在呢？和她同居了？"

　　"是的。"

　　"她随随便便就和你同居了？她可真'现代'！"陈樵打鼻子里哼着，"你是她的第一个男人吗？"

　　"我不回答你这问题！"书培的脸涨红了，他恶狠狠地瞪着陈樵，暴躁而不安地说，"你像法官在审案子，而且，是个充满恶意的法官，专拣不该问的问题来问！你完全不了解我和采芹，我们认识了几乎一辈子，从小就在一块儿玩，从懂事就彼此欣赏，彼此喜欢。现在，她家破人亡，投奔我而来。我一定要照顾她，要养活她，要给她一个窝。现在，你别管我的事，我只问你，帮不帮我忙？"

陈樵呆呆地看着他。

"不许我管你的事，怎么帮你的忙？"他问。

"很好！"乔书培掉头就走，"我另外去想办法！"

陈樵一把拉住了他，赔笑地说：

"真生气吗？站着，我们好好商量。"

乔书培站住了，闷闷地看着陈樵。

"我有两个家教，"陈樵说，"一个是每星期一三五晚上，教两个初中生的英文数学，另一个是每星期二四六晚上，教一个高三的学生，也是英文和数学，他准备考大学。我可以让一个给你，你选哪一个？"

"我看……"乔书培沉吟地说，"我还是教初中的吧，比较容易些。"

"好，今天是星期五，今晚我就带你去，不过，你得买辆脚踏车。那两个孩子住在中和乡，路上就要耽误一小时，上课两小时，每晚七点半到九点半，每月薪水一千元，你吃得了苦，今晚先跟我去谈谈，人家还不见得中意你呢！吃不了苦，就免谈了！"

"当然吃得了苦，"乔书培叫着说，"否则也不找你了！"

"别以为家教好当，那两个孩子顽劣透了，专门找难题难你，家长呢，也不好伺候，只要孩子的成绩单不理想，他们先责备你，不责备孩子。受得了气，你就去，受不了气，也免谈。"

乔书培凝视着陈樵。

"我去！"他简简单单地说。

"好吧，"陈樵看着他，"这两个孩子，我也教得够烦了，以后，让你去操心受气。不过，"他顿了顿，正色说，"书培，咱们在学校里，算是最投机的好朋友了，是不是？"

"是。"

"能对你说两句忠言吗？"

书培低下头，看着脚下的草地，他用鞋尖踢着那草地上凸起的树根，很快地说：

"我知道你想说什么，你认为我被一个女孩子骗了，你认为我已经走入歧途了。我——"他咬咬牙，"原谅你有这种想法，因为你不认识殷采芹……"

"你原谅我？"陈樵失笑地问，歪着头想了想，"我想，那女孩最起码有个优点，她一定是个绝世美女，是不是？"

"审美观念因人而异，"他闷闷地回答，"像你这种专唱反调的人，可能会认为她丑极了！"

"谁丑极了？"忽然间，有个清脆的、女性的声音传了过来，把他们两个都吓了一跳。书培抬起头来，就一眼看到苏燕青抱着一叠书本，笑吟吟地站在他们面前。他呆了呆，心里有些焦灼，想找借口离去，想溜。苏燕青那对敏锐的眸子，正关怀地停驻在他脸上。"喂，乔书培，"她直率地问，"你这人守不守信用？说话算不算话？"

"对不起！"他慌忙赔笑地说，"昨天，我临时发生了一点事，就把什么都忘了！"

她瞅着他。

"听说你搬出宿舍了？"

"是呀！"

"为什么？"

"唔，因为……因为……"他嗫嚅着，"宿舍里人太多，我想……我想静一静，我一向不太住得惯人多的房子。"他语无伦次，心想，真够受！世界上哪有这样打破砂锅问到底的女孩！

陈樵看看他，又看看苏燕青，斜睨着眼睛笑。

"你笑什么？"燕青转向了他，挑着眉毛问，"一脸的坏相！"

"我一脸的坏相？"陈樵笑着问，"那么，乔书培是一脸的好相了？哈！这叫作好歹不分！"他重重地在乔书培的肩上敲了一记，"你说对了，审美观念因人而异，我这个'一脸坏相'的人要先走一步了！"

"喂喂，"乔书培有点着急，伸手拉住了他，"你去哪儿？"

"去宿舍啊！"陈樵挣脱了他，自管自地走了，一面走，一面抛下一句话来，"晚上六点五十分在宿舍门口等你！你最近似乎有'健忘'症，可别忘了！"

乔书培目送他走开，无可奈何地回过头来，苏燕青正若有所思地望着他，那对灵巧的眸子骨碌碌地转动着。

"你和陈樵在搞什么鬼？"她问，"约好时间一起去追女孩子吗？"

"别胡猜！"他慌忙说，"我要他让一个家教给我，说好了今晚去那个孩子家里谈谈。"

"哦，"苏燕青的眼珠转了转，"缺钱用吗？"

他笑笑，没说话。

"喂，乔书培，"苏燕青笑着说，"你的字写得如何？"

"我的字？"他愣了一愣，"应该还不错吧，怎样？"

"我爸爸在写一本《中国文学史》，你知道的。他需要一个人帮他抄写和整理文稿，我想，你一定可以愉快胜任，这不是比当家教轻松些吗？"

他注视着她，沉吟地想着，摇了摇头。

"不，谢谢你。我还是去当家教吧。"

"为什么？"

"我……"他碍口地笑了笑，"我想，我的字还没有好到那个程度。"

"哼！"她抿着嘴角笑了，"我知道你为什么不愿意接受这工作！"

"是吗？"他惊讶地问，"为什么呢？"

"为什么吗？"她拉长了声音，"你的骄傲而已！男孩子要靠自己的本事找工作，以为靠了女孩子就丢人了。其实，又有什么关系呢？你的情况，我们全家都了解，我爸也挺欣赏你的。怎样？"她习惯性地扬着眉，鼓励地说，"何况，我爸反正要找人！找别人不如找你！"

"为什么找别人不如找我！"他傻傻地问。

"哎呀！"她的脸蓦然一红，似乎发现自己说溜了嘴，就干脆耍赖，"你这人总是布好圈套让我来跳，你相当工于心计！你是不是想引诱我说：因为我希望你来我家呢？因为我希望你接受呢！我才不中计呢！"

他心里有点慌，有点乱，有点迷糊，有点失措，有点不知该如何是好。而她呢？却洒脱地甩甩头，把那短短的头发甩得满脸都是，她笑了，笑得又开朗，又活泼，又潇洒，又心无城府。

"好了！"她边笑边说，"咱们就说定了，你明晚来我家吃饭吧，我妈说，好久没看到你了！"

"哦，"他急急地开了口，几乎是狼狈地说，"不行！燕青，我明晚……还有事，可能……可能就要当家教……"

"怎么？说了半天，你还是要当家教啊？"苏燕青的笑容消失了，"你这人怎么这样……这样难缠哦？你以为家教容易当吗？上次，任雨兰去当家教，被那个孩子当场气哭了。高伟总算是能言善道的男生了吧，给那个孩子的妈妈气得差点没昏倒！我告诉你，假如是容易教的学生，陈樵也不会让给你了！"

"陈樵已经警告我了，那两个孩子很难弄。"

"你瞧！没骗你吧！"苏燕青胜利地说，"你别以为我是因为你要找工作而说我爸需要人，我爸爸是真的需要人，本来想找个学文的，是我对爸说，你的文学也……"她蓦然住了口，因泄露秘密而脸红了。

他对她勉强地笑笑。

"真的谢谢你，"他说，"我想，我绝对不能胜任，与其做不好，让你爸爸失望，还不如藏拙，不要接受比较好！"

"啊哈！"她又笑了，那笑容像一池春水，漾满了她的脸。"我懂了！"她叹口气，若有所悟地斜睨着他，"你怕我爸爸发现你的缺点啊？你这人——真是一本难读的书！好吧，"她耸耸肩，"我也不勉强你，让你去受那些小少爷的气去！"她抱着书本，向前走了两步，又回头看他："怎样？要不要一块儿走走？"

"不。"他慌忙往后退了一步，"我还有事。"

她怔了怔，微蹙着眉梢，她困惑地看着他，像在看一个令人解不透的谜。然后，她嘴里不知道自言自语地叽咕了一句什么，就把额前的短发往后一甩，大踏步地，踏着那落日的余晖，往校外走去了。

一直等到她走得看不见影子了，书培才如释重负地吐出一口长气来。看看手表，五点半了，采芹一定等得心焦了。想到采芹，他就觉得心头热烘烘的，迈开大步，他也对校外直冲出去。

跑上了四层楼，再上一层楼，穿过那些"日日春"的花丛。日日春，多好的名字，正像他们的生活啊！他一下子冲进了房门，扬着声音喊：

"采芹！"

采芹立即飞奔而来，像只投怀小鸟似的，她投进了他怀里，用手抱住他的腰，她把那温软的面颊贴在他胸口，她低喊着说：

"你怎么这么晚才回家啊？我想死你了！想死你了！想死你了！"

他不自禁地感染了她的热情，俯下头，他闻到她颈项里有一股如麝如兰的清香，就不由自主地把脸往她脖子里埋了进去。她咯咯地笑了起来，扭动着身子，要躲，要闪，又躲不掉闪不掉，她推着他，央告着：

"好人，别这样，你的胡子扎了我！好人，别闹，你弄得我痒酥酥的！"

他放开了她，抬起头，注视着她那遍布红晕的面颊。

"你在做什么？"

"等你啊！"她说，"一整天，都在等你啊！"她忽然拉住他的手，热烈地说，"来！你来看！"

他不解地跟着她走去，她牵着他的手，把他一直牵到窗前，她用手指着远方，用一种眩惑的声音说：

"你看！"

他往前看去，立刻，他被眼前的一幅图画所震慑了。原来，这扇窗是朝西的。现在，一轮落日正缓慢地往下沉落，整个天空，就被一层又一层的彩霞所堆满了，那彩霞如此熟悉，如此艳丽，如此发射着亮丽的色彩……这就是海边的彩霞啊！一样的彩霞，一样的黄昏，一样的人！他往后退了两步，迷惑地望着那窗子，窗外，是彩霞满天，窗内，采芹正临窗而立，长发披泻，沐浴着一身彩霞，像个超凡出世的仙灵。那落日的光芒，洒在她头发上，镶在她面颊上，染在她衣服上，挂在她襟袖上……而窗台上那盆小花，也被彩霞染得发亮，衬在采芹与天空之间。这简直是人间幻境啊！

"你知道吗？"采芹的声音温馨如梦，"以前，在海边，也是这样的彩霞，许多黄昏，我们一起看过落日。我那白屋的窗子也是朝西的，常常会迎接着满窗彩霞，那时，我就对彩霞发过誓！我这一生，不论会遭遇什么，我的心将永远属于你！"

他屏息地站在那儿，眩惑地望着她。她翩然回顾，似乎连衣襟上都抖落了彩霞，他大叫：

"别动，千万别动！"

她立即站住，困惑地看着他。他飞快地支起画架，钉上画纸，抓起彩笔，嚷着说：

"我要留下这个黄昏，我要画下你来，你，窗子，小花，和那彩霞满天！"

她动也不动，连话也不敢再说，伫立着让他画。他立刻勾勒着线条，觉得每个细胞里都充满了灵感，都闪耀着绘画的火花。握着彩笔，他进入到一个忘我的境界，用他全心灵去捕捉着这个刹那，这一刹那的美，这一刹那的艳丽，这一刹那的永恒。

只一会儿，太阳落了山，那天空的颜色变了，暮色游了过来，充塞了屋子，天空那灿烂的云彩，逐渐变成绛紫，由绛紫而变得幽暗了。他叹口气，放下笔来，他只抓住了一部分。她奔过来，望着画纸。他已勾出那样一幅超凡脱俗的神韵，已经抓住了那样超凡脱俗的美，她竟叹为观止了。抱着他的手臂，她崇拜地低呼着：

"太美了！太好了！太伟大了！书培，你怎么能画得这么好，你怎么能捉住这个刹那，你是个天才！书培，你是的！你真是个天才！"

"太快了！"他惋惜地说，"再多给我二十分钟就好了！夕阳下去得太快了！"

"可是，明天还是有黄昏，是不是？"采芹仰着脸问，"明天还是有彩霞，你可以再画呀！"

是的，明天还有黄昏，明天还有彩霞。他拥着她，笑了。

"你该饿了吧？"她悄声问，"我去炒菜去，都已经六点多钟了。"

"什么？"他惊叫，"糟糕，我差点又忘了！不行，采芹，我不能吃晚饭了，我和陈樵约好了，要去接洽一个家教的工作，陈樵把他的家教让给了我！"

"哦，"她有些依依不舍地问，"你马上要走吗？什么时候回来？"

"可能会很晚！你自己先吃吧！"

她拼命摇头。

"不，"她温柔而固执地说，"我等你回来再吃！你要不要先吃碗面再去？我给你下碗面，很快很快！你不能空着肚子去接洽工作呀！"

"不行了！已经太晚了！"他看看手表，"我会给陈樵骂死！"

他往屋外冲去，她一把拉住了他：

"等一等，带件外套去，晚上风大！"

她飞快地跑进屋内，又飞快地拿了件夹克出来，再飞快地挽住他的脖子，给了他飞快的一个吻。说：

"那个陈樵，他真好，是不是？如果你们一起回来，我会多做点菜，也请他来吃——算是宵夜，怎样？"

他呆了呆，面容有些僵硬。

"不，我不会请他来！"他很快地说，转身跑走了。

她扶着门框，怔怔地站在那儿，回思着他临走的表情和那句话，心里若有所悟。于是，有种看不见的、淡淡的忧愁，就像轻烟般对她包围过来了。她转身走进房间，打开电灯，在灯光下，她凝视着那张画纸，画面上是彩霞满天，她再抬头看看窗外，那儿，早已是暮霭沉沉了。

第
十
三
章

乔书培望着他的两个学生。

这两个孩子，大的十五岁，念初三，名字叫孙健，小的十三岁，念初一，名字叫孙康。两个人都长得又高又大又壮又结实，正像他们的名字，是又"健"又"康"的。乔书培常想，如果他们两个在念书方面，能够和他们的身体发育成正比，就真是皆大欢喜了。现在，他看着孙健的英文试卷，满纸红叉叉，从头错到尾，初三了，居然拼不出英文的十二个月份，和星期日至星期六的名称，亏他还振振有词：

"外国人太笨了，为什么每个月要有不同的名称？为什么不学学我们中国人，用一二三四……十二个数字就解决了？我并不是学不会英文，我只是不服气去记它！而且，咱们是泱泱大国，凭什么要把洋鬼子的语言列为我们的主要学科？太不合理了！"

"我不跟你讲合不合理，"乔书培耐着性子说，"你马上要参加高中联考了，教育部规定了要考英文，你就需要把英文念好！"

"年轻人应该有勇气推翻不合理的教育制度！"孙健仰高了头，一副"挑战"的神态，仿佛乔书培就是"不合理"的"代表"似的。

"你已经来不及推翻了，"乔书培瞪着他，"你只有两个月的时间，就要参加联考了！我们现在把合不合理的问题抛开，打开你的英文课本，我们重新来温习。"

"我的英文课本丢了。"孙健冷冷地说。

"什么？"乔书培皱起眉头。

"丢了！"孙健耸耸肩，"大概给同学偷走了！八成是给田鸡偷走了，对！"他猛拍着自己的膝盖，"准是田鸡干的好事，明天我找他算账去！这样吧，乔老师，我们今天先不念英文，等我找到课本再说……"

孙康在一边，开始吃吃不停地偷笑。乔书培狐疑地转向孙康，问：

"你笑什么？"

"我笑……笑……笑大哥……"孙康话还没说完，孙健伸手过去，在弟弟的大腿上拧了一把，于是，孙康就"哎哟"一声尖叫起来，"哎哟！哎哟！哎哟……"地叫个没停了。

"你到底笑什么？"乔书培脸一沉，厉声问。

"我笑……"孙康眼睛睁得大大的，一副"天真相"，"笑老师嘴巴边上有颗青春痘，像一颗美人痣！"

孙健哄然一声，大笑起来，孙康也跟着笑，兄弟两个你看我，我看你地大笑着，似乎做了什么天大的得意事情一般。乔书培又气又怒又无奈，板着脸，他哼了一声：

“不要笑了！”

兄弟两个还是笑。

“孙康，”乔书培叫，“你的英文课本总没丢吧！拿出来！”

孙康慢吞吞地翻着书包，左翻右翻，好不容易，才抽出了英文课本，乔书培打开课本，里面就轻飘飘地飘出一张纸来，乔书培打开那张纸一看，上面写着：

桌子：待死客

早上：摸脸

早安：狗得摸脸

玻璃杯：狗拉屎

再见：狗得拜

黄昏：一吻宁

晚安：狗得一吻宁

夜安：狗得来

……

乔书培越看越稀奇，越看越古怪，越看越生气，他把纸头丢给孙康，问：

“这是什么东西？”

“英文发音呵！”

“英文发音？”乔书培啼笑皆非，“我跟你说过几百次了，不许在英文上注中文发音，何况还要编些个怪花样！什么狗拉屎、狗得摸脸、狗得一吻宁……你这种英文，非把英国人都气死不可！”

"好呵！"孙康拊掌大乐，"把英国人都气死了，咱们就可以不必念英文了。"

这次，是孙健跟着笑了，兄弟二人，又笑了个不亦乐乎。乔书培瞪视着他们两个，心想，他们的功课虽然是一塌糊涂，倒是"知足常乐"。那些红笔的叉叉，似乎丝毫不影响他们的快乐。笑啊笑啊笑啊……他们简直就以捉弄他为快乐。他哪儿像是这两兄弟的家庭教师，倒像他们的"开心果"。他竭力板起脸来，竭力显出一副庄严相，竭力维持着自己的尊严。

"你们到底念不念书？预备把每门功课都当掉是不是？孙健，你别跟我玩花样了，把英文书找出来！"

"是哩！"孙健做了个鬼脸，从屁股底下掏出了英文课本来，翻出"作业"簿，他的问题又来，"老师，kiss 是什么词？"

"动词。"

"你错啦！"孙健又笑，"kiss 就是接吻对不对？"

"对呀。"

"那不是动词，那是连接词！"说完，他就放声大笑了。孙康当然也跟着笑，一面笑，一面问他哥哥：

"哥哥，你有没有跟'迷死''克死'过？"

"我倒没有，但是我打赌乔老师一定跟'迷死''克死'过！"孙健说。

"老师，和迷死克死的滋味是怎样的？"孙康问。

孙健更笑，孙康也笑。乔书培头上已经冒汗了，他拍拍手，正要施展一点"尊严"，镇压一下"局面"，房门忽然被推开了。孙太太——一个四十几岁，浓妆艳抹而盛气凌人的女人拦门而立，微蹙着眉头，她直视着乔书培，冷冷地问：

"乔老师，你能不能给他们上点课，而不要和他们说笑话，闹着玩？你知道——两小时是一晃就过去的！"

乔书培觉得血往脑子里冲去，他跳了起来，第一个冲动，就想摔下书本，说一句"老子不干了"。但是，他想起家里还等着钱用，想起几天以来，都没钱买菜了，想起欠陈樵的钱还没有还……他强忍下心头的一股怨气，勉强地说了句：

"我正——尽力而为。"

"尽力而为？"孙太太望着那两个笑成一堆的儿子，"我看不出你尽力在什么地方！你们在研究什么问题？"

"妈，"孙康又是一脸"天真相"，"我们在研究'克死'！"

"克死？"孙太太一脸疑惑！

"是啊，乔老师和迷死克死啊……"

"孙康！"乔书培涨红着脸喊。

孙太太正视着乔书培，眼光凌厉，神情冷漠。

"乔老师，希望你不要在上课时间，讲你的风流艳史。我知道你们学艺术的，都是些嬉皮。可是，我们家两个孩子，从小就都规规矩矩的，我为他们请家庭教师，是要帮助他们读书，希望你不要把他们引导到你们艺术家那条风流散漫的路上去！……"

"孙太太，"乔书培沉重地呼吸着，尽力地压抑着自己，"我想，您有点误会……"

"误会，"孙太太自以为是地摇摇头，"我不会误会的。你还是别和他们说笑，多给他们温温功课吧！"

乔书培垂下眼睛，紧咬住牙关，强忍住即将冲出口的一句粗话，他的脖子挺得直直的。屋里开着冷气，他的头上仍然冒着汗珠。窗外有隐隐的雷声，是今年夏天第一次打雷，大概要下雨了。他心里模糊地想着，沉默地站着，一时间，他一点都不像个家庭教师，倒像个挨了骂，受尽委屈的小学生。

"乔老师，"孙太太继续说，"我必须问问你，你对于我们老大考高中，到底有几分把握？"

乔书培抬起头来，愕然地看着孙太太，心想，这问题你该去问你那个宝贝儿子，怎么问起我来了？几时规定过，家庭教师要"包"人考上高中？他用舌头润了润干燥的嘴唇，终于冲出口一句话：

"毫无把握。"

"什么？"孙太太跳了起来，"这两个月，你在做些什么呢？"

"我在教他们念书啊！"他忽然提高了声音，忍耐已久的火气蓦然爆发了，而且一发就不可止。他大声地、正色地、凛然地、怒气冲冲地喊了出来："问题不在我做了什么，问题是你的儿子什么都不做！我教我的，他荒废他的！两个月以来，我和你的两个儿子，是在彼此浪费时间！他们根本无心念书，无心考试，无心上高中！我想，你最好把他们送到军校去，军事管理一番。我这个嬉皮教不了你这两个优秀的孩子！抱歉！我走了！你另请高明，去教他们'狗得摸脸''狗得一吻宁''狗得来''狗得拜吧'！"

说完，他收拾起自己的东西，昂着头，在孙太太的目瞪口呆和孙健两兄弟再也笑不出来的注视下，大踏步地冲出了那间书房，又大踏步穿过客厅，直冲到大门外面去了。

一冲出了孙家，乔书培才发现外面正下着倾盆大雨，而且雷电交加。出来时天气还晴朗，他也没带雨衣，只穿了件香港衫。现在，雨像倒水般从天空直注下来，他才在屋檐下站了站，横扫的雨水已湿透了他的衣服和裤管。他的心中还在冒着火，冒着熊熊燃烧的怒火，这冰凉的雨点反而带给他一阵快意。他把心一横，干脆骑上了他那辆二手货的破脚踏车，冒着那倾盆大雨，往"家"中骑去。

在风雨交驰下，他这段路起码骑了一小时。当他终于到了家，他已经是道道地地的"落汤鸡"了，浑身上下都在滴着水。他上了四层楼，又"再上一层楼"，采芹正倚窗对外傻望着，一看到书培，她打开房门，撑了把伞，就直冲过来。书培直着喉咙对她喊：

"别出来了，反正我已经湿透了，你何必也饶上，一出门准湿透！"

采芹并没有听他的，踩着满阳台的积水，她飞奔而来，把伞遮在他头上，而一任雨水淋湿了自己。书培揽着她，两人穿过那由"日日春"盆景搭出的"小路"，直奔进门内，到了房间里，书培是头发挂在脸上，衣服贴在身上，水珠顺着头发、手指、衣角、裤管……一直往下淌。而采芹也湿了，肩上、头发上都是湿漉漉的，脚上的一双拖鞋，完全被水泡过了。采芹没有管自己，冲进浴室，她取出一条大毛巾，就把书培按在怀中，没头没脑地帮他擦拭着，一面喃喃地、歉然地、负疚地说着：

"看到下雨，我就知道你惨了。本来算好了时间，我要拿了伞到巷口去接你的，那么，你最起码可以少淋一段路的雨。可是，你提前回来了，我就没去接你，我真该早一点去等的……"

书培在毛巾里连打了两个喷嚏，采芹又慌了，放下毛巾，她又往厨房冲去。手忙脚乱地开瓦斯，烧热水，他们一直穷得没有钱装热水炉，每次洗澡都要用开水壶烧热水，再一壶一壶地提到浴室里去。采芹一面烧热水，一面嚷着：

"你必须马上洗个热水澡，我再给你煮一碗姜汤喝，别弄得生病了，就惨了。"

书培把毛巾搭在肩上，走到厨房门口，靠在门框上，他看着采芹忙忙碌碌地跑来跑去，烧开水，找生姜，切姜块，找红糖，煮姜汤……她那双白白嫩嫩、纤细修长的手指，经过两个月烧菜煮饭洗衣擦地的各种粗活，已经不再娇嫩了。他凝视她，她的头发也在滴水，一件白麻纱的衬衫，肩上全湿透了。他咽了一口口水，心里的怜惜和懊丧在交替啃噬着他，他粗声地说了句：

"你先去把自己弄弄干，好不好？"

她飞快地抬眼看看他，又低头去切生姜，笑着说：

"我没关系，我根本没淋湿！"

"你还没淋湿！"他低吼着，跑进厨房，他把菜刀从她手上抢下来，命令地说，"去换件干衣服，再来弄！"

"不行呀！"她焦灼地说，"你等不及呀，我不要你生病……"他重重地一跺脚，大声说：

"我也不要你生病！"

她看他一眼，叹口气。默默地放下了菜刀，她踮起脚尖，去吻他的嘴唇，低声说：

"不要待我太好，我会恃宠而骄。"

他心中掠过一阵痛楚。太好？待她太好？让她烧锅煮饭，叠被铺床？而且，他又失去了他仅有的一个职业，本来过的就是三餐不继的日子，以后又该怎么办？他靠在墙边，默默不语，只是用怜惜的眼光，静静地瞅着她。这眼光充满了那么多的温柔和怜爱，竟使采芹快慰得要发抖了，她战栗了一下，惊叹着：

"你'不可以'用这样的眼光看我，你会把我看'醉'了！"

"傻丫头！"他轻叱着，"看你怎么会把你'看醉'呢？我眼睛里又没有酒！"

"有的！你有的！"她一迭连声地说，"你的眼光里永远有酒，好醇好醇的酒，你这样一个劲儿地看我，我就会醉了！"

"傻东西！"他说着，心里甜甜的、酸酸的、软软的、酥酥的，说不出来的一种滋味。乔书培啊乔书培，他暗中叫着自己的名字，你何德何能，值得一个女孩对你如此深情地迷恋？"快去换衣服吧！"他故意粗着嗓音说，因为，他喉头又涌上了一个硬块。

"是！"她应着，翩然地"飞"进了卧室。

一会儿，她已经换好衣服跑出来了。于是，烧热水，煮姜汤，她忙了个不亦乐乎。烧了起码十壶水，才总算放满了一浴缸，他去洗了澡，擦干了头发，穿上了一身干干净净的睡衣，又在她的坚持下，喝下了那碗又辣又烫的姜汤。然后，夜也深了，他拥被而坐，望着那躺在他身边的采芹，听着窗外的雨声淅沥。

雷雨已经转成了小雨，仍然没停，滴滴答答地敲着窗子，风也很大，把雨点一阵阵地扫在玻璃窗上，发出簌簌飒飒的声响。书培坐在那儿，望着采芹。她并没有睡，仰躺在那儿，她睁着眼睛，也正静静地望着他。他用手指轻抚着她的头发，她的眉毛，她的鼻梁和她那小小的嘴。他的眼光有些阴郁，有些感伤，有些忧愁。

她仔细地凝视他，试着去"读"他的思想。

"你有心事。"她低声说，"告诉我！"

他静默着。

"为了你爸爸吗？"她问，"他昨天有信来，说什么？"

他轻轻战栗了一下，这是另一个烦恼。

"他叫我暑假回去。"他说，"不过，这没问题，我已经写信告诉他，我暑假要留在台北打工，可能回去看他几天，我再赶回来。"

"他——会同意吗？"她担心地问。

"是的，他会同意。"他很有把握地说，"他一直认为我的前途在台北。何况……"他咽住了。

"何况什么？"她问。

何况他以为有个女孩正系住了他的心，那个女孩不叫殷采芹，这话是说不出口的。他咬咬牙，沉默着。

她小心地看他，他眼里的阴霾使她寒战。

"对不起。"她轻声说。

"什么事情对不起？"他蹙着眉问。

"我拖累了你，让你为难，让你烦恼。我知道……你爸爸是不会接受我的。"她悲哀地说。

他的眉头皱得更紧了。

"我们别谈这问题好不好？"他说，"我爸爸迟早要接受你的，这是以后的问题。我们目前的困难已经够多了，先别去管以后吧！"

"目前的困难？"她怔了怔，有点窒息，"发生了什么事？关于我的吗？"她的嘴唇有些发白，在她心底，一直有个隐忧在潜伏着。"是不是……有人……有人要找你麻烦？"她从床上坐了起来，睁大了眼睛，恐惧而担忧地凝视着他。

"哦，没有，别胡思乱想！"他慌忙说，试着对她微笑，"是我的问题！今天我才发现，我是个很无能，很无用，很不会应付这个社会的人！"他四面找寻，有些烦躁，"家里有香烟吗？"

她用她那温软的手握住了他的手，她那小手竟带着莫大的稳定力量。

"你明知道家里没有烟。"她说，注视着他的眼睛，静静地、低低地、温柔地问，"你失去了那个家教，是吗？你不干了，是吗？"

"哦！"他怔了怔，瞪着她，"你怎么知道？"

"唉！"她如释重负地轻叹一声，居然笑了。她抱住了他的腰，把面颊依偎在他胸膛上："我应该早就猜到了，你提前回家就代表一切了，你是从不会迟到早退的。哎，我真高兴你不做了！"

"你真高兴？"他困惑地问，"我失去了唯一仅有的职业，你真高兴？"

她仰头看他，眼里流动着光华。

"你是个艺术家，你不是那两个顽童的伺候者，他们不值得你每星期浪费三个晚上！我真高兴你不做了，每次想到你在那儿受气，我就心都绞起来了！"

他用手轻抚她的头发。

"你永远看不见我的缺点吗？"他问。

"你没有缺点！"她热烈地喊，一心一意地说，"你是十全十美的！"

"你是傻瓜！"他说，"好吧，那两个顽童不值得我浪费时间，明天，我再去进行别的家教，说不定我运气好，会碰到一个学画的孩子。"

她凝视他，嚅动着嘴唇，欲言又止。

"你要说什么？"他问，"说吧！"

"你……有没有想过，"她小心翼翼地开了口，"或者，应该我去找一个工作，反正，我现在又没念书，在家也是闲着。"

"你？"他皱皱眉，"你能找什么工作？你没有学历又没资历。"

"我什么都可以做，例如餐馆的女招待，店员……"

"不行！"他粗声说，"少糟蹋你自己了！我不过是伺候两个孩子，你居然想去伺候全台北的人了！那样的话，还不如我去当家教！"

"你不要固执，好不好？"她柔声说，请求地、婉转地，"当女招待也没什么委屈，我会……"

"不行！"他恼怒地打断了她，"学校对面那家冰果店就有位女招待，我们学校的男生专门吃她豆腐！你以为女招待好当吗？不行不行，"他拼命摇头，"咱们免谈！告诉你吧，我是个很固执、很自私、很守旧的丈夫！"

她轻轻地叹口气。

"那么，"她忽然眼睛一亮，"如果我去弹钢琴呢？去教小孩子弹钢琴呢？去什么幼稚园或音乐社教琴呢？"

“那——我可以同意。”他说，笑了，“你找不到的，不会有那么好的机会。”

“我总可以试一试呀！”

“好，”他说，“明天起，你去试你的工作，我去试我的工作，看我们谁的运气好！”

她紧拥了他一下，满怀感激地，好像他答应她去找工作，是给了她一个莫大的恩惠似的。他搂着她，凝视着她那闪亮的眼睛，那崇拜的眼神和那一心一意的爱与奉献，他心中就被她那分柔情给充满了。他捧着她的脸，深深地吻她，低低地、喃喃地说：

“克死迷死！”

她惊奇地看他。

“你在说什么怪话？”

“不是怪话，是必修科！”

“必修科？”

“人生的必修科！”他再吻她，听着窗外的雨声，那雨清脆地敲着窗玻璃，像采芹最爱唱的那支又轻柔又甜蜜的歌：但愿天不老，但愿长相守，但愿心相许，但愿人长久！

第十四章

天气一下子就热起来了，太阳像一个火球，带着烧灼般的热力，从早到晚地烤着大地。即使晚上，太阳下了山，那地上蒸发的热气，仍然窒息得人透不过气来。

这天，在校园里，乔书培和陈樵几乎吵了一架。这些日子来，乔书培的火气都大得很，脾气暴躁而易怒。他自己也觉得，他像一座马上就要爆发的活火山，那些积压已久的压力和郁闷，像蠢蠢欲动的岩浆般，在他体内翻腾起伏，随时等候着机会要冲出体外。

和陈樵的争执，起因仍然在找工作上。

"我告诉你一个原则，"陈樵用教训的口吻，直率地说，"你永远不要在家长面前责备他们的子女，每个家长都认为自己的孩子是世界上最好的，你只能顺着他们的心理去夸奖孩子，把功课不好推在教育制度啦、孩子的兴趣不合啦……"

"这简直是在玩政治嘛，"书培吼了起来，"原来你是这样当家教的，怪不得你受欢迎，你根本不像学艺术的人，你该转系去念政治或者是外交！"

"你用不着气呼呼地讽刺我，"陈樵瞪着他，"我玩政治手段也好，我玩外交手腕也好，我始终有两个家教，你呢，你却一个也找不着！我告诉你，现在这个社会，是'适者生存'，这个'适'字，就是叫你去适应！不只适应家长，还要去适应你的学生！"

"适应的另一个解释，就是'讨好'，是吗？"

"随你怎么解释，你的目的是要有工作，要赚钱，别人不会把钞票白送给你！"

"用'讨好'的方式去赚钱，是当'家教'呢？还是当'小丑'？"书培直视着陈樵，慢慢地摇头，"陈樵，我真为你悲哀！这社会像个锉子，把你的棱角都磨圆了！"

"你为我悲哀？"陈樵的脸涨红了，脖子也粗了，声音也大了，"我还为你悲哀呢！什么工作都找不到，教两个中学生你都教不了！欠一屁股债，吃饭的钱都没有！你骄傲，你自负，你不当小丑，你不讨好别人，但是，乔书培，你还是要吃饭，还是要生活，别人住宿舍，你老兄要租房子住，别人在学校吃包饭，你老兄要自己开伙，别人交免费的女朋友，你老兄居然要'金屋藏娇'！"

"请你不要干涉我的私生活！"书培大叫，"我爱怎么生活是我的事……"

"既然都是你的事，我过问不了，你也别来找我！"陈樵生气地说，"你休想我会再让一个家教给你，我费了九牛二虎之力找工作，给你三言两语就弄砸了。你呀！啧、啧、啧……"他摇头叹气，一股"不可救药"状。

"我又怎么啦？"

"你根本不像个公务员家庭出身的孩子，你像个娇宝宝！像个妈妈怀里的娇宝宝！"

"陈樵！"书培怒吼，"只因为我来找你帮忙，你就认为你有资格侮辱我吗？你一再嘲笑我没有生活能力，没有适应能力，没有工作能力……你以为你是我的什么人？是我的老子？就是我的老子，也不能教训我！我跟你说，你可以看不起我的求生能力，但是，我也不见得看得起你的求生方式，讨好家长，讨好学生，抹杀自己的自尊，这岂不像个乞丐……"

"哈！"陈樵怪叫，"你看不起！你可以看不起！我是小丑，我是乞丐，我用我的求生方式赚了钱，借给你去养小老婆……"

"陈樵！"书培大叫，双手握紧了拳，就差要一拳挥过去，他气得浑身发抖，脸色发青，瞪视着陈樵，他咬牙切齿，"好，好，好，"他一个劲儿地点头，鼻子里沉重地呼着气，"我回家去当掉裤子，也把借你的钱还给你，你放心，你放心，你放心……"他气得语无伦次，转身就走，"我去弄钱去！"

陈樵一把抓住了他，"你到什么地方弄钱去？"他的眼睛亮晶晶地盯着他。

"我去抢银行！"

"好办法！"陈樵笑了起来，"算了吧，书培，我们难道还真吵架吗？"他拍拍书培的肩，"讲和了，怎样？"

书培低着头，仍然愤愤地喘着气，脸色仍然难看得很，他真正刺心的，还不只是陈樵对他工作能力的讽刺，而是对采芹的轻蔑，在他心底，他已经越来越明白一件事，采芹成了他名副其实的"地下夫人"，她被"藏"在那小阁楼里，几乎是不能见人的。

"这样吧，"陈樵的眼珠转了转，深思着说，"我看，你的个性不适合当家教。昨天我和苏燕青聊天，她说她爸爸要找的那个助手始终没找到，我建议你不如去苏教授那儿当助手，待遇比家教还高，他们已经出到一千五百元一个月了，每星期也只要三个晚上。"

"不，不，不好。"书培摇着头。

"有什么不好？"陈樵问，"以为苏燕青不知道你的事吗？你的事全校几乎都知道了！"

"哦？"书培愣了愣，"苏燕青知道了？她怎么说？"

"她没怎么说，是很好奇。她一直问我那个殷……殷什么？"

"殷采芹。"

"哦，她问我那个殷采芹是什么长相，什么出身，什么年龄，什么地方来的？和你怎么认识的……哇，她的问题可真多，我只一概推说不知道。后来，她就叹口气，说了一句话就走了。"

"说了句什么话？"

"你关心？"陈樵锐利地盯着他，"你已经有了殷采芹，何必去在乎苏燕青说你什么。"

"我不是在乎，"书培勉强地说，"我也是好奇。我想知道一般同学对我的批评。"

"她的批评可不能代表一般同学！"陈樵微笑着说。

"到底她说了句什么，别卖关子了！"书培不耐地说。

"她说——"陈樵抬头看看天空，"乔书培这个人可真有性格，别人不敢做的事他全敢做！"他垂下眼睛来盯着乔书培，"听她的口气，对你这事非但没有敌意，倒好像挺欣赏的！所以，你大可不必顾虑苏燕青对你的看法，而拒绝苏教授那个工作。"

乔书培沉吟地低下头去，有些心动了。

"我想，"他说，"我要考虑一下。不过，我先还要去家教中心问问。"

黄昏时分，乔书培回到了家里，又渴，又饿，又累，又热，又烦躁，又失意，又落魄。口袋里只有两块钱，早上离家时，本和采芹说了，要带钱回家，谁知公费没发，想问陈樵借，又在一顿吵架下，弄得无法开口了。今晚要断炊，他想，他知道昨天米缸就没米了。这个年头，居然还有人穷得没饭吃，他又有种自嘲的心情，是啊，正像陈樵说的，他是个没有适应能力，没有生活能力，没有工作能力的人，这种男人，怎么值得女人垂青？采芹啊采芹，他心里低喊着：你还不如跟了那个姓狄的王八蛋，最起码他会让你丰衣足食，珠围翠绕！

走进家门，他扬着声音喊：

"采芹！"

没有人回答，四周静悄悄的，小屋内盛满了一屋子的沉寂，远处的天边，又是彩霞满天的时候。他四面找寻，为什么采芹不在家里等候他？同居以来，这是从来没有的现象！他有些不习惯，推开卧室的门，他再喊：

"采芹！"

仍然没有人。小屋很小，几个圈子绕下来，他就知道采芹根本不在家了。这些日子，采芹也奔波着在找工作，但是，也只是到处碰壁而已。这年头，到底社会上需要怎样的人才？能逢迎的？能适应的？能花言巧语的？如果当晚他对那个孙太太换一篇话呢？他站在小屋中，自言自语地说上了：

"孙太太，您的两位少爷都是天才，只是现在的通才教育害了他们，升学主义使他们无法自由发展，太可惜了！您看，他们都有幽默感，'狗得摸脸''狗得一吻宁''狗得来''狗得拜'……"

他住了口，猛力地拍了一下桌子，骂了句：

"真他妈的！"

骂完了，他自己也怔了怔，怎么？自己越变越粗野了，从小，"三字经"就是被禁止出口的。叹口气，他走到厨房里，想找点水果，菜篮里空空的，锅里空空的，橱里空空的，桌子上空空的……他咬咬牙，又自言自语了一句：

"他妈的四大皆空！"

怎么又是粗话？而且越说越自然了？他摇摇头，百无聊赖地倒了杯冷开水，一口气灌了下去。放下杯子，他心烦意乱地在室内兜着圈子，采芹，你滚到哪儿去啦？采芹，我警告过你，我回家的时候，你必须在家中等着！他越来越烦躁，越来越不耐。小屋内像蒸笼，热得人浑身大汗，他脱掉衬衫，只穿一件背心，拿着扇子猛扇。热，热，热，这烤死人的热！"我们不怕冷，也不怕热！"她说的。她是傻瓜，她是白痴！只有傻瓜和白痴才不怕冷又不怕热。他坐在窗前，开大了窗子，面对着满天彩霞。美啊，彩霞，迷人啊，彩霞，但是，我现在愿意用你来交换一杯冰淇淋。想到冰淇淋，他用舌头舔舔干燥的嘴唇，这才觉得自己饥肠辘辘。

阳台上传来一阵脚步声，接着，房门被推开了。采芹飞快地跑了进来，额上全是汗珠，面颊被太阳晒得发红，她穿了件薄薄的小花洋装，背上被汗水湿透了，贴在身上，她一下子就冲到他面前。

"对不起，我出去了。"

"你到哪里了？"他瞪着眼睛。

"去找工作啊，后来又去杂货店找老板娘赊东西啊，那老板娘不肯赊给我了，我们已经积欠了她一千多块钱了！"她望着书培，"你借到钱了吗？"

"没有！"他闷声说，"我根本没去借！"

"哦，"她怔了怔，迟疑地看着他，眼底盛满了疑惑。"你……你不知道家里没钱了吗？"她结舌地问。

他陡然爆发了，用力地拍了一下窗台，他直跳了起来，大声地说：

"钱！钱！钱！你脑子里只有钱！见了面，你一句嘘寒问暖都没有，就跟我要钱！我每个月的公费都交给你了，你为什么不省着用？借钱，借钱，借钱！你以为我有多厚的脸皮去一再向人借钱！"

她仓皇后退，睁大了眼睛，惊惶而痛楚地望着他，微张着嘴，她欲言又止。眼底深处，有一种不信任的、受伤的、难堪的、几乎是瑟缩而卑微的表情就浮了出来，她的眉梢紧蹙在一块儿了，嘴里轻轻地往里面吸着气，好像她身体里有某个地方在剧烈地痛楚，以致她不得不弯下腰去，用手按住了胸口。她挣扎着，半晌，才模糊不清地吐出几个字来。

"对不起，书培，对不起。"

"对不起？"他嚷开了。头昏昏然，汗水从额上不断往下滴，从脑后的发根里一直淌往背心里去。他瞪视着她，那受惊的神态，那卑微的表情，那忍辱的道歉……对不起？她为什么要说对不起？她为什么像个被虐待了的小媳妇？为什么永远那样卑屈低下？难道他欺辱过她？难道他轻视过她？难道他虐待过她？他向她逼近，室内的温度像盆火，他胸中也燃烧着一盆火，这两盆火似乎将把他整个烧成灰烬。他无法控制地大叫了起来："对不起？什么叫对不起？你永远不许对我说对不起！"

她更加仓皇了，更加受惊了，她继续后退，直到身子贴住了墙，那木皮的墙早被太阳晒得滚烫，像烙铁般烙住了她的背脊，她昏然地看着他，茫然失措地，几乎是呻吟般迸出一句话来：

"我——该说什么？我——能说什么？"

"你该说什么？你能说什么？"他胸中的怒越发燃烧起来，烧得他头晕目眩，烧得他失去理智，烧得他不知所云，"你除了对不起就不知道该说什么！你像个受了酷刑的奴隶！看你那副委屈样子！看你那副吓得发抖的样子！好像我虐待了你，好像我欺侮了你！对不起，对不起，对不起……你只会说对不起！你以为我要的是你的一句对不起吗？你知道我为你做了些什么？为了你，我给同学瞧不起；为了你，我到处打躬作揖地找工作；为了你，我负债累累；为了你，我和最要好的朋友吵架；为了你，我失去自尊，失去骄傲，失去所有的诗情画意……而你，只会对我说对不起？"

她被动地站着，眼睛越睁越大，已睁得不能再大了，那受伤的表情，逐渐被一种迷乱的失措和深切的悲痛所取代了。她的手下意识地按在身后的木板墙上，整个人像张贴在墙上的壁纸。他的脸对她越逼越近，声音越喊越响，他嘴里的热气吹在她的脸上……而她，已退无可退。于是，像个被逼进死角里的困兽，她陡然惊动了，伸出手来，她一把推开了他，就像箭一般射向了大门口，她踉跄狂奔，只想逃开，逃开，逃开……立即逃开！她这一跑，使他倏然惊觉了，他连思想的余地都没有，就一下子蹿过去，拦在房门口，他用双手撑在门框上，死瞪着她，颤声问：

"你要做什么？"

她收住了脚步，怔怔地站在那儿，怔怔地望着他那拦门而立的、高大的身子，似乎忽然间明白自己进无可进，退无可退的处境了。她慢慢地垂下头去，慢慢地弯下身子，然后，她就像一团突然瘫软下去的棉花，滚倒在地板上了。她尽量屈起膝来，因为她开始觉得自己胃部在抽搐，整个人都痉挛成了一团。

他吃惊了，蓦然间，他扑向了她，把她从地板上抱了起来，他瞪视她的眼睛，变得面无人色了。

"你怎样了？"他苍白着脸问，声音颤抖，"你怎样了？"

她苦涩地摇摇头，什么话都说不出来，也什么话都不敢说，只怕说什么都是错的。

他凝视她那孤苦无助的脸，那失神而痛楚的眼光，立即，理智像闪电击醒了他，他这才惊觉到自己所说的和所做的了。他睁大眼睛，咬紧牙关，感到她躺在自己怀中，轻如一片羽毛。他瞪视她，心里在疯狂地低语着：

"你要杀了她了！你已经杀了她了！"

冷汗从他额上冒了出来。他不再说话，只是把她抱进卧室，把她轻轻地放在床上，把她的头扶进枕头里，用手拂去她面颊上的发丝，用手帕拭去她额上和颈项间的汗珠，再拉平她的衣褶……他细心地做这一切，细心得好像这是他唯一可做的事……然后，他就在床前跪了下来，把面颊无言地埋进她身边的床单里。

她被动地躺在那儿，也一句话不说，只睁着眼睛，呆望着天花板，似乎在沉思着什么。

好一会儿，他抬起头，他眼里布满了血丝。他轻轻地拿起她的一只手，用面颊熨帖在她手上，用嘴唇轻触那纤细的手指，他沙哑地低语一句：

"说一句话，采芹。"

她摇摇头。

"骂我！"他低声请求，"用最恶劣的话来骂我！"

她再摇头。

"这么说，"他闷声低语，"你不准备原谅我了？"

她不摇头，也不动，她的眼光默默地落在他脸上，他们的眼光接触了。她眼底是一片坦白的温柔，没有责难，没有怨怼，没有愤怒，只有深切的悲哀和无奈。这却比愤怒和怨恨更刺伤了他，一直刺进他内心深处去。她用舌尖轻轻地润了润那干燥的嘴唇，到这时，才说了几句话：

"你没有什么需要原谅的事情。你告诉了我一件事实，我总算明白了。明白我的存在所带给你的屈辱和负担。放心，书培，我没怪你，我从来没怪过你，以前没有，以后也不会。只是，我是非走不可。我不能用我的爱来牵累你，我非走不可了。"

他静静地瞅着她，哑声问：

"你的意思是说，你要离开我？"

她无言地点了点头。

他死盯着她，眼珠一瞬也不瞬。他仍然握着她的手，他用力捏紧了她，捏得她的骨头都要碎掉了。她痛得不由自主地缩了一下身子，但并没有尝试抽出自己的手来。她用种逆来顺受的眼光迎视着他，这眼光里却有种无比的坚决。他在她的眼光里读着她的思想，然后，他放开了她的手，他的眼睛垂了下去，头也低俯了下去。他用手指在被单上无意识画着，不知道在画些什么。室内忽然变得好安静，安静得没有一丁点儿声音，安静得让人窒息。她注视着他，只看到他那乱蓬蓬的头发，他的头俯得那样低，使她看不到他的脸孔。可是，忽然间，有两滴水珠落在那被单上，接着，又两滴……她惊跳起来，整个心灵都为之震动而抽搐了，她张开了嘴，还来不及说什么，他已经伸出手来，迅速地抱住了她，把那湿润的脸孔完全埋进了她的怀里。他颤抖而痉挛，泪珠立即漏湿了她的裙褶，烫伤了她的五脏六腑。她忍不住低喊了起来：

"不要！书培，你不可以哭！从小，你就坚强得像海边的岩石，风吹雨打，海浪冲击都磨损不了你一分一毫的傲气，你那么坚强，你怎么可以哭……"

她说不下去了，因为，她自己哭了起来。经过一下午的煎熬，她的眼泪是再也无法控制了，像开了闸的水坝，一涌而不可止。泪水疯狂地涌出来，纷纷乱乱地跌碎在他那又黑又密的浓发里。她这一哭，把所有的矜持骄傲委屈悲哀都哭了出来。他摸索着她的颈项，拉下了她的身子，用自己满是泪和汗的嘴唇，紧贴在她那满是泪和汗的面颊上，他的嘴唇碾过了她的面颊，碾过了她的眼睛，碾过了她的唇，碾过了她的意志、思想和感情……把她的心全碾碎了，全碾痛了。

"不要离开我。"他含混地、模糊不清地说，语气里充满某种令她心碎的柔情和乞谅，"你知道我情绪不好，天气太热，我心烦意躁！……你成为我唯一发泄的目标……人……就是这样的，无法对外人发脾气，就只能对自己的爱人发作……你，不许离开我，否则，生命对于我……就再也没有意义了。"

她透过泪雾，望着他那又苦恼、又狼狈、又热情、又悲痛的脸庞，忽然发现他现在像无助的孩子，一个闯了祸却不知如何善后的孩子。于是，她内心深处的女性和母性就全体抬头了。她立即原谅他了。原谅他的怒吼、暴躁和一切的一切了。她从床上坐了起来，伸手扶起了他，她试着用裙角去擦拭他额上的汗珠与面颊上的泪痕。她对他深深点头，低声地说：

"我们把它忘了吧！都忘了吧！"

他凝视她，似乎想看进她内心深处去。

"你说的？"他小心翼翼地问，"你会忘记我那些话？一个字都不会记住？"

她怔住了。在这一刹那间，她明白她无法欺骗自己，她忘不了，她可以原谅他，却无法忘记它！他仔细地看她，也立刻了解到，她忘不了。人，要说一句刺伤对方的话是太容易了，要弥补却太难了。体会到这件事实，他就从灵魂深处悸动而战栗了。

"我不是有意要说的！"他无力地低哼着。

"就因为是无意，才吐露了真言。"她也低哼着，低得几乎听不清楚。

"不是真言！"他挣扎地强辩，"根本是我在找你麻烦，我故意找你麻烦！""你不是故意！"她低语，声调低而清晰，"你说了真话，我的存在带给了你屈辱和负担。"

"我没有这个意思。"

"你知道你有的。"

他看她几秒钟。然后，他忽然跳起来，往厨房里冲去，嘴里喃喃自语着：

"我剁一个手指下来跟你发誓！"

她大惊失色，慌忙也跳下床来，直冲进厨房，正好看到他去取菜刀，她扑了过去，死命攥住他的衣角。他挣扎着，要挣脱她，她心里一急，就在地上跪下来了。

"你不要折磨我吧！书培，你敢伤了你自己，不如拿刀杀了我！你不要吓我！求你不要吓我！你要我怎样，我就怎样……"她哭了起来，边哭边说，语不成声，"我答应你，我忘了它，一个字也不记住！我承认，你不是故意找我麻烦，你没有那意思，你没有，你没有，你没有……"她哭倒在他脚前。

他的心碎了，痛了，扭曲了。他也跪了下来，他们紧紧地拥抱在一起了。

"我们怎样办？"他窒息地问，"怎么办？怎么办？怎么办？"

她抬头看他，急切地说：

"只要你不发疯，什么事都有办法的。"

"是吗？"他瞅着她。

"是的，"她急切地应着，从地上站起身来，"我可以去找工作。"

"你已经找了好几个月的工作了。"他也站起身子。

她悄眼看他。

"我可以得到一个工作，"她说，"在中山北路最高级的一家西餐厅里，只要你不反对。"

"当女招待吗？"他闷声问，已经本能地反对起来了。

"不是女招待，我知道你不喜欢我当女招待。"她说，小心地观察他的反应，"是在那儿弹电子琴。"

"电子琴？你会弹电子琴？"

"不会。但是，有钢琴的底子，学电子琴很容易，我已经找到一个教电子琴的老师，他答应免费教我，等我有工作之后，再付他学费。"

"哦。"他沉吟着。

她抬头悄眼看他。

"你——总不会反对我弹电子琴吧？"

他吁出一口长气来。

"你先要学，学会了才有机会试，路还很遥远呢！去学吧。"他抚摸着她的背脊。在这种情况下，他再也无心去泼她任何的冷水，只想挽回自己的失言，捧牢两人之间的爱情。"我并不是暴君，只要——你不离开我，干什么都好！"

她静静地注视他，轻轻地推开他，勉强地微笑着，叹了口气。经过这样一闹，两人心中都有分哀恻的感觉。她也竭力想重新唤回这小屋中的温暖和喜悦，想把那分哀愁和阴影都赶到室外去，就四面张望着，故作轻快地说：

"让我看看有什么可吃，我饿了。"

"我早就看过了，什么都没有。"他说，又有些沮丧。

"哦。"她睁大眼睛，耸了耸肩，做出一个满不在乎的表情，就走到窗边去，扑在窗台上，望着那逐渐变为灰暗的彩霞。居然唱歌似的轻哼起来："采菊西窗下，彩霞飞满天，我饥彩霞供我餐，我倦彩霞伴我眠……"她忽然住了口，只望着窗下的街道，忘记了彩霞了。

"你在看什么？"他问。

"那儿有个卖甘蔗汁的。"她低声说，用舌头舔舔嘴唇，"我真想喝杯又冰又凉又甜的甘蔗汁。我又渴又累！"

"一杯甘蔗汁多少钱？"他问。

"大概两三块钱吧！"

他想了想，又每个口袋乱翻，还是只有那两块钱！他望望她，虽然强颜欢笑，那凄楚的泪光仍然在她眼底闪烁，那脸色也依旧苍白。她岂止又渴又累？她简直又病又弱！他转身奔进厨房，拿了一个杯子，说了句：

"你等着！"

就飞奔到楼下去了。

她倚窗而立，望着楼下，只看到书培拿着杯子走向那个卖甘蔗汁的，对那卖甘蔗汁的老头指手画脚地不知说了些什么。然后，就看到书培付给那老头钱，老头注满了他的杯子。原来他身上的钱还够买一杯甘蔗汁！她不禁微笑起来。眼看他握着杯子，穿过街道，走了回来。她等在那儿，听着他上楼梯的声音，听着他的脚步穿过阳台，她抬头看着门口，就看到他满面得意的笑容，颤巍巍地捧着一杯甘蔗汁，小心翼翼地走了进来。

"快来喝啊！"他说，"那老头真是慷慨极了，一杯甘蔗汁要四块钱，我只有两块，我告诉他，我买半杯好了，他居然给了我一满杯，只收了我两块钱！哎，这还是个很有人情味的世界，是不是？"

她看着他那满脸的笑，心里酸酸的，骄傲的乔书培呵，几时曾经如此卑屈地向人乞讨过一杯甘蔗汁，只是为了她想喝！捧着那杯子，她轻轻地啜了一口，真甜，真凉，真美味，她深吸口气，慢慢地咽了下去。他看着她如获至宝的样子，心里也是酸酸的，高贵的殷采芹啊，那白屋里的小公主，几时曾经如此可怜地喝一杯甘蔗汁，只是因为跟了他！他怜惜地望着她，她却已经把杯子送到他的嘴边：

"来，我们分着喝，好喝极了。"

"不不，你一个人喝！"他忙不迭地闪开了，差点碰翻杯子。

"你不喝，我也不喝了。"她说，望着他笑，"一共就这么杯甘蔗汁，我们还谦让些什么！来吧，有福同享，有难同当，有甘蔗汁同喝！"她居然幽默起来了。

他笑了。看到她又有了生气，又有了笑容，又有了"有福同享，有难同当"的诺言，他就从心底欢愉起来了。她不会再生气了，她会忘记那些混账话，她一直是个那么善良温驯的小东西，善良得无法和任何人记仇记怨，何况是他！他的心中在欢唱了，走过去，他不再推辞，就和她一人一口地分享那杯甘蔗汁。

从没喝过如此可口的饮料，从没尝过如此清醇的甘泉，从没享受过如此沁人心脾的凉爽。他让那甘蔗汁在嘴中打个转，才舍得咽下去，他咂着嘴，满足地叹息着说：

"采芹，你想我们将来会不会很有钱？"

"可能。"她笑着说。

"等我有钱的时候，"他沉吟着说，"不知道甘蔗汁还会不会这么好喝？"

"不管你将来有钱还是没有钱，"她也满足地低叹，"我永不会忘记这杯甘蔗汁！"

那个黄昏，他们就这样坐在窗前，共饮一杯甘蔗汁。那甘蔗汁似乎比酒还醇，比酒还香，比酒还浓……因为，他们竟然喝"醉"了。后来，他举着杯子，对彩霞唱起歌来了：

共饮西窗下，

彩霞飞满天，

举杯问彩霞，

今夕是何年？

彩霞为我证，

此情比石坚，

但愿长相守，

天上即人间！

第
十
五
章

　　暑假来临的时候，书培和采芹的局面都有了转变。先是书培接了苏教授的工作，立即得到苏教授极力的赏识，那工作除抄写外，还要整理和归纳，几乎全是案头工作。书培对这份工作不只是胜任，而且很有兴趣，他获得许多知识，也常和苏教授畅论古今中外的文学作品。这要感谢乔云峰从小给书培的熏陶和教育，使他自幼就有份极好的国学根底，偶尔小诗小词，他也会模仿着写上一段，因而，工作几次之后，苏教授就当着燕青的面，对书培极口称赞：

　　"真难得，你怎么会去学艺术呢？你该学文学的，你比我那些科班出身的中文系学生还强得多！我前后用了三个助手，没有一个赶得上你的一半！"

　　人，天生是需要欣赏和赞美的，书培由心底获得了安慰，而苏燕青又一直站在旁边，对他抿着嘴角笑，那笑容里包含了太多的意义：有高兴，有得意，有快慰……这笑容更满足了他的虚荣感，使他把当家教那段经历，当成了一个过去了的噩梦。

私下里，他和燕青也有过一番相当"知己"的谈话。那晚，他做完了工作，从苏家告辞出来，燕青说：

"我送送你，我们走一走，如何？"

于是，他把脚踏车放在她家门口，就和她慢慢地在街头踱起步来，沿着那红砖铺砌的人行道，迎着迎面而来的晚风，沐浴在满天繁星的星空下，他们缓缓地走着，深深地倾谈着。这是第一次，燕青收起了她那尖锐的言辞和那近乎孩子气的淘气，以及爱调侃爱讽刺爱针锋相对的脾气。她表现得很女性，很成熟，很了解，很洒脱，又很知己，很同情。

"你的事，我都听陈樵说了。"是她先起的头，她一下子就把谈话纳入了主题。"听说，你和那个殷小姐从小就认识，是吗？"

"殷采芹，"他说，"就叫她采芹吧。是的，认识她那天，我才七岁，她是殷家小姐，我是穷书记的儿子。那天，我的便当里没有带筷子，是她把她的筷子让给了我……"他顿住了，思想被带回到那个久远久远以前的日子里，有个紧张兮兮的小男生没带筷子，有个羞羞怯怯的小女生塞给他一双筷子……他轻叹了口气，"我们的童年都在那海边度过的，那渔港别有风味，燕青，你将来有机会应该去看看，那是个很可爱很可爱的小海港。"

"很罗曼蒂克，很诗意的，是吗？"她悠然神往地说，"很有情调的！一对小情侣，在海浪和岩石边长大。你们是不是从小就相爱了？"

"可能是。"他沉思着，"小时候是不懂事的，是糊糊涂涂的，男孩子又比较粗枝大叶……不过，我从小就为她打架，她呢……"他想着那些拾贝壳的日子，想着她在舞台上跳天鹅湖，想着那岩洞前的倾谈，那初吻，那海边的彩霞……他又叹了口气，"她对我真是没话说！和她相比，她为我付出太多，我却为她付出太少了。"

"是吗？"她的眸子在街灯下闪着慧黠的光芒，"为什么你一谈到她就叹气？"

"叹气？"他有些愕然，"我不知道。我想，我总觉得我有些亏欠她。"

"为什么？"

"我不是个很体贴很细心的男人，我很暴躁，很易怒……你说过，我是喜怒无常的……我常会莫名其妙发脾气，有时，甚至是霸道、自私而不讲理的。她必须忍受我这所有的缺点。"

她凝视他，眼里有着惊异和感动。

"天哪！"她说，"你一定爱惨了她！"

"怎么？"

"我从没有听到你如此严苛地批评过自己。你一向都那么自负，那么独断独行，那么孤高的。我想，有才气的男孩子都天生就有那么股傲气，知道吗？乔书培。"她深思地注视他，"我好欣赏你这股傲气，陈樵告诉我你在孙家表演了一幕拂袖而去，连孙家欠你的半个月薪水你也不要了，把那孙太太气得叫了陈樵去骂。你知道吗，我听了好激动，我真欣赏你走得漂亮，走得潇洒，走得干脆利落！我就受不了陈樵的'迁就哲学'，人生，是不需要迁就的，是该活得有自我，有自尊，有傲气的。所以，乔书培，别让那女孩磨掉你的傲气，如果她真爱你，她是会连你的傲气一块儿爱进去的！"

乔书培惊奇地看着燕青，她这番话那样行云流水般自自然然地倾倒出来，那样深深地就扣住了他的心灵，引起了他一阵说不出的感动、喜悦和一种深切的"知遇之感"。他凝视她，竟忽然有个稀奇的念头，如果当初采芹不再来学校找他，说不定他真会和面前这个女孩有发展呢！想到这儿，他就猛地打了个寒战，一种深深的犯罪感把他给抓住了，他立即甩了一下头，把这荒谬的念头给甩到九霄云外去。

"谢谢你告诉我这番话，"他由衷地说，"我会记得牢牢的，从没有人这样对我说过，我一直以为——这傲气是我的缺点，是该改掉的。"他吸口气，"燕青，有件事真奇怪……"

"什么事？"

"陈樵是我最要好的朋友，可是他并不了解我。反而……你对我的认识，好像比他深刻得多。"

"这一点也不奇怪。"她微笑着，那笑容温柔而可人，"两个要好的朋友不一定彼此了解，只有个性相同的人才能了解对方，除非是你的同类，否则决不会了解你。"

"同类？怎么说？"

"举例说吧，我家的猫和我家的狗是好朋友，一起睡，一起吃，但是它们不是同类，对彼此的习性也完全不解。狗表示好感的时候猛摇尾巴，猫表示好感的时候猛打呼噜。可是，我家的猫和隔壁家的猫却彼此了解，它们一块儿打呼噜，一块儿磨爪子，一块儿洗脸……因为它们是同类。人也一样。个性强的人了解个性强的人，懦弱的人了解懦弱的人，英雄惜英雄，狗熊爱狗熊。"

他笑了。欣赏、折服而敬佩地望着她。

"你怎么能这样聪明?"他问,"你和我差不多大,你怎能对人生体会这么多?"

"你也能体会的,"她对他点点头,"而且,你一定体会得比我更深入,因为,你经历过一段我没有经历过的人生。像是——爱情。"她仔细地看他,似乎要看到他内心深处去。"爱情很美吗,乔书培?"她问,"很快乐吗?很享受吗?你觉得——很幸福吗?"

他沉思了一会儿。

"很难回答你这些问题,燕青,"他坦白地说,"我想,每个人对爱情的感觉都不一样,因为,遭遇的故事和背景不同。我和采芹——"他顿了顿,深思着,忽然问,"你看过黄昏时的天空吗?"

"是的。"

"你注意过彩霞的颜色吗?"

"怎样?"她不解地问。

"那颜色是发亮的,是绚烂的,是光芒耀眼的,是美丽迷人的,但是——也是变幻莫测的,那——就像我们的爱情。"

她被他勾出的图画所眩惑了,又被他眼底绽放的那抹奇异而热烈的光彩所迷惑了。她目不转睛地看着他,忍不住叹了口气。

"你一定要介绍我认识她,"她说,"告诉我,她美吗?很美吗?"

"是的。"

"比我呢?"她冲口而出,问完,脸就涨红了。

他并没有注意她的脸红,他在认真地想回答这问题,认真地分析她和采芹的不同之处。

"你们是完全不同的两个典型，各有各的美丽，很难比较。像你说的，你们不是同类，如果她是只漂亮的猫，你就是只——漂亮的狗！"

"啊呀！"她大叫，笑着，"你绕着弯儿骂人！我看啊，你倒像只——漂亮的黄鼠狼！"

"漂亮的黄鼠狼？"他一怔，忽然会过意来，就嚷着说，"你才真会骂人哩，天下的黄鼠狼，就没有一只是漂亮的！"

她笑得弯下了腰。

"你是仅有的一只！"

"胡说！"

于是，他们都笑了起来。仲夏的夜，在他们的笑声和欢愉里，显得好安详，好舒适，好清柔。笑完了，她正色说：

"什么时候带我去你的小阁楼，让我见见你那只——漂亮的猫？"

"让我安排一下。"他说。

"还需安排吗？"她有些受伤，"她是女皇，你是内阁大臣，要觐见女皇，先要经过内阁大臣的安排。"

"你错了！"他低叹一声，"她胆怯，自卑而害羞，她把你看得比神还伟大。"

"把我？"她惊讶地张大了嘴，"她知道我吗？"

"是的。"

"怎么会——"她迟疑地，又偷偷看了他一眼，就淡然一笑，抛开了这个问题，"改天，你请我和陈樵一起去！你知道吗？陈樵和外文系那个'长发飘飘'颇有进展呢！你应该敲他竹杠。"

"我听说了。陈樵吹得天花乱坠，说'长发飘飘'和他私订终身了，也不知道是真还是假。"

他正视她，诚恳地说："燕青，有人说，男女之间，不可能有友谊，你相信这句话吗？"

她看着他，默默地摇了摇头。

"那么，让我们来推翻这个理论？"他认真地、坦率地、热情地说，"我实在非常——欣赏你。"

"看样子，我们是彼此欣赏喽？"她忽然又调皮起来，笑得慧黠而闪烁，"可惜你是黄鼠狼！好，我们要做朋友，一言为定！"

"一言为定！"

就这样，他和燕青之间，忽然变得友好而亲热起来，他们常在一块儿，谈文学，谈诗词，谈人生，谈爱情，谈同学，谈他的抱负，也谈他的采芹。而在这段时间里，采芹正忙着苦练她的电子琴，由于家里没有琴，她必须出去练，几乎每天都要出去五小时以上，她学得认真而辛苦。这样，到八月底，一天，她从外面飞奔而回，喜悦地投进了他的怀中，用胳膊抱着他的脖子，叫着说：

"我通过了，我得到了那个工作！"

"弹电子琴吗？"他问，不太信任地说，"你真的会弹了？别当众出丑呵！"

她对他妩媚地微笑着。

"我弹得并不太坏，你不知道我每天练得多辛苦，幸好以前学过钢琴，幸好我知道的曲子也多，否则我真不晓得怎么能通过？那经理让我坐在那儿，一口气弹了三小时，不能有重复的调子。哦，那经理对音乐可真懂，弹错了一个音他都会发现。”

他开始正视这件事情了。

“你的工作到底是什么性质？讲来听听看，是乐队中的电子琴手？”

“不是的，是电子琴独奏。偶尔也可能要跟着唱支歌。”

“哦，还要唱。不过，你的歌喉倒还可以。”他点点头，“每天要上班吗？”

“是的。我们有两个弹电子琴的，轮流弹，一个人会吃不消，因为，西餐厅从早上十点钟就营业，要一直到晚上十二点。当然，并不是每小时都要弹，弹弹歇歇，每天总要弹三小时左右。”

“你的意思不是说，你要从早上十点钟，上班到晚上十二点吧？”他狐疑地问，本能地抗拒起来了。

“不会，我明天就去和另外那个电子琴手研究研究，我上早班，让他上晚班，那么，我每晚还是在家陪你。反正，马上就开学了，你白天也要上课。”她急急地说，生怕他会反对。

“多少钱一个月呢？”他问。

“你绝想不到。”她的脸发光，眼睛也发光，“那经理说，从一万元一个月开始起薪，如果做得好，以后再加薪。”

“一万元？”他直跳起来，倒吸了口冷气，“你没弄错吧？只弹琴吗？还是另有文章？为什么出这么高的待遇？你最好说说清楚！”

“唉！”她叹着气，温柔地凝视他，又温柔地吻他，“不要疑神疑鬼吧，书培。你知道，一个电子琴手是很难找的，好的琴手有高达四五万块一个月的。不仅仅只弹一两小时，他们还跑场呢！一天去好几个地方呢！我跟你保证，那儿是最高级最高级的餐厅，一点花样都没有的。"

"那家餐厅叫什么名字？"他闷闷地问。

"叫'喜鹊窝'。"

"喜鹊窝？"他咬咬嘴唇，"最好别弄成'乌鸦窝'。"

她小心翼翼地看着他，微微有些儿伤心。

"你——不高兴吗？"她低声问，"你——并不为我获得这个工作而开心吗？我——足足苦练了两个月呢！"

"哦，"他回过神来，注视着采芹，他用手指轻梳着她的头发，望着那发丝像水般从他指缝中滑落下去，又用手指轻轻抚摸她那小小的鼻梁，她的鼻梁并不挺，却有个很美好的弧线。再用手指抚弄她那略显瘦削的下巴，她整个脸庞的轮廓，都柔美而动人，他又想画她了。她是美丽的！他用一种惊叹的心情去想着，她实在是美丽的！随着岁月的流逝，她似乎越来越绽放出她的光华，越来越有种成熟的韵味和飘逸的气质。把这样一个美丽的小东西放在一家人来人往的餐厅里，不知道是不是很明智？他摇摇头，叹了口气，把她轻轻地拥在胸前。"我为你高兴，采芹，我是为你高兴！如果你觉得我表现得不够热烈，那是因为——我那男性中心的思想，使我有些受伤。"

"受伤？"她窒息地问，"怎么会？"

"我找了几个月的工作，到处碰钉子，待遇都是千儿八百，你呢，一下子就找到了个上万的工作。真是——百无一用是书生！"

"哦！"她轻唤着，热烈地抱紧了他，热烈地依偎着他，热烈地说，"你还在念书呢！你还在学画呢！你是艺术家呢！你不要用待遇去衡量人的价值，你的画，你的才华，你的艺术根本就是无价的！我是什么呢？我只是一个渺小的、供人消遣的弹琴的！”她仰望着他，眼底一片崇拜，一片痴情，“如果——你真的会受伤，我就——不去做那个工作了。”

他笑了，笑得稍微有些勉强。

“胡说！好不容易争取到的工作，怎么能不做呢？当然要去做！”

“你答应了吗？”她喜悦地叫，喜悦地吻他，“你真好，你真伟大！我一定每晚早早地回家，煮晚饭给你吃！这样，我们就再也不用为经济发愁了，是不是？再也不会饿得没钱吃饭了，是不是？而且，你借陈樵他们的钱，也可以还了，是不是？”

“没想到，”他微喟着说，“我要用你的钱去还债！”

她凝视他，噘着嘴，似乎伤心了起来。

“原来——”她说，“你还跟我分彼此！原来——我们并不是一个整体！”

“好了！”他故作轻快地一跺脚，粗声说，“少跟我来这一套了！你——什么时候开始上班？明天吗？”

“不。”她笑了，“要下个星期，因为——我还缺少一些行头，今天，那经理已经先支给我三千块，让我去做衣服。”

哦，原来她已经领了一部分薪水了，原来她早已接受了这工作，原来她和他的“商量”根本是多余的。他不再说话了，走到书桌旁边，他故作忙碌地把自己埋进了书本里。心里却有分隐隐的、迷茫的不安，似乎感觉到，她和他之间，有了某种无形的距离，有了片茫茫然的白雾，有了阵朦胧的轻烟……而且，这白雾轻烟正在缓慢地扩大弥漫中。

这种感觉，在采芹第一天去上班的时候，就变得更加具体而强烈了。

由于谈判失败，另一个弹琴的只肯和采芹交替值班，换言之，他们每星期调一次班，日班从早上十点到晚上六点，晚班从晚上六点到深夜十二点。每人都值一个星期日班，再换成一星期晚班。第一个星期，就轮到采芹值晚班。至于每晚回家煮晚饭的诺言，显然是不用再提了。

那晚，采芹穿上了那件定做的长礼服，是件白色曳地的晚装。软缎的料子，闪闪地发着光，低低的领口，露出她修长美好的颈项。长长的黑发，披泻在她半裸的肩上，一支镶水钻的发针，嵌在她的鬓边。她细扫蛾眉，轻点朱唇，淡匀胭脂……站在书培的面前，她低问：

"怎样？我行吗？"

他瞪着她，几乎不认识她了。从没想到，一件衣服，一些化妆品，可以把一个女人变成另一种模样。她站在那儿，纤细修长，苗条优美，浑身上下，都带着种夺人的高贵与逼人的华丽！她那细细的眉毛，她那闪亮的眼睛，她那粉红色的双颊和那像花瓣似的嘴唇……怎么，这小屋突然变得寒酸了？怎么，这些家具都灰灰涩涩的了？怎么，连窗外的彩霞都失去颜色了？她在他面前轻轻旋转了一下身子，她裙角轻扬而纤腰一握，她再问：

"怎样？我行吗？"

他长长地呼出一口气来。

"是的，你行，只怕太行了！"他说，"你美得像个仙子，我希望……"他把下面的话咽住了。

"希望什么？"她追问。

"没什么。"他摇摇头。

"不行，你说，你说！"她不依地说，"你一定要说！你希望什么？"

"我希望——"他咬着牙，含含糊糊地说，"那架电子琴又高又大，能把你整个人都遮住。"

"为什么？"她惊奇地问。

"我吃醋。"他咕噜着。

"你什么？"她听不清楚。

"我吃醋！"他终于大声说了出来，"我不要那么多的人看着你，我不要那么多的眼睛来欣赏你，你应该只是我一个人的，只给我一个人看！"

她笑了。笑得又温柔又甜蜜。

"你真是个——"她低低地说，"又自私，又霸道的人！但是……"她幽幽地叹口长气，收起了笑，正色说，"即使有几千万人看着我，我仍然只是你一个人的，我——"她的声音轻柔如梦，"爱你！"

他的心竟怦然而动了，为这三个字而再一次地震动了。他们之间，老早说过几千万个"我爱你"，而现在，这三个字仍然唤起他崭新的激情。他目送她转身走出小屋，目送她长裙曳地、衣袂翩然地离开，不知怎的，竟有种心痛的感觉。好像她这样一走，就会走出了他的世界，走出了那由彩霞织成的世界，走出了那空灵的世界，而投入另一个花花世界中了。

第
十
六
章

　　开学了，又是一个新的学期，又是一个新的年度，书培进入大二了。

　　大学生活总是那样的，可忙可闲，因人而异。但，大多数的青年，经过一段漫长的苦读时期，好不容易进入了大学，就会整个放松了自己，他们在追求知识之余，更充分地要享受他们的青春，享受他们的骄傲，享受他们刚刚获得的自由。因而，在他们这个年龄，都是最自负、最刚强、最任性而最欢愉的。大二是个精华的时期，新生时代的生疏和羞怯已成过去，未来前途的压力还没有来到，他们是真正在享受着"生命"了。

　　陈樵辞去了一个家教，他也在充分享受"生命"了。搂着他的"长发飘飘"，他站在校园里，接受了书培还给他的两千元，他笑着问：

　　"你发财了吗？中了奖券？"

　　"是采芹，她找到了工作，两个人赚钱当然就够用了。"书

179

培说。特别强调了"两个人赚钱"这一点。对于采芹那高薪的收入，他一直觉得颇有压迫感。

"哦，乔书培！""长发飘飘"开了口，她的名字叫何雯，是外文系之花，因为有一头特别漂亮的长发，曾经被一家广告公司看中，要她去拍"洗发精广告"，被她拒绝了。但是，从此，"长发飘飘"的绰号就不胫而走了。她从大一就和陈樵来往，最近，两人已进入相当"白热化"的阶段，从陈樵嘴中，她当然也知道了乔书培的故事。"听说你有一个'望霞阁'，我们今天下午翘课，去你的'望霞阁'中玩玩好不好？"

书培怔了怔，还来不及说话，陈樵已经大声附议：

"好啊！我早就想见见你那位青梅竹马了。苏燕青也说了几百次，要去你的小阁楼拜访拜访，咱们去找苏燕青，大伙儿撞了去，到你家去闹一个下午！"

"这……"书培有些犹疑，今天采芹是晚班，六点前就要出门，而且，她一点心理准备都没有，如果大批人马登门拜访，不知她会不会手足失措？"这……"他吞吞吐吐地说，"采芹今晚要上班……"

"少这这那那的了！"陈樵敲着他的肩膀，"你就是找出几百个借口，咱们还是要去！难道你那位殷采芹是见不得人的？为什么要把她藏起来？……"

"是啊！"何雯接了口，"乔书培最不够意思，躲躲藏藏，闪闪烁烁，一点男儿气概都没有！"

"我知道，"陈樵又说，"乔书培是瞧不起我们，他的小天地，不容许闲杂人等闯进去！人家是大艺术家，生怕我们这些俗人蠢物，弄脏了他那纤尘不染的'望霞阁'，所以呵，我看，何雯，我们不要不识相了。"

"好了好了！"乔书培举起手来，"我投降，我投降！你们不怕爬楼梯，受得了小屋里的热气，就跟我来！不过，我先去福利社买点瓜子牛肉干，既然有贵客降临，我就得准备一番！"

"你免了吧！"何雯笑着说，"这些东西让我和苏燕青去准备，你只要带我们去就行了。你等在这儿，我找苏燕青去！"她笑着转身，飞跑而去。

"我在这儿看着他，"陈樵嚷着说，"你们快去快来！别忘了也买点汽水啤酒！"

"我去买！"乔书培说。

"你给我站着。"陈樵拉住了他，看着他笑，"我不要让采芹以为来了一批蝗虫，何况，你才还完债，能有多少钱去采办吃的！"

"我有，我有！"乔书培慌忙说，一面伸手到口袋里去掏着，采芹已经上了两个月班了，家里一下子就好像"富有"起来了。如果不是采芹上班需要新装，他早就可以把所有的债务都还清了。

陈樵压住了他的手。

"算了，谁要你炫耀财产啊！你别啰唆了！"

就这样，三十分钟后。乔书培已带着陈樵、苏燕青、何雯等一行人，嘻嘻哈哈地爬上了四层楼，大家怀里都抱着大包小包的零食：瓜子、牛肉干、话梅、饼干、汽水、啤酒……应有尽有，一路上你推我挤，又笑又闹，虽然只有四个人，倒好像来了千军万马似的。大家"更上一层楼"，走上了阳台，就人人眼前一亮，陈樵忍不住，就吹了一声响响的口哨。

　　在那阳台上，"日日春"正灿烂地盛开着，花团锦簇，五颜六色，那小小的花朵形成了一片花海，把那幢孤独的小木屋围绕在花丛中。从楼梯口到小屋正门，用"日日春"的花盆两边排列，中间空出了一条小径。而花海之中，还间或有一两盆绿色植物，有的像芭蕉，有的像棕榈树，在那儿亭亭玉立地站着。小屋的窗子大开着，静悄悄地垂着绿条纹的帆布窗帘，微风过处，窗帘就迎风招展……好一个世外桃源！

　　乔书培首先往小屋内冲去，打开大门，他扬着声音，大喊着：

　　"采芹，快来！有客人来了！"

　　采芹正在厨房里忙，晚上要上班，她生怕乔书培不吃晚饭，自从采芹上晚班之后，他就常常忘了吃晚饭，他说他已经不习惯于一个人去馆子里吃饭了。所以，采芹炖了一锅牛肉汤，又在忙着洗菜切菜，想在上班前把晚餐做好。她双手湿淋淋的，衣服上还沾着菜叶子。听到一大群男男女女嘻嘻哈哈的声音，又听到乔书培这一叫，她不知怎的，就大吃一惊而心慌意乱起来。慌忙洗干净手，拂了拂散乱的头发，扯下了围裙，她还来不及弄清爽，书培又在喊了：

　　"采芹！快来迎接客人啊！我最要好的同学都来了！采芹，你在哪儿？"

　　她整理着衣裳，手足无措，却不能藏在厨房里不见人啊！深吸了口气，她心里有些慌，有些乱，有些急，有些怯场，有些羞赧……这个书培啊，怎么预先不给她一个通知呢？她也可以把自己打扮整齐一些呀！不能再迟延了，硬着头皮，她迎了出去。

　　一走到"客厅"，她就更加心慌意乱了。迎面看到的，就是那个有小酒窝的"好美丽好美丽"的小姐，一头短发，一对锐利而明亮的眼睛，充满了好奇，直率地、坦白地、紧迫地盯着她。似乎想一眼就把她看得透透的，而她觉得，她也真的被这对慧黠的眸子看得透透的了，因为她只有那样浅浅的内容，像盆浅浅的水，是禁不起这样"聪明"的"大学生"来透视的。

"采芹，"书培走过来，一把用胳膊揽住了她，那男性的胳膊是多么强韧而有力啊，像个堡垒似的圈住了她，她觉得那"扑通""扑通"乱跳的心脏稳定多了，"我给你介绍，这是苏燕青，我就在她爸爸那儿工作，你知道。燕青的学问才好呢，是中文系的高才生，品学兼优……"

"得了，乔书培，"燕青瞅着他笑，"哪儿跑来这么多客套和虚伪？你少肉麻了！"

乔书培笑了，转向陈樵和"长发飘飘"：

"这是何雯，外文系的系花，也是我们陈樵兄的……"

"乔书培！"何雯凶巴巴地喊了一声。

"怎么了？"乔书培用手直抓脑袋，一股傻呵呵相，"我今天连介绍人都不会了，到处碰钉子！采芹，咱们学校是有名的，男生傻，女生凶。而傻男生老被凶女生统治，有些阴阳颠倒……"

"你可是例外啊！"陈樵笑着说，紧盯着采芹看。她怯生生地站在那儿，唇边带着个几乎是"可怜兮兮"的微笑。脂粉不施，荆钗布裙，皮肤又白又细，眼珠又黑又深，身材纤细苗条，如玉树临风。那副含羞带怯的模样，却相当"楚楚动人"。"啊哈，"他爽朗地怪笑着，"乔书培，怪不得你看不上我们学校的凶女生，原来你家里藏着这样个娇滴滴！"

苏燕青轻哼了一声，脸上带着个似笑非笑的表情，她斜睨着乔书培，点点头说：

"我看，咱们女生虽然凶，男生可不傻，尤其你这位姓乔的大艺术家，可绝不傻！"她回头直视着采芹，睁大了眼睛问，"乔大嫂，你说是不是啊？"

采芹的脸蓦然通红，连脖子都红了，头一低，她匆匆忙忙地说了句：

"你们大家坐，我去倒茶！"

说完，她转身就往厨房冲去。陈樵在后面直着脖子喊：

"乔大嫂！你别忙，咱们自己吃的喝的统统带了！"

她冲去厨房，听到书培正在那儿用埋怨的语气，低低地说着：

"搞什么鬼？陈樵？叫她采芹就得了，什么乔大嫂？"

"嗬，乔书培，"是苏燕青的声音，"你不要指桑骂槐。怎么啦？不能叫她乔大嫂啊？那么，乔太太如何？直呼名字，我可不习惯。"

"不习惯吗？"乔书培答得敏捷，"苏小姐，你请坐。何小姐，你也坐。陈先生，你别站着啊！咱们家椅子不够，大家席地而坐吧！"

"哇！"苏燕青怪叫着，似乎在乔书培肩上敲了一记，"你这人真是越来越狡猾了！简直是只——不折不扣的黄鼠狼！"

大家哄然一声，都大笑了起来。采芹站在厨房里，呆呆地啃着手指甲，可不能这样躲着不出去啊。她振作了一下，冲了四杯茶，用托盘托着，慢吞吞地走了出去。

她回到客厅里的时候，陈樵和何雯早已席地而坐，打开了带来的大包小包，瓜子、牛肉干、啤酒、汽水……又吃又喝的，一副"宾至如归"的样子。苏燕青却握着一把瓜子，呆呆地站在窗前，面对着乔书培给采芹画的一张画像出神。那画像是乔书培最近画的，是张油画，依然以彩霞满天为背景，有小窗，有窗台，窗台上有朵紫色的小花。天空是橙红与绛紫组成的，窗台也染上紫色的光芒，小花也镶着发亮的金边，而她——采芹半侧面地依窗而立，穿了件浅紫色的衬衫，鼻尖、眼底、发上……都被彩霞染成了金色。整个画面，是由发亮的金橙色与紫色组合的，带着种夺人的韵味与说不出来的美。苏燕青抽了一口气，回头看着站在她身后的乔书培：

"一个画家画不出这幅画，"她低声地说，"只有一个爱人才画得出来！因为，你不只要用笔和技巧来画，你还要用心和感情来画！"

采芹微微一震，那些茶杯和托盘碰得叮当作响。她的心为这几句话而振奋了，而欢畅了，而像鼓满了风的帆。她的脸孔也发着光，眼睛也闪亮了。可是，当她放下茶杯，抬起头来，一眼看到苏燕青凝视着乔书培的那种眼光时，她眼底的光芒就又隐没了。她看到书培在深思并盯着苏燕青看，低语了一句几乎听不清楚的话，仿佛是：

"你总能探测到我的内心深处去，是不是？"

为什么他们两个要站在一边说悄悄话？为什么他们的眼神间充满了对彼此的欣赏与默契？她收起托盘，转身又要往厨房走，何雯一把拉住了她：

"采芹——我就叫你采芹，好吗？"

"好。"她柔顺地说，微笑着。

"你不要忙东忙西的，坐下来，"何雯说，"跟我们大家一块儿聊聊啊！"她好奇地把她从头看到脚，"你告诉我们，你和我们这只漂亮的黄鼠狼是怎么凑合到一块儿的？他对你好吗？他有没有欺侮过你？你要小心他啊！他们艺术系的，你知道，没一个是好东西！"

"喂喂喂，"陈樵说，"你是怎么回事？头一次来，就要离间人家夫妻感情吗？"

"才不是呢！"何雯叽叽喳喳的，像只多话的小鸟，"因为我喜欢采芹啊，我一看她就喜欢啊。所以要好心好意地提醒她呀！你不要以为我不知道你们艺术系的宝贝事儿，那个小赵和对面的药房西施谈了一年的恋爱，什么海誓山盟都说过了，结果怎样？说变心就变心了，还对我说，什么药房西施没深度啦，没学问啦，没灵性啦……"

"嗯哼！"陈樵重重地咳了一声，"何雯，你吃瓜子好吗？"

乔书培从窗边折过来了，他看着何雯笑。

"你又在为药房西施抱不平了？其实，你骂小赵也骂得过分了一点，你不了解真正的情形。他们根本就不该在一起的，一个错误的开始，不一定要有一个错误的结合，对不对？"

"你又知道了？"何雯问。

"我知道。"苏燕青也走了过来，席地而坐，她嗑着瓜子，那两排牙齿又白又细巧，她的手指秀丽而修长，小指上戴着个镶小碎钻的戒指，是个"S"字母，"小赵跟我很详细地谈过，他倒是有意要娶药房西施的，但是，他们之间的距离实在太遥远了。

看电视，一个要看闽南语连续剧，一个要看《檀岛警骑》，看电影，一个要看《泪的小花》，一个要看《狂沙十万里》，看小说，一个要看文艺，一个要看武侠……这都还没关系，最主要的，小赵的朋友她插不进去，她的朋友小赵插不进去……"

"而且！"乔书培说，"那药房西施对艺术实在是一窍不通，小赵帮她画的像，她说没有照片好看！"

"哈！"陈樵忍不住大笑了起来，边笑边说，"还有件绝事呢，有次小赵画了一张人像，完全用黄颜色油彩画的，那药房西施看了半天，对小赵一本正经地说，'看样子是黄疸病！'"

"哈哈！"何雯大笑了起来。苏燕青也大笑起来，乔书培和陈樵也笑个不停。一时间，满屋子都是笑声，满屋子都是欢愉。采芹听着他们笑，看着他们那一团欢乐和融洽的样子，她忽然觉得自己好多余，觉得自己完全不属于这个团体。她不知道小赵是谁，她也不知道药房西施是谁。她悄悄地站起来，想起厨房里正在炖的肉了，再看看室内的客人，看样子他们会留在这儿吃晚饭，看样子得去准备点菜……她轻悄地离开了客厅，溜进厨房。这次，没有一个人注意到她的离开，他们正谈得兴高采烈。

采芹在厨房内，把所有能够做的菜都搬了出来，洗着、切着、煮着、炖着，一面侧耳倾听着客厅里的笑语喧哗。这屋子很小，厨房和客厅又相连着，他们的谈话都清清楚楚地传了进来。小赵和药房西施的故事过去了，他们又谈起校中一位教授和某女学生的"师生恋"，然后，是位害癌症的同学的募捐问题，然后，是中文系与外文系学生的出路问题……由这个问题，演变成何雯和苏燕青的一次"中国文学"与"西洋文学"的激烈争执。外文系的何雯搬出了莎士比亚、拉马丁、但丁、爱伦·坡……以及一些采芹根本听不懂的名字和名词。中文系的苏燕青把苏轼、杜甫、白居易及冷门的袁去华、范成大、贺铸、李之仪的词倒背如流。采芹以一种惊奇的感觉去听苏燕青谈诗词，只因为她自己也死磕过一阵中国文学，而自认还稍有所得。但是当她听到苏燕青所谈的，才惊觉到自己的蒙昧与无知。尤其，在苏燕青谈到她也熟悉的那首"明月几时有？把酒问青天"的时候。

"模仿文学是自古就有的，人有模仿的本能，所以并没什么不好。苏轼的一首：'我欲乘风归去，唯恐琼楼玉宇，高处不胜寒，起舞弄清影，何似在人间？'就被人模仿烂了。鲁直有过句子：'我欲穿花寻路，直入白云深处，浩气展虹霓。只恐花深里，红露湿人衣。'简直就是套用苏轼的模子……"

"这句子套得并不好，"是乔书培在插嘴，"套得好的，还是后来的'我欲骑鲸归去，只恐神仙官府，嫌我醉时真。笑拍群仙手，几度梦中身！'还有点潇洒的韵味，至于'穿花寻路'毕竟太风花雪月了一些。怎样也赶不上原有的'我欲乘风归去'的豪迈！"

"哦，"苏燕青由衷地感叹着，"画画的，你几时又去研究起苏轼来了？"

"哦，"乔书培答得直截了当，"作诗的，我这是前天从你老爸的文学评论里读来的，我现买现卖，你用不着大惊小怪！"

"现买现卖？"苏燕青说，"现买现卖也要有底子啊！怪不得爸爸把你当宝贝！"

"啊哈！"陈樵笑拍着手，几杯啤酒喝下来，他就有些轻狂放荡，得意忘形起来，"你们一个唱，一个和，一个夸，一个赞，简直就是天生的一对！"

"陈樵！"苏燕青叫着，"你胡说八道些什么？你拿我寻开心没关系，可别忘了，我们这只黄鼠狼已经不是流浪的一匹狼了，人家可有太太的……"

"太太？"陈樵直着喉咙说，"喜酒还没喝，怎么就有……"

"陈樵！"这次，是何雯在喊了，即时阻止了陈樵下面的话，"你这人原来喝啤酒也会喝醉，真是怪事！"

"才不怪呢，说来说去都是你不好！"陈樵说。

"怎么是我不好？"何雯稀奇地问。

"就因为你在我面前，我才这么容易醉，别说喝啤酒，就是喝白开水也会醉！"

"好啊！"苏燕青大乐，笑得咯咯咯的，一边笑，一边似乎在推揉着何雯，"为这几句话，你该请客吧，何雯！否则，我到全校宣扬去……"

"他是狗嘴里吐不出象牙！"何雯喊着。

"我是狗嘴，你是象嘴，"陈樵在装疯卖傻，"让我看看你的象牙在哪儿？啊呀，糟糕！"他大惊小怪地叫起来，"乔书培，你们说，两只象怎么接吻？岂不是鼻子碰鼻子，牙齿碰牙齿？"

大家哄然大笑了起来，满屋子都被笑声充满了。采芹把要炒的菜一盘盘地炒好，把电锅里的饭也煮好，把汤也炖好，看了看手表，五点半了。她必须飞快地化妆，飞快地换衣服，飞快地去上班了。

她在卧室里化好了妆，穿上一件淡紫色蓬蓬袖的纱衬衫，一件深紫色的长裙，长发中分，披在肩上。她盈盈然地走了出来，站在"客厅"里。

"书培，"她温柔地说，"晚饭我都做好了，在厨房桌子上，你们饿了的时候就吃吧。我不陪你们了，我要赶去上班。"

陈樵瞪着她，眼睛都亮了，他响响地吹了声口哨。

"哇！"他坦率地叫着，"乔书培，怪不得你为她神魂颠倒，她美得像朵彩霞！"苏燕青也目不转睛地看着她。

"上班？"她怀疑地问，"怎么晚上上班？"

她准以为我是个舞女！采芹想着，脸上就淡淡地浮起一抹红晕。她还没说话，乔书培走了过来，把手温和地压在她肩上，从背后轻轻地揽住了她，低声说：

"不能请一天假吗？一定要去吗？"

她回头看他，仔细地、深深地看他，似乎想看进他内心深处去。

"你真要我留下来？"她悄声低问，"假若——我留下来对你很重要，我就去打个电话请假，或者——关若飞可以代我表演。"

"关若飞？"乔书培怔了怔，"谁是关若飞？"

"另外那个弹电子琴的人啊！"

"女孩子叫这种名字，真怪。"

"他不是女孩子，他是男的。"

"也有男人弹电子琴？"

"当然，这不是女孩子的专业啊。关若飞是第一流的，他每天要跑三个地方呢！"她凝视他，再一次问，"真要我留下来吗？"

他想了想，终于摇了摇头，放开了她。

“算了，你去吧！”

她暗中咬紧了牙，心底，像海浪似的卷起一阵失意的波涛。留我，书培！为什么不留我？为什么不留我？她飞快地对室内扫了一眼，陈樵和何雯，乔书培和苏燕青，他们像是天造地设的两对，他们有共同的兴趣、共同的谈话材料、共同的朋友、共同的水准……她勉强地挤出了一个虚弱的微笑，很快地说了句：

“大家再见！”

就反身走出小屋，关上门后，她还可以听到室内的对白，苏燕青在问：

“她去什么地方？”

“她在一家餐厅表演电子琴。”书培的声音淡淡的。

“餐厅？那不是很杂吗？”何雯在说。

“哇，她真漂亮！”陈樵依旧在赞不绝口，“说真的，她比那个药房西施漂亮一百倍，书培，你千万别让小赵看到她，否则就麻烦了！”

“我看已经有麻烦了，”何雯尖声说，“你怎么不去追啊？”

“我这只狗，”陈樵说，“还是配你这只大母象算了！”

满屋又是一片笑声，笑得无忧无虑，笑得天翻地覆。采芹下意识地抬头看看天空，彩霞正在天际缓缓扩散开来，她忽然觉得眼睛里充斥了泪水，那些彩霞都变得模模糊糊了。用手提着裙摆，她只想赶快逃开那些笑声，逃开那小屋里的青春和欢乐。她快步地走下了楼梯，投身到台北市的车水马龙里去了。

第十七章

秋天不知不觉地来了。

晚上，"喜鹊窝"里正高朋满座。这家西餐厅的布置相当高雅，窗上垂着玻璃珠子串成的窗帘，像一串串水珠。灯光柔和地照射着大厅，地上铺着红色地毯，一张张小方桌，上面有红格子的桌布，每张桌子上，还有个小小的烛杯，里面燃烧着荧荧然的烛光。

客人们都很安静，细声地谈着话，静悄悄地进食，低低地笑。这儿的客人显然都属于上流社会，都衣着入时而举止文雅。当晚餐过后，他们会喝着咖啡，彼此安详地谈着话，听着那优美的电子琴独奏，欣赏着那坐在琴后的女郎——披着一肩如云长发，穿着一件如轻烟软雾般的薄纱衣裳，白细细的脸庞，水盈盈的眼睛，带着浑身难绘难描的忧郁，如行云流水般奏出一支又一支的乐曲。

关若飞也坐在一个角落里。

他默默地坐在那不受注意的角落里，倾听着采芹的琴声，他听得专注而细心。他面前有一杯浓浓的黑咖啡，没有放糖，也没有加牛奶。他燃着一支烟，那烟蒂上的火光在幽暗的光线下闪烁。他深吸了一口烟，把烟雾轻轻地喷出去，透过那层烟雾，他望着采芹。迷惑地想着，是谁给了这纤小女郎如此深重的忧郁？是谁使那张沉静美丽的脸庞上罩着哀愁？谁能在她眉梢眼底染上了悲哀？谁又在她那深藏不露的心上刻下了痕迹？和采芹共事已经快半年了。她始终像个让人看不透的谜，如轻烟，如薄雾，如朦胧的月光，她带着种飘忽的、超俗的美，生活在一个不为人知的世界里。而他，却一天又一天地觉得，自己是被吸引了，被迷惑了，在他内心深处，始终有根从没有被人触动过的弦，现在，看着她熟练地敲击着琴键，听着那如水如风如瀑布清泉般的涓涓细诉，他却觉得有种看不见的、强大的力量，在勾动他心底那根弦。

采芹弹完了一支曲子，她坐正了身子，稍稍地透了口气，一连弹了将近一小时，她的手指微微有些酸痛，背脊也僵硬了。真不知道关若飞怎能连续弹上好几小时，还带上跑场？她的眼光穿过人群，落在那固定的角落里，接触到关若飞的眼光，她的睫毛就微微地闪了闪。他最近是怎么了，总坐在那儿听她弹琴？以前，他常常指正她的错误，也常常教她一些新的曲子，他弹琴如有神助，她常想，自己如果能弹得有关若飞一半好，她就心满意足了。有一次，她对关若飞说过：

"我是用手指弹琴，你是用生命弹琴。"

区别就在这个地方，所以，她永远休想有关若飞弹得那么好。她还记得，关若飞听后，曾经用种吃惊似的神情看着她，好像他的什么秘密被揭穿了。过了好久，他才对她说：

"不要学我。我的生命太贫乏，所以只有琴。你的生命应该是灿烂夺目的！"

是的，那时，她的生命确实是灿烂夺目的。那时，乔书培还没有开始带同学来家里，"望霞阁"是他和乔书培两个人的小天地。后来，陈樵他们来了，那有小酒窝的女孩来了……"望霞阁"再也不是他们两个人的了。甚至于，不是她的了，她常被满屋子的笑语挤出屋外，在满天的彩霞中迷失了自己。

她轻叹一声，想起最近刚流行的一支歌曲，名叫《别问黄昏》。若干年前，有支歌叫《问黄昏》，曾出过一阵风头，而这《别问黄昏》却更令她心有所动而感触良深。想到这支歌，她的手指下已不自禁地滑出了那支乐曲。她把麦克风移近唇边，开始轻弹浅唱。在一般西餐厅里，电子琴手都要唱一两支歌，当然，关若飞除外，他只弹琴而不唱歌，虽然他也有很好的歌喉。

关若飞把自己深靠进椅子中，默默地注视着采芹，细细地捕捉着她的歌声，她唱得并不是第一流的，但是，她脸上有种遗世独立的神韵，有种出尘忘我的高华，有种若有所思的轻愁……使她的歌竟带着莫大的震撼力量，把他给捉住了，给撼动了。他倾听着那歌词：

曾有过许多黄昏，

我们在夕阳下低吟浅唱，

你收集了金色的阳光，

为我织了件梦的衣裳，

我再用朵朵彩霞，

把衣裳点缀得金碧辉煌！

如今又到了黄昏，

我早已失去了那件衣裳，

金色的阳光依然一样，

夕阳也依旧光芒万丈，

我再用朵朵彩霞，

只缀成片片断断的思量！

别问黄昏，黄昏昏黄，

它每日独来独往，

管它那梦与衣裳！

别问黄昏，黄昏昏黄，

年年陌上生秋草，

日日楼中到夕阳。

别问黄昏，黄昏昏黄！

别问黄昏，黄昏昏黄！

　　采芹的歌声低咽了下去，琴声也跟着抑低了，当最后一个尾音消失在大厅里，她那黑发的头在琴键上低俯了片刻。再抬起头来时，只有关若飞注意到她眼底的一丝泪光。她合上了琴盖，收起乐谱，该她休息了。她可以休息半小时甚至一小时后，再登台去演奏。关若飞撕下了铺在桌上的一张功能表纸，在后面飞快地写了一行字：

把纸条交给小弟，他并没有签名，他知道她认识他的笔迹。一会儿，采芹就悄悄地过来了。她不受注意地从屋角绕过来，轻盈地、无声无息地来到他身边，拉开椅子，她坐了下来。

"咖啡？"他问，"还是要杯酒？"

她想了想。

"给我杯马丁尼吧！"

"好，"他招手叫来小弟，"我也陪你喝一杯。"

酒来了，她用那塑胶的小签子玩弄着酒杯里的橄榄，神色仍然是若有所思的，眼底因湿润而显得特别明亮。那宽宽的、白皙的额上，拂着一丝短发。她有些神思恍惚，有些哀怨，有些落寞，他几乎可以看到那看不见的忧愁，正在啃噬着她的心灵，她那么无助，又那么孤独，使他的心弦再一次激烈地震动。虽然，他自己一向都是孤独的，几乎是在"享受"着孤独的，但他却不认为她应该孤独。这纤小柔弱的女孩，该有个男性的、温暖的怀抱，把她抱得紧紧的！

"刚认识你的时候，"他开了口，探索着她，"你和现在完全不同。"

"你是说我变了？"她惊觉似的抬起睫毛来，眼中有一丝疑惧，一丝不明所以的恐慌，"我不再像当初那么傻傻的、纯纯的了，是不是？我学会喝酒，偶尔，也抽支烟，我……是变了。"

她追悼什么似的轻叹一声，"环境真容易让人变！"

他把桌上的烟盒推给她，微笑着：

"抽一支？"

她慌忙摇头，挣扎着说：

"不，还是不抽的好，我一直不喜欢女人抽烟。"

"我倒不反对。"他说。

她看了他一眼，虚弱地笑了笑。谁在乎你的反对与不反对呢？如果书培发现她又抽烟又喝酒，不知道会怎么说！书培，她咬咬牙，这名字在她心中引起一阵抽搐般的疼痛。他今晚在苏家，想必，正和那小酒窝在研究"明月几时有？把酒问青天"吧！她那支《明月何时有》就和《梦的衣裳》一般地褪色了。

"那个男人是谁？"他忽然问。

她惊跳起来，手里的酒差点泼出了杯子。

"什么男人？"她模糊地问。

"那个——让你这么悲哀，这么寥落，这么神思恍惚的男人！别告诉我没有那个人，我眼看着你从一朵盛开的小花，像缺乏养分一般地枯萎下来。采芹，我说你变了，并不是你的抽烟喝酒，或者是你的服装打扮，而是……"他顿了顿，困难地组织着自己的句子，"怎么说呢？你现在显然过得很好，你不愁衣食了，你穿着华丽，而且越来越懂得打扮自己了。可是，你反而比我刚认识你的时候贫穷了。最起码，你失去了笑容，失去了欢乐，那时候的你，像是个幸福的喷泉，靠近你身边的人，都会沾上你幸福的水珠。而现在呢，水珠在你的眼睛里，你好像——时时刻刻都会流泪。"他沉着地看她，低问，"为什么？"

她迷茫而慌乱地迎视着他的目光。从不知道他是这样深刻地研判着她，更不知道他是这样观察入微，而直视到她内心深处去。这使她紧张而惶恐了，关若飞，他是那样一个成熟的、深沉的、含蓄的、独来独往的男人，生活在他自己由琴声而谱成的世界里……应该根本不会去注意到她呵！可是，当她现在面对着这张很男性，轮廓很深，有对深沉而充满感性的眼睛……的脸孔时，她知道她错了。他在注意她，而且是太注意了。这使她心跳，使她不安，使她急于想逃避了。

"我不想谈我的故事！"她很快地说，语音短促。

他点点头，抽了一口烟，他玩弄着手里的打火机。他的目光凝视着自己的手，根本不看她，声音平平静静的：

"我没有勉强你去谈。只是，你常常使我觉得心里充满了恨意，你知道——我很恨你吗？"

"恨我？"她愕然地说，瞪着他，"为什么？"

"我恨你那份美丽，恨你为别人发光，为别人黯淡，为别人伤心！……恨你从来没有注意过我！"

她蓦然惊跳，放下酒杯，她想站起身来。

"我要去弹琴了，"她慌乱地说，"你喝多了酒，你大概是醉了！"

"坐下来，别动！"他用手按住她放在桌面上的手，"这是我今晚喝的第一杯酒，怎么可能醉？我想说这几句话，已经想说很久了。你必须听我说！"

"我不能。"她轻轻地说，睁大了眼睛，她那黑白分明的眸子怯怯地落在他脸上。他抬起眼睛来，一接触到她这对坦白而受惊吓的眼光，他就觉得内心的震动有如万马奔腾了。她的声音低柔如水，清幽而温存，"关若飞，我不能听你的。让我坦白告诉你吧，在我还是个小女孩儿的时候起，我就心有所属了。"她用舌头舔舔嘴唇，眼睛睁得更大了，"我一直是他的，永远是他的，我不会背叛他，也不可能背叛他，你懂吗？"

他瞪着她，内心的万马奔腾化成了一片痛楚，他咬紧牙关，愿意用整个生命去交换她嘴中的那个"他"！

"但是，"他哑声地说，"他待你好吗？他也像你爱他一样地爱你吗？他也永远是你的吗？他也不可能背叛你吗？"

"我……我……"她讷讷地挣扎着，觉得自己忽然软弱得像一团棉花球，浑身都没有力气，她的眼光雾蒙蒙地盯着他，努力想答出一句"有自信"的话，"我想是的！应该是的！我们都经过很多苦难，才能在一起，应该……应该……应该会……"

"你想？应该？"他死盯着她，"你并没有把握，是不是？"他的语气沉着而有力，他的目光里有着穿透般的力量，"为什么要唱那支《别问黄昏》？如果你真在幸福里，怎么不唱一支《月满西楼》？或者——"他深抽一口烟，再重重地喷出来，"他曾经为你收集过阳光，现在，却在为别人收集阳光？"

"你……"她战栗着，声音发抖了，脸色苍白了，眼里涌上了一层薄薄的泪光，她的手指神经质地握住了餐巾，"你为什么要这样说？"她震颤着问，睫毛湿润，"你安心要破坏我对他的信心！不不，"她摇头，飞快地摇头，"你不要这样做，再也不要！关若飞，这样做是卑鄙的！我相信他，我信任他！这样就够了！"

"是吗？你真信任他？"他继续问，几乎是残忍地继续问着，

"那么，你的声音为什么发抖？你的脸色为什么发白？不，采芹，不要自己骗自己！你并不信任他，或者，你已经失去他了！"

"不要！"她低喊，用双手蒙住了耳朵，"你再说这种话，我永远不要理你！你根本不了解我们，你只是胡思乱想，你希望我被遗弃，你狠心而恶劣！"

"没关系，采芹，你尽管骂我，随你怎么骂！"他把杯子里的酒一口饮干，"如果骂我能让你心里舒服，你就尽管骂，只是，你必须弄清楚一件事，你真的拥有这份爱情吗？你真的没有失去他？"

"没有！没有！"她一迭连声地说，"绝没有！"

他叹口气，深深地靠进椅子里，仔细地看她。

"他有没有来过这儿？"他问，"他有没有听你弹过琴？"

她摇摇头，把手从耳朵上放下来。

"他不会来的。"她低语，眼睛根本不敢正视他，"他在读大学，这儿并不是大学生停留的地方。"

"哦，大学。"他点点头，声音低沉而有力，"采芹，如果你是我的女朋友，你在哪儿，哪儿就是我停留的地方，不管我是大学生或不是大学生，不管我有能力进来或没有能力进来！假若我穷，我就会站在门口等你！我绝不会——绝不可能让你每晚十二点钟一个人回家！"他站起身子，凝视着她，声音变得很柔和了，柔和得几乎要滴出水来，"你坐在这儿别动，喝点酒，休息休息，想一想。我去帮你把下面的琴弹完。"他从她身边走过，离开了桌子。她立即把脸藏进手心里，觉得五脏六腑都在翻腾绞痛。是的，他说出了若干的事实，他挑动了她内心深处的隐痛。

　　她失去他了，她失去他了！她失去他了！他从不来听她弹琴，他从不问她在"喜鹊窝"的一切，他从不接她回家。但是，他却会在深夜时分，送苏燕青回家，只因为"女孩子走夜路太危险！"是的，她失去他了！

　　她握着酒杯，啜干了杯子。小弟又给她另外送上了一杯，她昏沉沉地接了过来，在内心那翻江倒海般的痛楚中，迷茫地饮着酒。然后，她听到电子琴的音浪，如小溪奔湍，如细雨敲窗，如鸟声啁啾……神奇地跳跃在夜空里，那么美妙的弹奏！琴键到了他手底就变成有生命的了。她伸手拿过桌面上他留下的香烟和打火机，为自己燃上了一支烟，然后，她喷着烟雾，忽然惊奇地听到他开始唱歌，关若飞在唱歌！她迷惘地抬起眼睛，正看到他默默地望着这个角落，他的眼光深幽如水雾里的寒星，他的声音低沉而富有磁性，她从不知道他有这么好的歌喉：

　　　　不管你的心在何处流浪，

　　　　我一直在这儿痴痴盼望，

　　　　你的每个微笑我都珍藏，

　　　　你的眼泪使我心碎神伤，

　　　　不管岁月怎样消逝，

　　　　我等待你直到白发如霜！

　　　　……

　　她一口饮干了杯子里的酒，熄灭了烟蒂，匆匆地站起身来，这儿不能待下去了！她必须离开！躲开这琴声、这歌声。她需要回家，她需要她的小阁楼，她需要那爱的小窝，她需要——乔书培。

她冲出了"喜鹊窝"，招手叫了一辆计程车，上了车子，她向家中疾驰而去。

一口气爬上了那几百级楼梯，她直冲上阳台，小屋的房门居然锁着。他不在家，他不在家！他不在家！！他不在家！！她心中惨切地呼喊着，书培，你怎能不在家？你怎能不在家？从皮包里掏出了钥匙，她打开房门，扭亮了灯，一屋子冷清清的寂寞在迎接着她。她踉跄地走了进去，跌坐在一张圆形的躺椅里——这躺椅是她最近买的，很大的藤制的椅子，可以把人圈在里面。她蜷缩在那椅子里，把自己深埋在那椅垫当中。

时间缓慢地流逝，每一秒钟对她都像是宰割。下意识地，她看了看手表，十一点半了，他在苏家的工作只到晚上九点，有什么事情会把他耽误到现在？显然，她每个上晚班的日子，他都不在家了？她咬紧牙关，觉得心在流血了。把头埋在膝上，她心里在辗转呼号：回来吧，书培！快些回来吧！书培！求你回来吧！书培！向我证实你对我的爱吧！书培！告诉我你没有变心吧，书培！不要把我摒弃于你的世界以外吧！书培！……

时间不知道过去了多久，她听到有脚步声走上了楼梯。他终于回来了！她蜷缩在那儿不动，皮包掉在地上，她依然穿着表演时那身服装。他走进了屋子，她立刻听到他的惊呼：

"采芹！怎么了？你生病了吗？"

她抬起头来，自己也弄不清楚怎么回事，只觉得泪水在脸上不受控制地奔流。她的眼泪显然把他吓了一大跳，他蹲下身子，用手扶住了她的胳膊，仔细地看她：

"发生了什么事？"他焦灼地问，"你不舒服吗？"

她疯狂地摇头，用胳膊一下子缠住了他，像蛇似的把他整个盘绕在自己的怀里。她哭泣着用湿湿的面庞去依偎他的脸，把他满脸满身都染上了泪水。她半神经质地啜泣，觉得自己已经等待了几千几万年，煎熬了几千几万年，而快要在等待与煎熬中死去了。

"老天！"他喊，"到底是怎么回事？"他试着要把她藏在自己身上的手臂拉开："你受了气？你被餐厅解聘了？你失去了工作？"

"不是！都不是！"她终于吐出了声音，战栗和啜泣使她的语音模糊，"只因为你不在家！"

"只因为我不在家？"他挑起了眉毛，半跪在那圆形藤椅前，困惑地瞅着她，"你是什么意思？"

"我提前回来了，可是，你不在家！"她困难地、词不达意地、含糊地说着，"我不知道你去了哪里？"

"你不知道我去了哪里？"他蹙起了眉，盯着她，"今天是星期五，我在苏教授那儿工作，你明明知道的，怎么说不知道我去了哪里？"

不要！她心里疯狂地喊叫着。书培，随便找一个让我能相信的借口，不要说在苏家工作！苏教授早睡早起，十点以前你就该回家了！她死瞪着他，不说话。

"怎么了？"他不解地问，"你今天怎么如此古怪？"

"你不会工作到十二点多钟，"她控制不住自己的舌头，"你和苏燕青在一起，是吗？你算准了我下班以前的时间赶回来，是吗？你没有料到我提前回家了，是吗？以前我所有上晚班的日子，你都这样安排的，是吗？"

他一嗬地从地上站起来，脸色顿时涨红了。关怀和焦灼全从他脸上消失，他的眼睛瞪得又圆又大，直直地盯着她，他的声音变得像冰一样冷了：

"原来，你是特地提前回来抽查我！"他深吸口气，闻到了她身上那股烟酒混合的气息，"你喝了酒！"他提高了声音，"你醉醺醺地回家找我麻烦！"

"我没有醉，"她挣扎着说，开始认死扣，"我只要知道你晚上在哪里！"

"我已经告诉过你，我在苏家！"他吼着，脸涨得更红了，"不信，你去问苏燕青！"

"那么，你是和苏燕青单独在一起了！如果你在苏家，你不会在苏教授的书房里，你大概在燕青的闺房里！"她昏乱地说着，心底，有个小声音在反复低喊：你失去他了！你失去他了！你失去他了！他曾经为你收集过阳光，现在，却在为别人收集阳光了！

"好呀！"他喊了起来，"你像个多疑的、吃醋的、嫉妒的太太，你希望我在哪里？如果我告诉你，我确实和燕青在一起，你是不是就满意了？"

"你是吗？"她固执地问，死盯着他的眼睛。

"我是。你满意了吗？"他问，愤愤地、冷冷地，把她从头看到脚，他眼光里的批判像两支利箭，"不过，不像你想象的那么肮脏，我们在一起整理苏教授的文稿，一直整理到十二点！她抄写，我归纳，整晚都埋在李白和杜甫的诗文里。我没有去过燕青的闺房，她出自诗书之家，你以为她也……这么随便？"

她在他批判的眼光下瑟缩而受伤了。她在他谈燕青的那种赞美的语气中受伤了。

"你的意思是嫌弃我了！我属于肮脏的了，因为，我既不出自书香之家，又随随便便地跟了你！"

"天啊！"他大叫，"你变得简直叫人不能忍耐了！"他一把抓牢她的胳膊，盯着她问，"你喝了酒？"

"是的！"

"也抽烟？"

"是的！"

他用力把她往那藤椅中一摔，回身就去拿自己放在小几上的夹克。拿起夹克，他直冲向房门口，她坐在那儿目瞪口呆地望着他。心里有几千百万个声音，在那儿轰雷似的呼唤着他的名字：

"书培！别走！书培，我不是安心要找麻烦！书培，请你不要走！书培，我只是害怕，害怕，害怕，害怕得快死掉了！书培……"

尽管她心里喊得多么激烈，多么疯狂，她嘴里却一个字也吐不出来。她只是睁大了眼睛，死死地盯着他的背影，他冲出了小屋，"砰"然一声关上了房门，他关得那么用力，以至于整个小木屋都震动了。她随着这阵震动，只觉得天旋地转，似乎整个人都像个木偶般被震碎了，碎成一片一片，再也拼不拢了。她更深地蜷进那藤椅中，抱住了自己的头，把脸埋在靠垫深处，她无力去移动，也无力于思想了。

第十八章

　　乔书培冲出了那个"家"，迎着秋夜的凉风，他在街上毫无目的地走着。在他心底，除了愤怒之外，还有种近乎绝望的情绪，把他整个地吞噬了。他大踏步地跨着步子，寒风鼓起了他的夹克，天上有几点疏疏落落的星光，又高又远又冷地悬着，像是幽灵的眼睛，带着狡狯的冷漠，俯瞰着人世间一切可悲可笑的故事。

　　他的眼光从天空调回来，注视着自己在街灯下的影子，又瘦又长又孤独，那影子忽焉在前，忽焉在后，不即不离地跟着他。或者，人类本该是个孤独的动物，只有"影子"才是终身的伴侣？他走着，心里乱糟糟的茫无头绪，只是心痛地绝望，绝望地心痛，还有份难言的沮丧和无所适从的愁苦。

　　她抽烟，她喝酒，她找麻烦，她变了！他咬紧牙关，想着这一切。她的变化是逐渐的，就因为那样缓慢而逐渐的变，才会没有引起他的注意。事实上，最近家里的一切都在变，她添购了冰箱，冰箱里总有吃不完的食物，她说：

"你同学来的时候，我总不在家，冰箱里有吃的，你们随时可以自己弄了吃！"

后来，她又买了一台黑白电视机。她说：

"我不在家的时候，你可能会寂寞，偶尔看看电视，可以打发时间！"

是的，她都已经想好了，冰箱、电视、他的同学们。她缓缓地、不落痕迹地把自己从他的生活中退出来。每次燕青他们一来，即使她在家，她也会找个借口走开，不是说"我去买点吃的！"就是说"我还要去学一支新的曲子！"她总有理由走开。而逐渐地，燕青他们也习惯于没有采芹的插入了，她在场，反而使大家都有些尴尬，使所有的话题都无法尽兴打开，使每个人都拘束。为什么？这明明是她有意造成的！她不肯和他的朋友打成一片，她宁愿退开，宁愿退得远远的！

她是有意的吗？她安心想脱离他了吗？他模糊地想着。许久以来，这是第一次他认真地在分析采芹，分析他们最近的"关系"。她越来越时髦，越来越明艳，每次她盛装出门，他都有种窒息似的感觉。尤其，当燕青、何雯等也在场的时候。燕青永远是件大方而简单的格子衬衫，一条牛仔裤，潇洒年轻而随便。何雯就更不修边幅了，长裤上的衬衫，常常只在腰上打个结，长发永远随风飘飞，和她们比起来，采芹像是另一个世界里的女人，脂粉、长裙、露肩衬衫、水钻项链、电子琴……现在，再加上烟和酒！

他并不是那么讨厌烟酒，他只是痛心地觉得，采芹被这个花红酒绿的台北给吞噬了，给污染了。她在堕落，她在出卖自己的青春！电子琴演奏，唱歌，高薪的待遇……那么简单吗？他竟一次也不敢去看她的工作情形！他怕看到她在宾客们的笑闹簇拥下引吭高歌，他也怕去面对那个事实……什么事实呢？他心痛地体会出来了，在这恻恻寒风中体会出来了。他，一个高傲的大学生，却靠采芹弹电子琴来养活着。靠她去买冰箱，买电视，买藤椅，买风扇……甚至，买他身上这件夹克！不不，他不敢去"喜鹊窝"，因为他一点也不高傲，他自卑，自卑得不敢面对真实！自卑得不敢面对西餐厅里的采芹！

而采芹，她在灯红酒绿中堕落了，她在远离他的世界了！她安心找麻烦，安心要吵架，安心调查他的行踪，安心破坏一切气氛……气氛，这些日子来，生活里还有什么气氛？她总是那样忙，即使在家，他们也常无言相对。他不愿和她谈画，谈燕青，谈诗文，谈他的学校生活。她更绝口不提她的电子琴、西餐厅、和演奏的情况。气氛，他们的生活里还有什么气氛？

他大踏步地在夜雾里走着，不知不觉地，他走过了和平东路，穿过了同安街，来到淡水河堤上了。沿着河堤，他仍然走着，怒气渐渐地消了，心痛的感觉却没有消，绝望的感觉也没有消，他走下了河堤，找到一块比较干净的草地，他坐了下来。弓起膝，他瞪视着那河水。河面反射着星光，反射着灯光，反射着不知来自何处的各种光。他瞪视着河面，脑中浮起了一句话，一句久远以前的话：

"……你如果真的还要我，我就给你当小丫头，你和那个好漂亮的小姐谈恋爱，我也不吃醋！"

　　她说的吗？她说过的吗？可是，现在，她在找麻烦了！她甚至不允许他和燕青一起工作！不允许？她为什么不允许？他蹙起眉头，更深地凝望河水，似乎河水里有关于人类心灵深处的答案。他忽然打了个寒战，她吃醋！她确实在吃醋！"你可以吃醋，任何一个妻子，都可以吃丈夫的醋！"谁说过的话？他吗？他把头埋进了手心里。她为什么吃醋，因为她爱他吗？因为她一直爱他吗？她又为什么要从他生活里退出去？因为她也自卑吗？因为她也和他一样怯场吗？他不敢面对西餐厅，她不敢面对燕青和他的同学！会吗？会是这样的吗？

　　采芹，他心中苦恼地呼唤着：我们在做什么？我们到底在做什么？为什么彼此的相爱变成了彼此的折磨？为什么当日的狂欢变成了今日的煎熬？采芹，我们在做什么？到底在做什么？我们还相爱吗？还希望拥有彼此吗？还愿意共同走上结婚的礼坛吗？结婚，这两个字一掠过他的脑海，他就不自禁地痉挛了，他伸手摸了摸夹克口袋，那里面有早上才收到的父亲的来信，他几乎可以背诵出其中的一段：

　　……你暑假不回家，寒假总该回来一趟了。中国人的观念，过年总是一家团聚的，你这个家虽然简单，父子二人，也相依为命了这么多年。希望你在和燕青恋爱之余，也偶尔想到一下你的老父。不过，书培，我也年轻过，我也恋爱过，我知道短暂的离别都是苦楚。假若你和燕青，真有意走上结婚礼坛，你是不是觉得，该让我见见这个女孩子了？……

燕青！燕青！父亲已经认定这个女孩是燕青了！这个结怎么解呢？但是，他真有心要解这个结吗？他对燕青，又是怎样一份感情等？友谊？单纯的友谊吗？单纯的友谊会让他和燕青共同工作到深夜十二点？或者，采芹是该吃醋的，是该嫉妒的，是该生气的……他咬紧嘴唇，瞪着河水。想着他回家时，采芹蜷缩在藤椅里的样子，想着她脸庞上疯狂迸流的泪水……他的心蓦然绞痛而抽搐了。他忽然想起夏天里他们那场使天地变色的吵架，和她那句凄楚而绝望的话：

"我不能用我的爱来牵累你，我非走不可了！"

"不要！"他冲口而出地迸出一声大叫，从河堤边直跳起来。就在这忘形的一喊里，他才骤然又衡量出自己对采芹的爱。不要，不要，不要！他在心中狂喊着，不能想象如果失去采芹，他将如何活下去？她早已成为他生活的一部分，不，而是"生命"的一部分！依稀仿佛，他耳边又听到一个小小的声音在说：

"我捡到一只小麻雀，它不会飞了！"

哦！他的采芹，那从小就属于他的采芹！那小心坎里，除了他就没有别人的采芹！她当然该吃醋，当然该生气，当然该嫉妒呵，谁叫他跟别的女孩逗留到十二点！

他爬上了河堤，开始拔腿往家中奔去。怎样都不该负气离开，怎样都不该碰上房门，怎样都不该把她孤零零地丢在小屋里。他跑着，冷清清的街道上连一辆计程车都没有，他觉得这段距离比十万里还遥远。他奔跑着，急促地奔跑着，越来越跑近家门，他就越来越有种模糊的恐惧：她走了！她可能已经走了！她不会在那小屋里等他了！她一定走了！

冲上那阳台的时候，他已经跑得上气不接下气了。小屋的门静悄悄地关着，窗帘后透着灯光，却杳无人影。他的心沉进了地底。一下子冲进房门，他苍白着脸喊：

"采芹！"

没有回音，没有反应，满屋子静得吓人。他恐惧地四面张望，于是，他立即看到她了。她并没有走，并没有离开，并没有消失……她仍然蜷缩在那藤椅中，和他离开小屋时一模一样地蜷缩在那儿。仍然穿着那件米色的薄纱衣裳，仍然把头紧埋在靠垫里。她一动也不动地蜷缩着，像是睡着了。夜风从敞开的窗子里吹了进来，把她那薄纱的衣服吹出了波纹，她的长发披泻在靠垫上，也在风中飘动，她的脸完全藏在靠垫里，他看不到她的表情，只看到她那黑发的头和米色的衣衫。房子里好冷，冬天还没到，就已经充满了寒意了。

"采芹！"他再喊，走近了她。

她仍然不动，仍然毫无反应。忽然间，有个念头疯狂地来到他脑中：她死了！他直扑了过去，跪在藤椅的前面，他用双手一把扶起了她的头：

"采芹！"他沙哑地喊。

她的头被动地抬了起来，她睁开眼睛。谢谢天！她没有死！他长吁出一口气来，浑身都发着颤。她注视着他，默默无言地注视着他，她满脸的泪，头发也被泪水沾湿了，贴在面颊上，她的眼睛又红又肿……天哪！她竟然蜷缩在这儿哭了一夜！但是，她没有走，没有离开，没有死掉……他把她的头紧拥在胸前，把嘴唇贴在她的长发里。

"采芹，哦，采芹！"他低唤着，口齿不清地低唤着，眼里凝满了泪，喉头哽塞。"我错了。"他低低地说，"再也不会发生这种事了，再也不对你吼叫，再也不发脾气了。"

她仍然不说话，眼泪濡湿了他胸前的衣服，烫得他的心疼痛而灼热。他推开她，用手抬起她的下巴，去看她的眼睛，怎么？世界上竟有如此愁苦的眼神？如此无助的眼神？如此黯然的眼神？他仔细地看她，她立即垂下了睫毛，把那对浸在水雾中的眸子掩藏住了，她轻轻地扭开头，挣开了他的手，脑袋又无力地落在那深蓝色的靠垫中了。她的长发披了下来，半遮着她的脸庞，她就这样靠着，把头转向里面，不看他，不动，也不说话。

感到她在做一种无言的、愁苦的反抗，他就觉得内心翻搅了起来。她一向柔顺，一向有种令人吃惊的"逆来顺受"的本能。尤其对于他，她几乎是用崇拜的心情来尊敬和服从的，她不会反抗他，似乎也不可能反抗他。但是，他现在感觉得到她的反抗了。她那么默默地、愁苦而无助地躲开他，使他深切地彷徨了起来，慌乱了起来。他再试着用手去拂开她面颊上的头发，她瑟缩了一下，把眼睛闭得紧紧的。

"你跟我生气了？"他轻声地问，"你不预备理我了？你不和我说话了？"

她不回答，又把身子往椅子里蜷去，她盘在那儿像个小小的虾子。他看了她好一会儿，心里模模糊糊地涌上了一阵不满，我来道歉了，我说过我错了，难道你还一定要"冷战"下去？他从她身边站了起来，默默地走到窗子前面，呆望着窗外的夜色。

一时间，屋子里又是那种死样的寂静，她躺在椅子里默不作声，他用手扶着窗栏，迎着那恻恻寒风，他觉得心脏在紧缩，这种僵持比爆发的吵架更令人难耐，他骤然回过头来，大声说：

"采芹，你到底要怎么样？"

她惊悸地睁开眼睛，哀伤地瞅着他。这眼光立刻粉碎了他心头的怒火，他重新扑到椅子边来，把她从椅子中用力拉起来，他用双手定定地扶着她，注视着她的眼睛，他有力地、清楚地、一个字一个字地说：

"你必须跟我说话！如果你再坚持不开口，我……我……我立即出去，然后再也不回来了！"他冲出这句话以后，自己也吓住了，他简直在威胁她呢！他并不是真想说这句话，但她的沉默使他心慌意乱，实在不知道该怎么办好。

她的眼睛睁得好大好大，怯意明显地写在眼睛里，她张开嘴，挣扎着，似乎想说什么，却说不出来，好半晌，她终于开口了：

"我……我不是生气，我……我……我想，我一直带给你耻辱，我喝了酒，又抽烟，你从心底看不起我，我不敢跟你说话，我不配跟你说话！"

他用手拂开她面颊上湿漉漉的头发，仔细地去研判她，想弄清楚她这几句话的真正意义。然后，他就把她的头压在自己的肩上，叹口气说：

"你是真的生气了！你在说气话！采芹，"他深吸口气，闭上了眼睛，"我们之间是怎么了？以前，你不是这样的！如果你真恨了我，你就说出来吧！我们不要冷战，不要这样彼此折磨，行吗？"

"我……我一直在想……"她欲言又止。

"想什么？"他追问。她摇摇头，疲倦地叹口气。

"不，我不能说！"

"你一定要说！"

"我不说！"她拼命摇头，慢吞吞地从他怀中抬起身子，她坐在椅子上，双手交握地放在裙褶里，她的眼睛看着自己的手。"我累了，书培。你回来就好了，我以为你不会再回来了，所以……我吓得要死。现在，你回来就好了，我……"她苦恼地蹙了一下眉，脸上始终带着那种挥之不去的、深切的悲苦。她不肯抬起眼睛来看他，她用舌头不住去润着干燥的嘴唇，"我想不通很多事情，我实在想不通，我……我累了，我现在不能再想，你让我休息一下，等我们都冷静了，我们或者可以好好地谈了。"

他瞪着她，她言辞含糊而语焉不详，他点点头，心里有些明白，许多时候，人与人间彼此的伤害，不是三言两语所能挽回的。他回忆着自己把她摔进椅子里的情形，回忆着自己对她说过的话……他觉得头脑里也越来越不清楚了。一夜不眠使他脑筋混沌而精神疲倦。

"好，"他同意地说，"我们都需要休息，等我们休息够了，你就不会再生气了！"

"我没有生气。"她低声说，像是说给自己听。

他看了她一眼，没再说话。算了，她是真的累了，她脸色苍白得像张纸，眼睛底下都有了黑圈。一切明天再谈吧，像郝思嘉说的，明天，就是另外一天了！明天，就又有个新的开始了！明天，大家就会把所有的不愉快都忘了。

　　是的，明天确实是新的一天，他们照常地生活，谁都不再提前晚的一切，他有整天的课，她仍然是上晚班。中午，他回家吃的午餐，她依然苍白，但是，却是满面含笑的。由于抱歉，他温存地吻了她，她又柔顺得像只波斯猫了。他在她身边低语：

　　"不再生气了？"

　　"从来就没生过气！"她笑着说，有些羞涩。

　　这件事就这样过去了，一阵小小的风暴而已。谁能保证爱人之间没有风暴呢？现在，风暴已经过去，天气又晴朗了，他去上课的时候，心里已经毫无芥蒂了。

　　采芹照样去上她的班，到了西餐厅，关若飞就迎了过来。六点钟前是个空当，晚餐时间还没开始，餐厅里只有寥寥几人。关若飞不弹琴的时候，总在餐厅一角，留一个桌子。采芹想直接去弹她的琴，经过昨晚的事，她不知道如何应付关若飞。可是，他一把握住了她的手腕，直接把她带到他的桌上去，几乎是强制执行地把她按进了椅子里，他低声说：

　　"你用不着这么急着表演，客人都还没来呢！"

　　"你不是要跑场吗？"她软弱地问。

　　"不去了。"他简单明了地说，"我辞掉了'琴心'那边的工作，我宁可用这个时间来看着你！"

　　她蹙了蹙眉，下意识地接过他递给她的咖啡。啜了一口，她觉得嘴里淡而无味，头昏昏的，事实上，今天一天都是昏昏沉沉的，昨夜没睡，又吹了风，她想她可能有些感冒。

　　"喂，"他的眉头皱拢了，伸手来摸她的手，"你怎么了？你苍白得像蜡做的，我打赌你在发烧。"他又伸手来摸她的额。

她慌忙避开，急切地说：

"请你不要这样，请你不要碰我！"

他的手缩了回去，紧紧地握着打火机。有抹受伤的表情飞进了他的眼睛里，但是，他克制了自己。取了一支烟，他点燃了，他的眼睛紧盯着她：

"他没发现你在生病吗？"

"谁？"她惊愕地问。

"还有谁，你那位大学生啊！"

她咬咬嘴唇。忽然眼底飞上了雾气。抬起睫毛来，她用那对雾蒙蒙的眼睛正视着他，脸上，那种挥之不去的悲苦就又涌现了，她轻声问：

"你有没有恋爱过？"

他迎视着她的眼光。天啊，这女孩快要被那段爱情折磨死了！那个该死的"他"啊，怎能让她这样憔悴，这样苦恼，这样无助？"他"在做些什么？谋杀她吗？他咬牙，内心深处的那根弦，在急促地颤动了。

"告诉我，"他低沉地说，语气里有种强而有力的、稳定的、安慰的力量，"把你的苦恼告诉我，把你的故事告诉我！你需要一个人来帮你分担，否则，你会被那份沉沉重担压碎了。采芹，说吧！"他鼓励地看着她，"你会发现我是个很好的听众，而且，我会很公正地给你意见。"

于是，她说了。她那么需要一些助力，那么渴望有人分担，她确实快被压碎了。她说了，断断续续地，她说出了自己和书培的整个故事，由童年时期到少年时期，由少年时期直到今天。她说得非常坦白，包括父亲的入狱和姓狄的那一段。他那关怀的眼光和体恤的注视使她不能不坦白，他那样温柔地看着她，让她觉得，再也没有什么秘密可以隐瞒的，他会了解，他一定会了解而同情的。她说得很拉杂，但是却很完全，一直说到昨晚的风波。说完了，她困惑地看着他，迷茫而昏乱地说：

"昨晚，我就躺在那儿想啊想啊，我就是想不通，我弹电子琴，是个很卑贱的职业吗？为什么他看不起我？或者，是因为我有了姓狄的那一段，他不愿意说，可是，他心里受不了！反正，我知道他是看不起我的，他自己也在跟自己作战，他也痛苦呵！我喝了酒，抽了烟，他就发那么大的脾气，好像我已经堕落了！可是，如果是苏燕青喝了酒抽了烟呢？那天他们在我家玩，我就亲眼看见陈樵他们灌她喝啤酒，大家嘻嘻哈哈的好开心。为什么对我，他就那样苛求啊？我想不通，就是想不通！我看他跟苏燕青在一起，总是快快乐乐的，我想，他或者对我只有怜悯，而没有热情了！或者，我该离开他，我真的不知道，真的不知道……"她用手捧住要裂开似的头，"他说我已经让他不能忍耐了。"她抬眼哀愁地看他，"我真的已经让人厌恶到这种地步了吗？"

他伸手压在她的手上，她的手滚烫。她在发烧了，怪不得她的面颊由苍白而变得绯红，眼睛也水汪汪的了。他吸了口气，那个该死的乔书培，他有了珍宝而不知珍惜，她凭什么要迷恋他啊？但是，要公正，他不能火上加油，那是卑鄙的！

"不要去记吵架时候的话，"他说，"昨晚，是我不好，我灌输了你太多的观念，引你到一条他已经变心的路上去。是我不好。"他皱拢眉头，对她的怜惜使他的心痛楚，"或者，他并不是轻视你，而是轻视他自己！"

"轻视他自己？"她挑起眉毛，不解地问。

"不可否认，你带给他很多问题，他还年轻，这些问题对他来说，都太棘手了。而最重要的，你有没有想过，你伤了他的自尊？"

"我？"她困惑地说，"怎么会？"

"你不了解男人，"他对她温柔而忧伤地微笑着，他恨自己太公正了，他大可趁此机会，对那该死的乔书培大肆攻击一番的。但是，他却诚实地说出了心里的感觉，"所有的男人都是自大而骄傲的动物，他们不能忍受由一个女人来赚钱养家。"

"哦？"她睁大了眼睛，有两小簇火焰在那对眼睛中燃烧起来了。那么美丽的光芒，闪耀得她整个脸孔都发光了。他看得心中冒火，嫉妒得要发狂了。

"不过，"他按捺住了心头的妒火，"那个苏燕青，她是你真正的威胁！"他深深地看她，"何不让他跟苏燕青配上一对？你跟我配上一对？岂不皆大欢喜？"

她瞪着他，笑了，这是她今晚第一次笑。

"你在说笑话。"她说。

"一点都不说笑话！"他正色说，正经得不能再正经了，他眼中幽幽地闪着光，深沉地盯着她，他的语气郑重、严肃、诚恳、坚定而温柔，"我说过，我会等你到头发变白！我在等着，你们的故事并没有完，我在等着！"

她惊愕地看着他，他眼底的柔情使她恻然心动。他那固执的语气更让她迷惑，她还来不及说什么，就发现餐厅经理在对他们行注视礼了。她正想起身，他一把拉下了她的身子，粗声说：

"你坐着，多喝点冰水，你起码烧到三十八度！如果你那个见鬼的乔书培不懂得如何照顾你，就只好由我来照顾你！你不要动，我去代你弹琴！"

他站起身子，对餐厅小弟附耳低语了两句话，就径自往电子琴的方向走去。她靠进了椅子里，忽然觉得浑身乏力，头痛欲裂。她一直忙着叙述，忙着倾吐，直到此刻，才觉得自己是真的病了。她用手支着额，昏昏然地坐在那儿，心里有点乱糟糟的。怎么，她已经有了书培，为什么还会对关若飞的深情心动？虚荣啊，采芹，你是虚荣的，你只是因为自己还有女性的吸引力，就获得安慰了。那么，乔书培对苏燕青呢？会不会也有这种心情？想到这儿，她是真正地发起愣来了。

就在她发愣的时候，小弟送来了一盒阿司匹林药片，一壶冰水，一张小纸条：

"请帮我一个忙，吃药，休息。不要再想了，我唱歌给你听！"

她愕然地看着纸条和药片，又听到他在唱那支歌了：

不管你的心在何处流浪，

我一直在这儿痴痴盼望，

你的每个微笑我都珍藏，

你的眼泪使我心碎神伤，

不管岁月怎样消逝，

我等待你直到白发如霜

……

第
十
九
章

　　冬天来临的时候，采芹和关若飞已经成为无话不谈的朋友了。他们之间的友谊是奇怪的，采芹对他几乎没有秘密，她有烦恼，告诉他，她有快乐，也告诉他。她受了委屈，他给她安慰，她有了忧愁，他逗她开心。为了她，他把别的餐厅的演奏都辞掉了，她值早班，他也在场，她值晚班，他也在场。在那固定的角落里，他们总保留一个桌子，两人聊聊天，弹弹琴，唱唱歌，彼此欣赏对方的演奏，彼此轮流着出场。这样，采芹发现，她每天和关若飞在一起的时间，已经远超过了和乔书培在一起的时间。

　　但是，关若飞不论怎么努力，他始终闯不进她的心灵深处去，对于他的痴缠，她用一种近乎母性的温柔来容忍他，像个母亲原谅孩子的淘气一样。她总是微笑地、忍耐地、宽容地说一句：

　　"别胡闹了！"

　　她这简简单单的四个字，总像兜头的一盆冷水，冷到他的心里去。许多时候，他跟自己生气，为什么要喜欢她？为什么要迷恋她？为什么要听她不住口地谈乔书培？然后，有一天，她告诉他，她和乔书培间又怄了气，因为乔书培发现她的皮包里有一包香烟。她叹息着说：

"我知道不该抽烟的，可是，我有时好无聊，好苦闷，好心慌，我就非点一支烟不可，我并不是有烟瘾，只是燃上一支烟，我好像就能排除一些东西……"

"我懂，"他握握她的手，了解地看着她，"那东西的名字叫'寂寞'！"

"寂寞？"她怔了怔，沉思着，"我想是的，你怎么知道？"

"因为我也是这样抽上烟的。"他点了一支烟，递给她，"你不用在我面前忌讳抽烟，我不反对你抽，也不会反对你喝酒！"他忽然死盯着她，沉声问，"你到底预备什么时候和他分手？"

她摇摇头，又是那个忍耐的、宽容的微笑。

"你又要胡闹了！"她说。

他忽然控制不住自己了，坐正了身子，他一把握牢了她放在桌面上的手，沉声地说：

"你跟着他只是受罪，受苦受难受折磨，你怎么这样糊涂，这样执迷不悟？他不能给你婚姻，不能给你幸福，甚至不能给你起码的尊敬和照顾，更别谈如何去欣赏你的才华了！采芹，他不爱你，他只爱他自己，只欣赏他自己，你是他生活里的点缀，而不是他生命的全部！你懂了吗？懂了吗？"

她睁大眼睛看他，吸了口烟，她的手指微微颤抖：

"关若飞，"她震颤着说，"你是个卑鄙的小人！你这种恶意破坏是不可原谅的！"

　　“我卑鄙？”他扬了扬眉毛，更紧地握住她，“我虽然卑鄙，我是个爱你的男人，那个大学生可能很神圣，他却只是个高高在上的神。你不能抽烟，你不能喝酒，你不能做这个，你不能做那个……天啊，你难道不明白，他只是挑剔你！而真正的爱情里是没有挑剔的，即使是你的缺点，经过爱神的魔杖点过，也会变成优点！采芹，”他静静地看着她，“你嫁给我吧，我们结婚去！”

　　“嫁你？”她张大了嘴，“别胡……”

　　“不要再用胡闹两个字！”他及时阻止，“你知道我不是胡闹，我很认真。我要娶你，一个男人只有在决心走上结婚礼坛的时候，才是完全奉献了自己。因为婚姻对大多数男人来说，都有若干的牺牲，牺牲自由，牺牲独来独往的生活，牺牲对别的女人的吸引和兴趣，还要负上终身的责任。所以，婚姻是需要勇气的。采芹，如果乔书培真爱你，他为什么不和你结婚？”

　　“他还在读书啊，他还没有正式职业啊，他还没有通过他父亲那一关啊……”

　　“借口！借口！借口！太多的借口！”他低喊着，“他甚至不怕你被别人抢去？”

　　“他……他……”她嗫嚅着，“他知道我不会被别人抢去！”

　　“真有信心！”他冷哼着，“你不是他的爱人，不是他的妻子，你是他忠心的奴隶……”

　　“不用这样讽刺我！”她伤心地垂下了睫毛，用力从他的掌握里抽出了手来，“他说过他要娶我，他说过他重视婚姻，他说只有两个有决心终身相守的人，才有资格走上结婚礼坛……”

　　“那么，他一定是没有决心的那个人了，否则，他不会拖上这么久，他早该把所有的问题都解决了……"

"关若飞！"她苍白着脸喊，"你如果继续说这种话，我就再也不要理你了……"

"你……你……"他跳了起来，转身就走，"你是个不可理喻的傻子，你是个白痴！不理我！你可以不理我！最好你不要再理我，免得我也变成白痴！"

他走了，离开了西餐厅。一连有五天，他不再在她上班的时候来报到了，那个固定的桌子变得空空的了。她有些怅怅然，有些若有所失。关若飞不出现，她更寂寞了，在弹琴的空隙时间里，她常常坐在那儿，傻傻地、呆呆地、孤独地燃起一支烟，看着那烟雾在空中扩散。这样，到第六天，她又在那空隙时间呆坐着，忽然，就有个阴影罩在她头上了，忽然，有人从桌面推给她一杯马丁尼，她抬起头来，接触到关若飞憔悴的面颊和憔悴的眼睛。他在笑，连那个笑容都是憔悴的。

"不认识你多好！"他说，"那时，我的生活是无牵无挂的！"

她的睫毛垂下去片刻，再扬起来时，那眼珠亮晶晶地闪耀着喜悦，这喜悦的光芒足以燃起他心里的希望了。他在她对面坐下来，仔细地去看她：

"有没有想念过我？"他问。

"是的。"她坦白地说，"是的。"她再说，轻轻地叹了口气。

"好，"他点点头，"以后，我再也不说让你扫兴的话，我想过，假若真得不到你的爱情，我还可以有你的友谊。两样都没有的日子实在不好过。"他举起自己的酒杯，"为我们的友谊干一杯，怎样？"

她爽快地饮干了杯子。

从此，关若飞真的不再攻击乔书培，不批评，也不破坏，他只用一种强韧的忍耐力，驻守在他的角落里，等待着这故事的结局。

"任何故事，都该有个结局！"他说。

是的，任何故事，都该有个结局，采芹却不知道，她的结局到底会怎样？

这个冬天好冷，那小屋正像房东太太说的："夏天热得要命，冬天冷得要死。"每个木板隙缝里都灌进来冷风，窗子永远关不密。采芹买了电热器，但是，电热器仍然烤不暖那冷冰冰的屋子。而且，这个冬天总是下雨，淅淅沥沥的，到处都湿，这又湿又冷的冬天似乎把什么都冻住了，连"爱情"也"冻"住了。

连日来，乔书培的情绪变得非常不稳定，他似乎藏着什么心事，一天到晚锁着眉头，愁眉不展。采芹不太敢询问他，因为他像个易爆的火药库，任何一点星星之火，都足以引起一场爆发。她只是悄悄地窥探着他，悄悄地研究着他，悄悄地关怀着他。

这样，到了期终考的最后一天，他终于向她摊牌了：

"寒假我必须回去！"

"哦！"她跌坐在床沿上，"回去几天？"她无力地问。

"一个月。"

她打了个冷战，低下头去，她默然不语。他在室内兜着圈子，走来走去，最后，他靠在窗台上，注视着她。

"我是不得已。"他解释说，"爸爸来了好多封信，催我回去，你知道我从小没母亲，只有爸爸。而且，要过年了，中国人过年，总是一家团聚的……"

她觉得更冷了，用手抱住胳膊，她抚摸着自己的手臂，瑟缩地耸住了肩膀。

"你的意思是说，你回去过年，要我——一个人留在这小屋里？"她低低地问，垂着头，看着床罩上的花纹。

他走了过来，在她身边坐下了，从口袋里掏出香烟。最近，他也学会抽烟了，而且，比她抽得凶得多。他燃着了烟，深深地看她一眼，问：

"要一支吗？"

她摇摇头。用手指在床罩上划着，床罩上有一朵凸出的玫瑰花，这床罩也是她新买的。她那白皙的手指，顺着玫瑰的花纹绕着，眼睛始终低垂着。

"我知道这很困难，也很残忍，"他说，"或者，我们可以先搬一个家，这小屋太冷了，现在，你赚钱多，我们可以搬一个比较好的房子，或者去分租别人的房子，也彼此有个照应……"

她摇摇头。

"我不搬家。"她简短地说。

"为什么？"

她终于抬起眼睛来看他了，她的声音幽冷而凄凉：

"因为这小屋是我们的窝，我们在这儿看过彩霞，我们在这儿吵过架，我们在这儿共饮过一杯甘蔗汁……这里有太多我们的记忆，我喜欢它，我不搬家。"

他动容地看着她，他眼底闪烁着光芒。

"你宁愿单独在这儿住一个月？"

她迎视着他的目光，呆呆地看着他，深深地看着他，然后，她忽然抓住了他的手。

"带我回去！"她哑声说，渴望地、乞求地、急促地说，"带我回去！书培，我迟早要面对你的父亲，是不是？带我回去见他。我不要一个人留在这里，我好怕孤独，好怕寂寞，书培，不要把我一个人留下来！"

"陈樵会照顾你，"他的声音虚飘飘的，"何雯和燕青也会，他们都会常常来看你，不会像你想象的那么孤独，我会拜托他们照顾你……"

她睁大了眼睛，扬着睫毛，紧紧地盯着他。她的呼吸不知不觉地急促了，她的胸腔沉重地起伏着。在这一刹那间，关若飞对她说的每句话都在她耳边回响，他根本无意于娶她，他根本无意于解决问题！她抽了口气，他居然想把她一个人抛下来，陈樵会照顾你，何雯和燕青也会，这样你就放心了吗？这样你就能无牵无挂地走了吗？她张开嘴，冷冷地、幽幽地、清清楚楚地说：

"真谢谢你的好意，谢谢你的费心，你实在太好了，太周到了，居然会拜托人来照顾我。你使我感动极了，安慰极了，快乐极了……"

他愕然地瞪着她，她脸色惨白，容颜凄楚，但是，她的唇边却涌现了一个笑容，一个又陌生又讽刺的笑容。和她认识了这么许多年，几乎已经算不清楚是多少年了，他从没有听过她用这种讥讽的语气说话，从没看过她这种又讽刺、又痛心、又失望、又悲切的表情。这使他震惊而惶惑了。在震惊中，还混杂了对自己的愤怒和轻蔑。是的，他是个懦弱的、逃避现实的混蛋！他不敢

带她回去，不敢让父亲发现他们同居的事实，因为，他那么了解
父亲，又那么爱他父亲，这样做等于会杀掉他！于是，他就像个
鸵鸟似的把头藏起来，既舍不得她，也不敢面对父亲！他轻视自
己，他愤怒而无奈，她的笑声刺激了他，抓住她的手腕，他摇撼
着她，哑声低吼：

"不许这样说话！不许这样笑！不许这样讽刺我！"

"不许？哈！"她笑了起来，真的笑了起来，但是，她眼里
却涌满了泪水，"你不许？好的，你不许的事我都不做。我不许
抽烟，不许喝酒，不许讽刺你，不许和你一起回家，不许丢你的
脸，不许……"

他用嘴唇迅速地堵住了她的嘴，在这一刹那间，她注意到他
脸上有种真切的痛楚，那痛楚似乎在他整个身体里燃烧，似乎要
把他烧成灰烬。这痛楚的表情立刻把她给打倒了。她后悔了，后
悔用这么讥刺的语气，后悔用这么刻薄的句子，她的乔书培！在
他用唇堵住她的这一刻，她比任何时候都更深刻地体会到他的矛
盾和痛苦。她立即原谅他了，她爱他那么深，以至于无法不原谅
他了，非但原谅了他，她反而愤恨起自己的失言和冷酷了。她闭
上眼睛，眼泪滑下了面颊，他的嘴唇灼热地从她面颊上吮过去，
一路吸尽那泪珠，他的身子溜下去，跪在她面前，把头埋在她裙
褶里。

"你知道我是什么吗？"他说，"我是个伪君子，我懦弱，我
是只鸵鸟，我不敢面对现实。我没有谋生能力，甚至没有恋爱的
权利，我常常对你很凶，因为我那么自卑，生怕你轻视我，我就
急于自证。我和燕青混在一起，因为她是大学生，因为她喜欢

我，这满足了我的自尊……哦，采芹，你不会懂得我的心情，你不会懂，我常挑剔你，因为不挑剔你我就没有分量了！哦，采芹，"他苦恼地转动着头，"你在轻视我了！你在讽刺我了！因为你看穿我一钱不值，看穿我根本是个懦夫……"

"够了，别说了！"她喊着，把他的头从自己膝上捧起来，他的脸涨红了，他的眼神狼狈而愁苦，他像个无助的小婴儿。"够了，够了，别说了！"她含泪低语，"是我不好，我一向信任你，我不该反抗你的！我是……受了别人的影响。好了，书培，你回去吧，我会在这儿等你，我会——和陈樵他们处得很好，我会试着和燕青交朋友……"

他站起身来，默默地瞅着她，她仍然坐在那床沿上，微仰着头，凝视着他。他们默然相对，彼此深深地注视着对方，也探索着对方。然后，一件奇迹又发生了！那种密切的、心灵相通的、神秘的、从他们童年起就把他们连锁在一块儿的力量，又在他们之间迸发了。她站起来，投入了他怀里。他立即吻住了她，深切地、甜蜜地、辗转吸吮地吻住了她，多日以来，他们之间，没有这样亲切过了，没有这样狂热过了，没有这样心与心相连，灵魂与灵魂相撞击了。他们滚倒在床上，彼此占有了彼此，彼此也献出了彼此。

然后，放寒假了。他却绝口不再提回去的话，她帮他收好衣箱，他笑着把衣服挂回壁橱里。

"我不回去了。"

"什么？"她惊奇地问。

"我不能把你一个人留在这儿孤零零地过春节，所以，我写了一封信给爸爸，告诉他苏教授不放我走，他相信了。所以，我不回去了，我要和你一块儿过年。"

她看着他，她的眼睛闪亮，脸庞发光。

"而且，"他继续说，"我找到了一个工作。在一家室内设计公司里画设计图，所以，我不回去也是名正言顺的，并不算欺骗爸爸。那工作如果做得好，开学后还可以继续做，我们就可以寄点钱给爸爸了。"

"你现在就可以寄点钱给他了。"她悄声说。

"用你赚的钱吗？"他粗声说，"免谈了！"

她不敢再说话了，骄傲的乔书培，自尊的乔书培，你未免把"彼此"分得太清楚了！但是，她多爱他哪！自从听了他上次的"剖白"，她比较了解他那份矛盾的心情了！也真正体会出他对她的爱。她不再怀疑，不再自苦了。她多爱他哪！她再不嫉妒苏燕青了，再不挑他毛病了，再不跟他生气了。连未来的结局，她都再也不管了！……这个冬天或者很冷，但是，他们却真正享受了一段最甜蜜最温馨的生活。

没有争执，没有嫉妒，没有猜疑……这种日子是太美好了！美好得让人做梦了，美好得会说梦话了：

"采芹，你喜欢什么形式的结婚礼服？"他问，靠在床上，用炭笔在速写簿上勾出一件礼服的样子来，"领子上加点花边，袖口上用荷叶边，下摆这样宽下来，在后面打上褶，再用一串小玫瑰花从上到下地缀上去，披纱上也是玫瑰花，粉红色绉纱做成的玫瑰。礼服用全白的太素了，加上粉红的玫瑰，岂不娇艳？你瞧，这样好吗？"他把速写簿推在她面前，给她看。

她望着那速写簿，脸色嫣红，就像朵粉红色的玫瑰。她把面颊贴在他胸口，低声说：

"我一直有句话想问你，但是你不许生气。"

"说吧，我并不是暴君呀！"他用手轻拂她的头发，她脑后有细细的绒毛，他就俯下头去吻她颈项里的绒毛，她笑着滚开了身子。

"好痒！"她说。

"你要问我什么？"他把她拉过来。拿起炭笔，他又开始在速写簿上画另一件结婚礼服。

她望着那礼服，再望望他。

"你有没有一些喜欢苏燕青？"她小心翼翼地问。

"哦？"他在礼服上加上许多小花，"如果我说不喜欢，就太虚伪了，我很喜欢她。"

"你有没有想过——"她说得更小心了，"她当你的新娘，会比我合适？"

他丢下了速写簿，闭上了眼睛，直挺挺地躺着。

"我生气了！"他宣布着。

"哦，说好不生气的，说好的！"她慌忙叫着，去揽他的脖子，去拨他的眼皮，去吻他的嘴唇，"我只是好奇，我想知道你有没有想过。"

他睁开眼睛来，把她抱在胸前，他认真地看看她，低叹了一声。

"是的，我想过。"他坦白地说，"不是为我想的，而是为爸爸想的。不过，现在这已经不成问题了，如果我们这一代的婚姻，还要受上一代的影响，就太可悲了。爸爸会为我而接受你。"

"那么，"她屏住呼吸，窒息地问，"你是真的想过要娶我？不是说着玩的？不是一时迷惑？不是为了安慰我？敷衍我？"

他蹙起眉头，深深地看她。

"我要真生气了！"他闷声说。

她飞快地把嘴唇压在他的眉心，用那柔软的唇去细细地熨平那儿的皱纹，她呼吸急促，声调热烈：

"哦，最近我们总是吵架，吵得我一点信心都没有了。你说你自卑，你才不知道我有多自卑哪！好了，我再也不问这种傻问题了，再也不问了！你不许生气，不许皱眉头，不许……"

"好哇，"他叫，"你也对我用'不许'两个字吗？我已经不敢'不许'，你居然胆敢'不许'！好哇，我非惩罚你不可！"

他伸手去呵她的痒，她笑得满床乱滚，一边笑，一边上气不接下气地嚷着：

"不敢了！不敢了！不敢了！"

他一把抱住了她，定定地看着她的眼睛。

"不要从我生活里退出去，采芹。不要再让误会和任何因素来分散我们，采芹。我要面对的问题还是很多，我也依旧是个懦夫，依旧有矛盾，依旧贫穷……但是，我要和你结婚，采芹。"

她咬住嘴唇，眨动眼睛，又要笑，又想哭。她把面颊深深地藏进了他怀中，唉唉，人生怎么如此美妙！唉唉，雨声怎么如此动听？唉唉，他的心脏跳得多有韵味啊，赛过了世界上第一流的电子琴声！

第二十章

采芹忽然又像一朵盛放的花了，她面颊红润，眼睛明亮，唇边总是漾着笑意。她从头到脚，都绽放着青春的气息，都闪耀着喜悦的光芒。她几乎像个发光体，闪亮，耀眼，明丽而鲜艳。

坐在那电子琴后面，她悠然神往地弹着琴，悠然神往地微笑着，悠然神往地唱着歌：

把酒问青天，

明月何时有？

莫把眉儿皱，

莫因相思瘦，

小别又重逢，

但愿人长久！

把酒问青天，

明月何时有？

多日苦思量，

今宵皆溜走，

相聚又相亲，

但愿人长久！

把酒问青天，

明月何时有？

往事如云散，

山盟还依旧，

两情缱绻时，

但愿人长久！

把酒问青天，

明月何时有？

但愿天不老，

但愿长相守，

但愿心相许，

但愿人长久！

关若飞吸着烟，喝着酒，深深地靠在椅子里，注视着采芹。显然，春天又来了，显然，冬天已经走了。显然，她又在垂死的憔悴中复苏了。那个乔书培，他有多大的力量，竟能让她死就死，让她活就活，让她枯萎就枯萎，让她绽放就绽放？这个乔书培，谁赋予了他如此神奇的力量？他真想"把酒问青天，书培怎能有？"啜着酒，他瞪视她。他一向不认为她的歌唱得好，但这支《把酒问青天》确实唱得荡气回肠。天哪，他真恨她的美丽，恨她的闪亮，恨她的喜悦，恨她的"悠然神往"！

她又换了一支轻快的曲子，那琴声活泼地跳跃在夜色里，她专心地弹奏，手指飞快而熟练地掠过了琴键，她脸上始终带着那盈盈笑意。餐厅里有七成座，天气还没有转暖，寒流刚过去，这种季节，西餐厅很难满座。但是，餐厅里的气氛却很好，大家似乎都感染了采芹的喜悦，很多人都停下谈话而专心地听着她弹琴。她又该加薪了，他想，附近的几家餐厅都找他谈过，大家以为她是他的搭档，都希望把他们两个人挖过去。最起码，应该可以跑场，他无所谓，只看她的。她却总是笑着摇摇头：

"现在书培在设计公司待遇很好，我们的苦日子都过去了，不需要再多赚钱了！"

该死！他想，她在维护他，她懂得如何去维持一个男人的自尊了！是他教她的。他就不会少说两句吗？他帮他们解开结了。他再抽了一口烟，眼光就无法从她脸上移开，要命！幸福原来会把一个女人烘托得如此美丽，如此高贵，如此闪亮，如此皎洁！

"砰"的一声，有人重重地推开餐厅的门，三个年轻人拥了进来，嘴里还呼来喝去的，骤然扰动了餐厅里宁静而高雅的气氛。关若飞有些恼怒地看过去，你们不能安静些吗？你们不知道欣赏音乐吗？那三个人都又高又大，尤其有一个像球场健将似的人物，正在那儿大声对小弟说：

"你们最拿手的是什么菜，就来什么菜，牛排？什么牛排？

纽约牛排？好好好，就是纽约牛排……"

关若飞皱拢了眉头，仔细对那家伙看过去，他穿着件牛仔布的夹克，戴着顶古里古怪的鸭舌帽，嘴里叼着一支烟，浑身的流气，满脸的桀骜不驯……他那两个伙伴比他更差劲，都是服装不整，怪模怪样的。这三个家伙怎么会进来的？关若飞有些怀疑，他们应该去圆环吃夜市，不该在这儿大呼小叫。那球场健将又在直着脖子叫了：

"小弟，小弟，我东西还没点完，你跑什么跑？怕老子吃了不付账吗？我告诉你，假若我付不出账来……嘿嘿，这餐厅里会有人帮我付！给我们先拿一瓶酒来，什么拿破轮拿破鼓白兰地黑兰地都可以，要一整瓶！什么？论杯的？他妈的，老子就要一整瓶……"

惹麻烦的人来了！餐厅里就怕碰到这种人，有一次打架记录就会勒令停业，又会赶走客人。经理已经出来了，小弟们也聚在一块儿窃窃私语，采芹的琴声也停止了。

关若飞回头去看采芹，想示意她先过来坐，在这种"有人搅局"的情况下，弹琴也是白弹。但，他一眼看到采芹，就吃了一惊。怎么，她脸上的喜悦和笑容全飞了？怎么，她的脸色那么苍白？她的神情那样紧张？她整个脸庞上，都有副"大难临头"的表情。她坐在那儿，眼睛直直地盯着那三个人。

那戴鸭舌帽的人还在吼叫：

"要大杯子，咱们可用不惯你们的小杯！什么？杯子还有规定？怎么那么啰唆？茶杯就行了！啤酒杯？好好，就是啤酒杯！什么？请我说话小声一点？他妈的，老子就是这副嗓门，你不爱听你就别当小弟……"

采芹站起身来了，离开了电子琴，她径直走向了那一桌，她脸色依然苍白，却有种忍辱负重似的表情。她站在那桌子前面，对小弟点点头：

"他们要什么，就拿什么来，这桌的账记在我账上，先拿一瓶黑牌强尼维克来吧！"

"哈！"鸭舌帽大乐，笑开了，"没骗你吧，小弟，告诉你有人会付账，就是有人会付账！"

采芹拉开了椅子，坐下来，望着对面这个高头大马，横眉竖目的男人。是的，麻烦来了！她悲哀地想着。幸福永远不会很长久地跟着她。她咬咬嘴唇，抽了口气，轻轻地开了口：

"哥哥，你是冲着我来的，就找我好了，别闹得整个餐厅都不安宁。你们要吃什么，尽管点，我请客，"她看看殷振扬身边的两个人，"这是你的朋友？"

"这是小鲁，这是小张。"殷振扬拍拍小鲁的肩，"瞧，这就是我妹妹，不坏吧？长得漂亮，又会弹琴！哈！有个漂亮妹妹实在不错，只是，我这妹妹的脑袋瓜有点问题，她喜欢小白脸，从小就喜欢小白脸，为了小白脸，牺牲什么都可以，老爸老妈都可以不要……"

"哥哥！"采芹苍白着脸叫，"请不要这样说，请你不要！你明知道，为了爸爸，我能给的都已经给了……"

"是吗？"殷振扬瞪着她，单刀直入地问，"你现在赚多少钱一个月？总有个两三万吧！"

"怎么会有那么多，"采芹急促地说，"一万两千块，还是最近才加的薪。"

"哦，"殷振扬眼珠乱转，"外快呢？"

"外快？"采芹听不懂，"你是说小费吗？我们和小弟不同，不拿小费的。"

"哈！"殷振扬怪笑着，"你跟我装什么蒜？又不是以前住在白屋里的千金小姐，男人都跟了好几个了，你以为我会相信你是干干净净只拿薪水的……"

"哥哥！"采芹的脸色变得煞白煞白的了，她重重地吸着气，胸部剧烈地起伏，她气得简直快晕倒了。怎么样都没想到，殷振扬已经变得如此不堪了，尤其当着外人的面，居然胡说八道到这种地步，他把她看成什么了？妓女吗？应召女郎吗？"你到底要做什么，你就直说了吧！"她咬牙说，连解释都不屑于去解释了。

"做什么吗？"他挑高了眉毛，小弟送了酒来了，这转移了他的目标，"来来，先喝酒，先喝酒！"他倒满了小鲁小张的杯子，也给采芹倒了一杯，嚣张地举起杯子，他大声说："来来来，庆祝重逢！"喝了一大口酒，他注视着采芹，伸手摸摸她领口的荷叶边："啧啧啧，漂亮，衣服漂亮，人也漂亮！采芹，你知道我费了多大劲才找到你！你这样一跑，把麻烦全留给我和我妈，是不是太过分了？"

"我没有留下麻烦，"她幽幽地说，"我已经被你们卖过一次，不值得再卖了！"

"什么话！"殷振扬重重地拍了一下桌子，"谁卖你了？是你妈那个笨蛋，贪图人家有钱有势……"

"不要再侮辱我妈，她人都死了，你们还要怎样？"采芹的声音稍稍提高了一些。

"好好好，"殷振扬忽然压低声音，虚眯着眼睛，去仔细地看采芹，"过去的事，咱们都别谈了。你知道你离开台中以后，那个姓狄的跑来大吵大闹，是我带了一帮人，到他家打了个落花流水，他那小子怕上报，哈哈！他又要面子又要命，这才算摆平了。否则，你以为他会那么安静地让你和那个乔书培双宿双飞啊？"

采芹打了个冷战，乔书培。殷振扬已经知道她是和乔书培在一起的了。上帝！不能让书培知道殷振扬又露面了！不能再在他们的生活中起波折了！她的大眼睛无力地睁着，浑身虚脱般地看着殷振扬：

"谢谢你。"她急促地说，"你要什么呢？"

"我要什么？哈哈！小妹，你难道忘了你还'父母双全'吗？你赚这么多钱，难道全倒贴给那个小白脸吗？他妈的！"他又拍桌子，跺脚，把酒杯刀叉碰得叮当乱响，"我一想起那小子就生气，从小他就是个风流鬼，就知道占你便宜，现在，他是干脆人财两得哩！真他妈的！我非找他去拼命不可……"

"好了，好了！"采芹哀求地望着他，"你要什么？你说吧，只要不去打扰乔书培，什么都好！"

"哎哟！"殷振扬怪叫，"简直爱惨了嘛！好吧，我直说了，爸在监牢里要用钱，妈也要用钱，我一个人养不起，你每个月负责两万块吧！"

"两万？"采芹惊呼着，"我一个月才赚一万二，怎么给你两万？你以为我……"

殷振扬用手压着自己的手指，压得"啪啪"作响，他伸开他那巨灵之掌，查看自己的手指，他五指箕张，每根手指都像铁钩一样，一副练"鹰爪功"的样子。他看也不看采芹，却把手伸到小鲁面前，说：

"小鲁，你瞧我这双手还不错吧！你不知道我上次揍那个姓乔的小子，揍得他差点送了小命！哈哈！他妈的！"他又一拳敲在桌子上，"天下就有这种无聊男子，来转我妹妹的念头！你知道吗？那小子才十六岁，就把我妹妹带到岩洞里……"

"哥哥！"她白着脸喊，"我给你想办法，我尽量给你想办法！好了吧？你下次来，我先给你凑一万块钱……"

"今天呢？"

"今天？"采芹怔在那儿了，她哀伤地看着殷振扬，悲切地说，"哥哥，你毕竟是我的哥哥，你难道对我没有一点兄妹之情？你明知道我已经受过很多苦，你明知道我没有很多钱……"

"兄妹之情？"殷振扬一唬地跳起来，伸手就抓牢了采芹的胳膊，"你顾全过兄妹之情没有？你这个不要脸的烂货！你明知道姓乔的那小子是我的仇人，他害我被开除，害我没有学校念，我恨不得宰了他……"

他的话还没喊完，关若飞大踏步地走过来了，自从殷振扬进门，关若飞就在密切地注意着他们，起先，他以为殷振扬是乔书培，但是，越看越不像。现在，一见到殷振扬对采芹动了手，他就忍无可忍了。直冲过来，他对殷振扬怒声说：

"放开她！"

殷振扬愕然地回过头去，眼睛瞪得比铜铃还大。

"啊呀，"他怪叫着，"你算是第几号？"

"什么第几号？"关若飞莫名其妙。

"采芹的第几号男人啊？看样子，我这个妹妹还真有办法，一个当律师，一个大学生，你……你是做什么的？哦，我知道了！西装是用丝绒做的，你是歌星？电影明星？餐厅小开？还是……"

采芹挣开了殷振扬，慌忙把关若飞直推到屋后去，因为关若飞的脸色已经变得非常难看了，如果再让他们面面相对，必然会发生一场冲突，她把他直拉到厨房里去，急促地说：

"他是我哥哥！"

"什么？"关若飞挑起了眉毛。

"他就是我那个混太保的哥哥，"采芹皱拢眉毛，一股无可奈何状，"关若飞，你必须帮我一个忙。"

"去赶走他吗？"关若飞问，"我可以打电话报警，他没有权利来骚扰你……"

"不不不！不行！"采芹慌忙摇头，"你身上有钱吗？先借我五千块！"

"采芹，"关若飞不同意地睁大眼睛，"你为什么要给他钱？你又不欠他，又没有责任，他是个大男人，他该养活自己！你给了他钱，他不过是拿去吃喝嫖赌，你别以为钱会用在你父亲身上……"

"我知道，我知道！"采芹急急地说，"但是，我必须给他，否则，他会……他会……"

"他会怎样？"

"他会杀掉乔书培！"

关若飞对她瞪了几秒钟。

"胡说八道！你昏了头了！"他说，"你以为在台湾，杀个人这么容易呀？他是在威胁你，他明知道你爱那个乔书培……"他咽了一口口水，"爱得发疯，爱得发昏，爱得失去理智，他就威胁你！如果你给了他第一次，一定有第二次，给了第二次，一定有第三次，他会变成你的无底洞……"

"是的，他已经说了，要我每个月给他两万块！"

关若飞抽了口冷气。转身就向电话的方向走去。

"我去报警！"

她一把死命地抓住了他，哀求地看着他：

"不行！你别忘了，他是我的哥哥呀！你知道人与人间的关系吗？朋友可以绝交，夫妇可以离婚，只有血缘关系，是你砍也砍不断的！"

"血缘关系？哥哥？"关若飞气得眼睛发直，"他不是你的哥哥，他是一条吸血虫！他会榨干你，吸干你的血，把你榨得扁扁的！除非你不受他的敲诈，否则，你永远没有好日子过了！"

"只要他不去找书培麻烦，我宁可给他钱！"她固执地说。

"你哪儿去弄两万块一个月？"

"我跑场。"

"你昏了！你以为你身体很棒吗？你以为一天七　八小时连续演奏是好过的吗？你以为你真有跑场的能力……"

"看样子，你是不帮我的了！"采芹甩开了他，转身就走，"我去找经理谈谈……"

关若飞拉住了她，瞪着她叹了口长气。

"不要去找经理！"他粗声说，"如果你有困难，我不帮你还有谁能帮你？"

他们回到了餐厅里，殷振扬和小鲁他们正吃了个杯盘狼藉，三客牛排早解决掉了，一瓶酒也去了大半。他们仍然在彼此举杯，彼此呼喝，彼此笑闹。采芹走过去，把五千元推在殷振扬面前。

"哥哥，你先拿去用，我再帮你想办法。不过，我不可能每个月固定给你钱，我只能尽量想办法，请你多少体谅我一点……"

"没关系，没关系，"殷振扬一把把钱收进了口袋里，笑嘻嘻地盯着采芹，"你最好多想点办法，真想不出来的话，我可以去和乔书培商量商量……"

采芹把双手合在胸前，对殷振扬哀求地看着：

"别去打扰他吧！求求你！千万别去！"

殷振扬笑了，转头看着站在一边，对他怒目而视的关若飞，笑着问：

"你也爱我的妹妹吗？"

"不关你的事！"关若飞怒冲冲地说。

"好啊！"殷振扬笑嘻嘻地说了句，就掉头附在采芹耳边，低低地问，"乔书培知道你在餐厅里还藏着个情人吗？"

采芹的脸色变得比纸还白了，她恐惧地看着哥哥，一语不发。殷振扬伸手捏了捏她的下巴，仍然笑嘻嘻的，仍然吊儿郎当的，仍然满不在乎的。

"放心，"他说，"只要你乖乖的，我不会泄露你的秘密，谁叫——你是我的妹妹呢！何况，咱们家家学渊源，就没有'忠实'两个字。再说，那个混账小子，也不值得你为他守身如玉……"

"哥哥！"她凄然地叫。

"好了，我要走了！"殷振扬拍拍小张的肩，"走了！走了！"他叫，"咱们改天再来！有妹妹真好，不是吗？"他醉意醺然地望望她，沉思了好一刻，忽然收起了笑容，一本正经地低下头来，深刻地直视着她，说，"采芹，看在你还有点良心的分上，看在你是我妹妹的分上，有句话必须告诉你，你已经弄得一塌糊涂了，你和我一样，都早就身败名裂了！爸爸在家乡欠了无数的债，他把罪名写在我们背上，家乡那个安静的小城，是再也不会容纳我们了。所以，我们无家可归，也休想进入上流社会了。所以——你如果是个聪明的女孩，再也别做梦！你充其量，只是乔书培的情妇，就像你是老狄的情妇一样！没有一个正经人会娶你……"他打了个酒嗝，眼睛里流露着今晚第一次流露出来的感情，和某种也压迫着他的悲哀，"采芹，你知道我为什么那么恨乔书培吗？从他上学第一天起我就恨他！"

她不语，默默地瞅着他。

"因为他太完美了！他功课好，人品好，风度好……他生来就有那么种莫名其妙的气质，好像谁也比不上他，我恨他这种气质，恨透了他这种气质，因为我没有！"他凝视着妹妹，沉重地点了点头，酒染红了他的眼睛，染红了他那桀骜不驯的脸，或者，只有醉后，他才会说出这几句真心真意的话，"采芹，不要傻了，你和我一样，早就弄得一塌糊涂了。你再也不是当初在白屋里的那个纯洁的小女孩，你已经身败名裂了……"他摇摇摆摆地站起身来，也拉起了他的伙伴们，他对她摇头，深深地摇头，他微笑起来，那笑容充满了自嘲和讽刺："知道家乡里的人叫我们什么吗？兀鹰！专门吃尸体的鸟！我们真有个很光荣的姓！我走了！"他往门口走了两步，蓦然间，又回过头来，对她咧了咧嘴："你最好帮我弄到钱，也不骗你了，我欠了二十几万的赌债，如果我还不出来，他们会杀掉我！"

他走了。他终于走了。他摇摇摆摆、踉踉跄跄地走了。

采芹仍然坐在那儿，她用手支着额，呆呆地坐在那儿，眼泪不知不觉地涌进了眼眶，不知不觉地模糊了视线，她看不清桌布上的花纹，看不清任何东西。然后，她觉得有只手温柔地搭在她的肩上，有人递给她一条干净的大手帕，她接过来，拭拭眼睛。关若飞的声音在她耳畔温和地响了起来：

"并不像他说的那么糟，采芹。他只是要为自己找一个伴，因为他自己已经弄得一塌糊涂了，他才必须把你拉过去，他需要一个伴。"

采芹用舌头润了润嘴唇。

"他是我的哥哥！"她说，"我们血管里流的是一样的血！"她推开椅子，很快地站起来，"我该去弹琴了！"

他伸手去拉她。

"让我去！"他说。

"不！"她摆脱了他，径自走向电子琴。

关若飞坐在那儿，燃起了一支烟，他深深地靠进椅子里，深深地望着她。她的琴声响了起来，叮叮咚咚，琳琳琅琅……如狂风骤雨，如惊涛骇浪，如万马奔腾，如飞泉倾泻……她居然用电子琴去弹《命运交响曲》，他愕然地听着，体会着那"命运"的浪涛，正汹涌地淹没着她。

第
二
十
一
章

　　"采芹……"乔书培平躺在床上，瞪视着天花板，和屋顶那盏配着白纱灯罩的吊灯。夜已经很深了，可能一点，可能两点，可能三点……他已经疲倦于看表，疲倦于思想，长久的"等待"已快使他发疯了。天气又热起来了，即使这样静静地躺着，他仍然觉得脖子下面都是汗："你最好告诉我，你最近到底在忙些什么事情？"

　　采芹在床沿上坐了下来，她还穿着表演的服装，一件玫瑰红的软缎长裙。他的眼光从那苍白的灯罩上调回来，投注在她身上。许多人都不适合穿玫瑰红，他想着。但是，她穿起来却娇艳得"要命"，丝毫没有土气和火气，她像天边的一朵彩霞。他心里有些疑虑地想着，彩霞，世界上从没有人能抓住彩霞。

　　"我不是已经告诉你了吗？"她有些心虚，声音就显得相当闪烁，"我工作的时间加长了。"

　　"加长了？从早上十点到——"他终于抬起手腕来看了看表，

"凌晨两点钟？请你告诉我，哪一家餐厅营业时间这么久？你那家'鹦鹉窝'是违规营业的吗？……"

"喜鹊窝。"她轻声更正着。

"我不管它是什么猪窝狗窝！"他从床上坐了起来，眼睛直直地瞪着她，"我只知道你不对劲了！采芹，"他把声音放柔和了，"你是怎么回事？你到底是怎么回事？你确实在'喜鹊窝'工作吗？"

"当然。"她惊悸地回答，眼睛大睁着，凝视着他。心脏却在怦怦跳动。不能让他知道殷振扬的事，不能让他知道她"拼命"在帮哥哥还赌债，不能让他知道殷家的阴影又回来了，不能让他知道她在"跑场"。她今晚是回家太晚了，但是，怎么办呢？"绿珊瑚"咖啡厅加了消夜一场的演奏，弹到现在，她实在无法抽身啊！她已经每根骨头都在痛了，她的手指都要断了，她只想躺下来赶快休息。"你知道台北的餐厅，虽然明文规定是到晚上十二点，"她勉强地解释着，"暗地里，到凌晨两三点，照样营业的也有。"

"为什么以前你不需要工作到这么晚呢？"书培的狐疑更深了，"你有秘密吗？你有瞒着我的事吗？"

"哦！"她从床上跳了起来，抓起床边的浴袍，逃避似的说，"不要疑神疑鬼吧！我一直在弹琴，没有秘密，真的。"她很快地看了他一眼，"我要去洗个澡，我累了！满身都是汗。"

他不再说话，把双手枕在脑后，他半靠在床头上，目送她的背影消失在浴室门口。他就呆呆地望着那浴室门口发怔，心里像有十七八锅热油在同时煎熬着。采芹，你不是个撒谎的能手，别人撒谎能够不动声色，你却连眼光都不敢和我相对！他咬住嘴唇，为什么会这样？她为什么会变了？是的，她始终在变，她缓慢地变，你自己也明知道她在变！他又想起今天下午，陈樵对他说的话了：

"本来不该告诉你的，乔书培，可是我实在熬不住了。你现在在设计公司也拿好几千一个月，你就那么需要采芹出去工作吗？"

"怎么？"他困惑地问，"有什么不对？"

"你不觉得有什么不对吗？"陈樵有些气呼呼的，接着，就长叹了一声，"好在，你和采芹也只是同居而已。"

"什么意思？"他惊愕了，有些心慌胆战起来。是的，不对！最近什么都不对，她早出晚归，成天看不见人影。深更半夜，他常常已经熟睡了她才回来，回来后就疲倦得什么似的，连温存的时间都没有了。"我太累了，书培。""我很抱歉，书培。"总是这样的，她躲避他，她拒绝他，而他却不知道是从何时开始的！"你发现了什么事吗？"他问陈樵，心里已隐约地猜到了一些。

"本来不该告诉你的。"陈樵又说。

"说吧，少婆婆妈妈了！"他大叫。

"知道林森北路有家咖啡馆叫'绿珊瑚'吗？"

"不知道。"

"我就猜到你不知道"，陈樵闷闷地说，"昨晚我和何雯在那儿，我们见到了采芹。她不是一个人，有另外一个弹电子琴的男人和她在一起，他们表演了双人奏……"陈樵呆望着他，"采芹没有发现我们，那咖啡馆光线很暗，我们又待在一个角落里。可是，我们看他们却看得很清楚……"陈樵蹙紧眉头，从牙缝里迸出了一句话，"他妈的！乔书培！天下女人多得很，别认定一个殷采芹吧！"说完，他转身就走。

他一把握住他胸前的衣服。

"说清楚一点！"

"还要怎么清楚？"陈樵一股代他"窝囊"的样子，"那男人又高又帅又有性格，弹一手好琴，采芹跟他在一块儿。他们……"他瞪着乔书培，"书培，我们都恋爱过，是不是？我不会看走眼的，他们——亲热得厉害！那男的对她嘘寒问暖，一会儿递酒，一会儿递咖啡，已经无微不至了！"

他几乎昏倒。第一个冲动是立即赶到那个什么"绿珊瑚""红珊瑚"的地方去，把他们一起捉住。但是，理智立即克服了这股冲动，或者，是陈樵神经过敏！或者，是陈樵安心破坏，他们一直就反对他和采芹，他们一直投苏燕青一票！不不，不能莽撞，他宁愿听采芹自己说。这是不可能的事，绝不可能的事！他的采芹？他那一往情深的采芹？怎么可能？怎么可能？怎么可能？他为了她，连过年都不回家，他为了她，连父子亲情都置之不顾！天知道，他多想父亲！可是，为了她啊！他以为，他们曾有过的冷战时期都过去了，最近，他们已经不再怄气，不再吵架了！难道……难道……这种"平静"竟意味着她的"变心"和"背叛"！他不敢想了，真的不敢想了。

于是，他回了家，耐心地等待着她，在每一秒钟，每一分钟的煎熬里等待着她，在那要撕裂他的痛楚和郁怒下等待着她——直到她终于回来了。

现在，乔书培瞪视着那浴室的门，心里就像火烧般烧灼着，烧得他头昏昏目涔涔而五脏翻腾，烧得他每一根神经都痛。天哪，采芹！你不能这样对我！你不能！即使我们之间还缺一张婚约，但是我们早就有了百年之盟，你怎可以这样？我不问你的过去，不计较你的失足，你怎可这样对我？天呵，采芹，这太不公平，太不公平，太不公平了！他咬紧牙关，脑子里又响起陈樵的话：

"我看你最聪明的办法，是拔慧剑，斩情丝！你要知道，咖啡厅哩、餐厅哩……都是鱼龙混杂的地方。采芹，多少是个'半欢场'中的女人！你不能对她要求太高！"

不行！这太不公平了！太不公平了！采芹，如果你背叛了我，我会把你杀掉！我会把你撕碎！我会把你连皮带骨，吃到肚子里去！哦，他摇摇头，猛烈地摇摇头，摇醒了自己的意识。哦，采芹，你知道我不会伤害你，请你也不要伤害我吧！我宁愿听最恶毒的真实，不要听最美丽的谎言！

采芹从浴室里出来了，她穿了件纯白的睡袍，站在那儿，纯净得像个天使。他依然靠在床上，目不转睛地看她。采芹，你是天使吗？还是魔鬼呢？

采芹走到床边，坐了下来，她累得一点力气都没有了，累得只想躺下去，关若飞是对的，这种连续的弹奏会要人的命，幸好是关若飞和她搭档，帮她换手。但是，她仍然觉得自己每根骨头都松了，散了。而且，她的头已经痛得快裂开了，过多的咖啡，过分紧张的跑场……她真的快吃不消了。她轻叹了一声。

为什么叹气？他仍然盯着她。没有柔情，没有蜜意，你满脸的倦怠，满眼睛的憔悴。和我在一起，已经变成是你的折磨和负担了吗？傻啊，乔书培！这么多日子以来，你是个睁着眼睛的瞎子，你居然看不出她对你的厌倦！

"采芹！"他低唤了一声，喉咙是沙哑的。

"嗯？"她轻应着，心里又惊悸了起来。唉唉，别再追问吧，别找麻烦吧，我已经累得快死掉了。她躺下身子，把头深深地仰靠在枕头里，放松了四肢。

他伸手摸到床头的烟，取了一支，他燃起烟。坐在那儿，他回头看着躺在他身旁的那张脸。她瘦了，她很苍白，她憔悴而无神……她不是那个被他的爱所滋润着的女孩。他失去她了。他深抽了一口烟，重重地喷出去。他思索着，想着要怎样跟她开口，烟雾弥漫在小屋内。她轻咳了两声，伸手放在他身上。

"别抽太多烟，"她呢哝地说着，打了个哈欠，"会影响你的身体。"

"你不是也抽烟吗？"

"戒了，早就不抽了。你不许的，你忘了？"她翻了一个身，把脸藏进枕头里，似乎准备睡觉了。

"采芹！"他沉声喊，"我们谈一谈，行不行？"

"明天再谈吧，明天，好不好？"她睡意蒙眬了。

"不行！"他大声说。

她惊跳起来，眼睛睁开了，她仰望着他，心里在哀求着。书培，让我休息吧，你不知道我有多疲倦！他瞪视着这对眼睛，灯光下，这对眼睛迷迷蒙蒙的，像隐在薄雾里的星光。天哪，她多美丽！他不要失去她，他不要！他不要！他不要！他伸出手去，颤抖地触摸着她的头发。

"采芹，你辞掉餐厅里那个工作吧！马上辞掉！明天就不要去上班。我现在有工作了，我可以养活你，只要我们把生活水准稍稍降低一点，我可以养活你！”

“书培！”她惊喊，抬起睫毛来，真正地清醒了，“不行，书培，我需要那个工作！”

“需要是什么意思？”

“我……我……”她嗫嚅着，“我喜欢那工作！”

“喜欢？”他的声音提高了，“喜欢弹琴？还是喜欢餐厅里的灯红酒绿？还是喜欢那些捧你场的人？还是喜欢有人对你献殷勤……”

“书培！”她喊，用双手抱住了他的腰，“你不要找我麻烦，你不要！”

不要找你麻烦？他惊悸地望着她，迷惘而混乱。再找你麻烦，你就会离开我了？他用手扳起她的头，她被动地翻了一个身，那白纱的睡袍领口好低，她那白皙的肌肤半露在他眼前。他伸过手去，微带痛苦地去触摸她，你是我的，你是我的，你一定要是我的！她抓住了他的手，滚开了身子，她叹口气：

“不要！我累了。”

累了？累了？累了？一个晚上，你讲了几百声累了？在这一刹那间，他想撕碎她的衣服，他想剥光她，他想蹂躏她，他想占有她，他想挤碎她，他想压扁她！但是，当他看到她眼里那种求饶似的表情，当他看到她面庞上那种“疲倦”，他整个心脏都掉进了冰窖里。她不要你！他深吸着烟，把眼光从她脸上转开了，有种深深的愤怒和近乎绝望的情绪，把他抓牢了。他望着窗子，一语不发，只是闷闷地吞云吐雾。

　　她注意到了他眼底的悲哀和失望，顿时，歉意和后悔捉住了她。她悄悄地伸手去握他的手，告诉他吧！她心里涌起了一个强烈的欲望，告诉他吧！把殷振扬的事告诉他，把跑场的事告诉他，把她的烦恼告诉他……可是，他会怎么做呢？他又会怎么衡量她呢？有个关在牢里的父亲，有个吃喝嫖赌的哥哥……她能再把自己的"债"去加在他的身上吗？他已经对她的评价越来越低了，她能再让他对她多一层轻视？不不，这是她一个人的烦恼，她只有一个人去解除。殷振扬已经赌咒发誓地说过了，只要还清了这笔债，他会从头做起！他正在学开车，他会去当计程车司机，他会去赚钱养活自己！唉！等以后再告诉他！等以后！如果现在说了，他一定不会允许她跑场，他会和殷振扬冲突、打架，他会轻视她——"你已经弄得一塌糊涂了！你已经身败名裂了……"不不，她不能说！

　　他把手从她手中挣了出来，熄灭了烟蒂，他再点燃了一支。

　　你生气了！她想。别生气吧！等以后我再告诉你，等以后，等以后，等以后……她太疲倦了。合上眼睛，她再也无力于思索，她太累了，她睡着了。

　　她是被一阵敲门声所惊醒的，迷迷糊糊地翻了个身，她看看手表，九点半了，她越睡越晚了。再看看身边，乔书培早就起床了，她四面找寻，屋里没他的影子，是了，他今天第一节就有课。敲门声又急促地响了起来，九点半？谁会来？八成是收瓦斯费的。她高声说：

　　"来了！来了！"

　　翻身下床，她仍然浑身酸痛，仍然疲倦得要命。拂了拂散乱的头发，披上一件晨褛，她往门口走去。客厅桌上，有张纸条竖在花瓶上。她伸手拿了起来，心里有些发愣。书培留纸条给她？书培为什么留纸条给她？她低下头去，念着纸条上的字：

    采芹：但愿你自己知道你在做些什么！我曾希望你能出淤泥而不染，看样子我错了！我一夜没睡，你却睡得很熟，我不知道在这种情况下你怎能熟睡？你使我痛心极了！今晚，你可否留一点时间和我长谈一次！采芹，认清楚你自己吧，你伤害我已经够深了，是不是还预备继续伤害下去？

书培于清晨

    又及：你知道清晨也有彩霞吗？从我们朝东的窗子，一样可以看到彩霞满天，所不同的，早晨的彩霞之后是日出，黄昏的彩霞之后是黑暗，不知道属于我们的彩霞，是黄昏的，还是清晨的？

    她把纸条压在胸口，心脏"咚"的一下沉进了地底。天呵，昨晚发生了些什么？天啊，他为什么要写这些？天啊，她伤害他？她怎样伤害他了？天啊，她昨晚到底做错了些什么？……她忽然觉得四肢发软，觉得周围的空气都冻住了。再拿起那纸条，她想重读一次。

    敲门声"砰砰砰"地响着，外面有人在嚷了：

    "有人在家吗？有人在吗？"

    哦，瓦斯费？电费？水费？这个节骨眼儿，还有人来收费！

她冲到房门口，一下子打开房门，懊恼地问：

"干什么？收……"

她蓦然住了口，她的嘴张在那儿，眼睛瞪得好大好大。有一瞬间，她觉得自己脑子里简直没有思想，觉得四肢冰冷而心跳停止。即使门外是个妖怪，是条恐龙，也不能让她更震惊了。那门外，提着个旅行袋，带着仆仆风尘挺立在那儿的，竟是满头白发的乔云峰！

她吓愣在那儿。乔云峰也吓愣在那儿了。他比她的吃惊似乎更大，愕然地站在门口，他呆呆地瞪着她，似乎完全不相信自己的眼睛，完全不相信这个事实，他的眼光发直，里面盛满了恐惧、惶惑、迷惘和不解。

采芹首先恢复了神智，天哪！她疯狂地想，不要这样子见面！不要这样子！她低头看着自己那敞开的睡袍，那拖在身后的衣带，她才从床上爬起来，她知道自己是怎样一副披头散发衣冠不整的狼狈相。转过身子，她飞快地往房间里冲。冲了一半，想想又不对，天啊，总不能把乔云峰这样"冰"在房门口。她又冲了回来，急得想哭，狼狈得想哭，她用手抓紧了胸前的开岔处，该死！为什么要买这件低胸的睡袍呵！她望着乔云峰，战栗地、口齿不清地说：

"乔伯伯，您先请进来坐！我去换件衣服。"

乔云峰清醒了过来，眨动着眼睑，他仍然用不信任的眼光，望着面前这个乱发蓬松、酥胸半露的女孩。殷采芹，居然是殷采芹，那白屋里的女孩？不不，这哪儿是白屋里的女孩？白屋里曾有过一个很纯很纯的小女孩儿，这儿站的，却是个充满诱惑力的、风情万种的成熟女子啊！他抽了口冷气，还抱着万一的希望，他困惑地问：

"书培给了我这个位址，我是不是弄错了？他并不住在这儿，是吗？"

"不不，"采芹慌忙说，"他是住在这儿，现在上课去了，您先请进来坐！"

乔云峰迷惘地走了进来，迷惘地四面张望，迷惘地在椅子里坐了下来，采芹飞快地说：

"您先坐一下，我马上就来！"

她冲进了卧室，把手中的纸条放在梳妆台上。她手忙脚乱地换衣裳，好不容易，才穿上件简单的、家居的蓝色洋装。对着镜子，她飞快地梳着头发，又冲进浴室去洗脸刷牙。重新走出来以前，她站在卧室里，用手在胸前画着十字，嘴里乱七八糟地低声祷告着：

"上帝啊，老天啊，圣母玛利亚啊，观世音菩萨啊……你们帮帮我吧！帮帮我渡过这一关吧！"

终于，她走了出来。心情已经平定了很多，反正，乔云峰已经见到她了，反正，是逃也逃不掉了。倒了一杯茶，放在乔云峰面前，她像个待宰的囚犯。

"乔伯伯，您喝茶。"她低声地说。

乔云峰抬头看了她一眼，他的神色仍然是迷惘的，迷惘、困惑而不知所措的。采芹看着他，心里忽然涌起一股近乎怜悯和同情的情绪，她有许多年没见过乔云峰了，她不知道他已经是个老人了。满头白发，额上都是皱纹，戴着副近视眼镜。他仍然具有以前那种书卷味，可能还更深了一些，他看起来文雅而高贵。那种高贵，像是与生俱来的，像是随身携带的，像是生长在他眉间眼底的。那种高贵，也就是乔书培所具备的。但是，现在，这个高贵的老人显然陷进了一个完全迷惘的境界里，他迷失而无助，孤独而瑟缩。

"我不知道——书培到底是在做什么？"他喃喃地开了口，讷讷地说着，"我有一年多没有看到他了，他说他很忙，不能回去。我……我想，那就让我来看看他吧！他……他……"他抬头望着采芹，住了口，怔怔地发着呆，眼底的迷惘更深了。

"他很好！"采芹立即说，像个罚站的孩子般站在老人的前面。"他真的很好，在设计公司兼了个工作，又在帮苏教授编书……"

"是的，苏教授！"老人的眼睛闪亮了一下，立即又黯淡了下来，"我以为……以为……那女孩叫苏……苏……"他又住了口，低下头去，他手中还拎着那个旅行袋。

"苏燕青！"采芹不知不觉地接了口，"她叫苏燕青，书培和她很……要好。"

乔云峰再度抬起头来，困惑地看着她。

"可是，你……你怎么在这儿？"他糊糊涂涂地问，眉头轻锁着，"他们告诉我，你……嫁给了一个法官。"

老天哪！采芹抽了一口冷气，乔云峰也知道这件事了。她突然有狂笑一场的冲动，老天，命运和她开了多么大的一个玩笑！殷振扬的话对了！采芹，你已经弄得一塌糊涂了，你已经身败名裂了！没有一个正经人会接纳你了！她闭了闭眼睛。

"不是法官，"她空空洞洞地、无力却坦白地说着，"是个律师。我也没嫁给他，他家里早就有了太太。一年多以前，我就离开那个人了。"

"这就是书培不回家的原因了？"老人望着采芹，这次，他是直视着采芹了，"你们……是结婚了？还是……同居了？"

"同居。"她低声说，迎视着乔云峰的眼光，"他说……在您同意以前，不……"她咽掉了下面的话，怔怔地看着乔云峰，忽然觉得这句话是毫无意义的。她也在这一刹那间，明白了一件事，明白书培为什么不肯带她回家了！这会杀掉乔云峰！事实上，她已经杀掉他了！那老人又孤独又无助又绝望地坐在那儿，下意识地捏着手里的旅行袋，他好老啊！像是已经一千岁了。他走进这屋子之前，是个六十岁的老人，现在，是个一千岁的老人了。他注视着采芹，镜片后的眼光模糊而涣散：

"他……他……他小时候很听话，"他喃喃地说着，"他有才气，从小就爱诗词，爱画画，我知道他……总有一天，会出人头地。"

"他已经出人头地了。"她热烈地说，不由自主地想安慰和鼓励这个老人。她说得又热烈，又急促，又真挚："他的画被教授推荐到西班牙去参加画展，他的设计是第一流的，虽然他不能定时上班，设计公司还是宁可出高薪用他。苏教授说他的文学修养赛过中文系的高材生，要在他的著作上加上书培的名字……他已经出人头地了，他什么都做得最好，他是——十全十美的！"

老人呆呆地看着她，眼底是一片迷蒙。

"是吗？"他迟疑地问，语气有些恍恍惚惚，"或者，我对他期望太高了。我总希望他是……完美的。不只……完美的人格，还有……完美的人生……我……我……"他对采芹虚弱地笑了笑。这笑容竟比他的迷惘无助更打击了她。他老得好快啊，他已经有一万岁了："我是个守旧顽固的老头子，他知道。所以……他……他……他就不敢回家了。"

他站起身来，茫茫然地拎起了旅行袋。

"我走了。"他说。

"乔伯伯！"她惊喊，"您去哪儿？"

"回家啊！"

"您还没见到书培呢！"她急促地说，"您坐着，我给您到学校找书培去，半小时之内就回来！"

"不用了。"老人凄凉地说，仍然对她虚弱地微笑着，"你会照顾他，是不是？"

采芹深深地吸了口气，她的声音忽然变得坚定而冷静：

"我不会照顾他。今天的大学生和以前不同了，和一个女朋友同居几天，不算什么严重的事。他真正要娶的人是苏燕青，那是个毫无瑕疵的女孩子，您一定会喜欢那个女孩！对不起，乔伯伯，我不能帮您照顾他，只有苏燕青才能照顾他！"

老人怀疑地望着她。

"你确定吗？"

"乔伯伯，您和我一样了解书培，他如果真要娶我，他早就娶了！"

老人眼底闪过一抹奇异的光芒，他仍然拎着旅行袋走向门口，他的背脊略略佝偻着，瘦长的影子孤独而落寞。但是，他身上那种高贵的气质依然存在，即使是在那衰老的仪容下，仍然有着炯炯发光的本能和灼灼逼人的威力。他退向了门口，凝视着她：

"答应我一件事。"

"什么？"

"不要告诉他我来过了。"

她闭上了眼睛。残忍啊，乔云峰！你为什么不能接纳我？你为什么把我看成污点？你为什么也像一般人那样轻视我？你走了！不要告诉书培你来过了！那么！当他带着苏燕青去见你的时候，殷采芹这段丑陋的历史是在他生命里根本没有存在过了！她咬咬牙，睁开眼睛来的时候，她发现乔云峰正对着墙上的一幅画像凝视着，那是她站在窗前，以彩霞满天为背景而画的那张油画。老人问：

"是他给你画的像？"

"是的。"她回答，心底掠过一抹深切的痛楚，她微笑起来，"注意到背景的彩霞了吗？彩霞有两种，清晨的彩霞之后是白天，黄昏的彩霞之后是黑夜。我后面的彩霞，是黄昏的彩霞。"

老人深深地看了她一会儿。

"你答应不告诉他我来过了？"他问。

"我答应。"她点点头。

他走了。她没有送他下楼，只站在小屋门口，目送他孤零零地穿过"日日春"的小径，孤零零地走下楼，他那瘦削的背影，消失在阳台的转角处了。

她折回到屋里来，慢吞吞地走到梳妆台前，她望着镜子里那张苍白而憔悴的脸庞，你也老了！她对自己说：你也有一千岁了！她又看到书培留下的纸条了，她打开纸条，一次又一次地读着：出淤泥而不染？你错了？我该是污泥里的污泥了。伤害你已经够深了？是不是还预备继续伤害下去？不不！书培，我再不伤害你了，我再不玷污你了！我再不拖累你了！她把头匍匐在梳妆台上，一任眼泪慢慢地泛滥开来。

第
二
十
二
章

　　这天，乔书培一天都很忙，整天的课，外加设计公司开会，他忙得连喘气的时间都没有。晚上六点多钟，他才赶回家里。事实上，他今晚七点还要去苏教授家工作，而多日以来，采芹也没时间开火做饭，他明知道这个时间回家，既没有饭吃，采芹多半也已经出去了。可是，他就忍不住要跑回去一趟，整天，他心里一直有种隐隐的痛楚，这痛楚压迫着他的神经，使他心慌而意乱。当他走上小楼的时候，他才想起自己一早所写的那张纸条。"你让我痛心极了！"不，采芹，他心里悠悠长叹，不是痛心，而是恐惧，天知道他有多恐惧，恐惧失去她，恐惧她被别人抢去！恐惧她变心！恐惧她对他不再依恋了。他不太记得自己到底在纸条上还写了些什么，写的时候，他是在一份抑郁愤怒和激情里。或者，她今晚不会去上班了，在收到他这样的纸条后，她多半不会去上班了。他要把握机会和她好好谈谈，如果真有个第三者闯入了……天，他硬甩甩头，去他的第三者！那是陈樵的陷害！一定的！

走进小屋的时候，他几乎已经说服了自己，采芹一定在家里等他。因而，一进门，他就扬着声喊：

"采芹！"

四周静悄悄的，静得离奇。他忽然觉得心往下沉，忽然觉得手足冰冷，忽然觉得一阵冷飕飕的凉意，从他背脊上生起……有什么不对了！这小屋整洁得过分，简直是纤尘不染的。他疑惑地四面张望，触目所及，是墙上那幅画像不见了！他的心狂跳，不祥的预感顿时对他当头罩下来，他直冲进卧室，恐慌地大喊着：

"采芹！采芹！采芹！"

卧室里寂无回声，他奔到壁橱前，一把打开橱门。正如他猜想的，采芹所有的衣服都不见了！他再拉开所有的抽屉，她拿走了她所有的东西，她走了！她走了！她走了！一时间，他觉得狂暴而昏乱。她走了！她怎么敢走？她怎么能走？她为什么要走？他满屋乱绕，心里还存着个万一的想法，她不是走了。她把衣服送去洗了，她去弹电子琴，马上就会回来。他跌坐在床沿上，于是，他发现枕头上放着一张信笺。哦！她留了信笺！一定是告诉他，她马上就会回来，他一把抓起了信笺，读着上面的文字：

书培：

你留下的纸条，我已经一读再读，深知我对你伤害已深。我不是个好女孩，我早已失足，早就陷于污泥，而不能"不染"。我再三思量，我不能，也不忍再伤害你了。

所以，我走了。希望你善自珍重，我永远在我的小角落里，默默地祝福你。我取走了那幅画像。相聚一场，算你送我一点纪念品吧！好可惜，那彩霞，是属于黄昏的。

请不要伤心，请不要难过。人生，本就像一场戏剧，最后，你所看到的一定是"剧终"两个字。好在，一幕戏完了，总有另外一幕戏取而代之。我可以预料，你的生活将因我的离去而更充实。最起码，你不会生活在残缺里——你还有个望子成龙的老父，别忘了呵！

我走了，不会再回来了。请代我问候燕青，当然，还有陈樵和何雯。你看，我走得是平平静静的。书培，与其我们将来在彼此怨恨中分手，还不如在这种"平静"中分手，你说对吗？祝幸福！

采芹

他有几分钟不能思想，只是呆呆地坐在那儿，呆呆地面对着这张信笺，呆呆地陷进了一片虚无。然后，他有些清醒了，她走了！这三个字像一辆十轮大卡车的轮子，不，像坦克车的轮子，重重地从他心底辗过去。她走了！他骤然跳了起来，冲到窗台前，把花盆一把扫落到地下，他再冲入客厅，把茶杯、花瓶、日日春、咖啡壶统统扫落到地上去。在那一阵"乒乒乓乓""稀里哗啦"的巨响和破裂声中去发泄自己心底的悲愤。走了！她就这样走了！"平静"地走了！只为了他早上留了一张纸条给她！

天哪！他用手抱住了头，他在纸条上写了些什么？他死命捧住自己那要裂开的头颅，就是想不清自己到底写了些什么。但是，他伤害她了，他逼走了她！这念头使他直跳起来，所有的血液都在体内汹涌翻腾。不！她不是"平静"地走，她不是"存心"要走。她是生气了！她也是人，当然也会生气！他一定写了很多混账话，所以把她气走了。他模糊地想起，上次他们吵架之后，她也曾经用"沉默"来抗议，但是，后来，她毕竟是原谅了他！她总是原谅他的，不论他做错了什么，她总是原谅他的。那么，这张小纸条不会有多严重了，只要他找到了她，只要他对她解释清楚，只要告诉她，都是陈樵闯的祸……他不是有意要留那张纸条，不是有意说她伤害了他……天哪！他要找到她，就是把台北市整个拆掉，他也要找到她！就是把每一寸土地踏平，他也要找到她！

冲出了小屋，他连门也不关，就直冲下四层楼。第一个想到的地方，就是"喜鹊窝"。叫了一辆计程车，他直驰往"喜鹊窝"，显然，这是家很有名的餐厅，车子一直停在餐厅门口。他看看手表，七点整！这正是餐厅上市的时间，她应该在这儿，老天，让她在这儿吧，她一定要在这儿，她必须在这儿！

伸手去推门以前，他就听到电子琴的琴声了，他怔了怔，不由自主地呆立在那门口，他听着那琴声，正流畅地弹奏着一支老歌，一支他熟悉的老歌：

把酒问青天，

明月何时有？

莫把眉儿皱，

莫因相思瘦，

小别又重逢，

但愿人长久！

……

　　哦，他如释重负，她在里面！她确实在里面！她弹这支歌，因为她还想着他！感谢天！他能立即找到她！感谢天！他深吸了口气，轻轻地推开门，他不想打断她的弹奏，他悄悄地"溜"了进去。于是，他立刻看到她了，她坐在台上的电子琴前，穿一身全黑的衣服，衬托得那脸庞特别地白，那眼珠特别地黑……她正专心地弹奏，那么专心，好像周围什么东西都不存在……他悄悄地在一个不受注意的角落里坐了下来，叫了一杯咖啡，就用手托着下巴，一瞬也不瞬地盯着她看，用全心灵去听她弹奏，用全心灵去"吞噬"着她的美。依稀恍惚，他觉得有个小女孩儿，正扳着他的手指，去弹那和他无缘的钢琴：多米索米，多米索米，多米索法……唉唉！又错了。你是笨蛋！乔书培，你一直是笨蛋！你早就该坐在这儿，听她弹一曲，你就会更深地衡量出她对你的爱，以及你对她的爱，那么，你就不会写那张混账条子给她了！

　　那支曲子弹完了，采芹在翻着琴谱。忽然间，客人中有人高声地鼓起掌来，鼓得又响又急骤，不知是捣蛋还是欣赏，反正破坏了大厅中的幽静。书培皱着眉头看过去，于是，他大吃了一惊，那是张熟悉的面孔，那高举双手猛拍的竟是殷振扬！怎么，他又跑出来了？怎么，采芹一个字也没对他说过？他困惑地望着殷振扬，于是，他看到有个穿着咖啡色丝绒上装的男人，从一个黑暗的小角落里站起来，径直走向殷振扬。他在殷振扬对面坐下来了，不知道对殷振扬低声说了句什么，殷振扬停止了鼓掌，笑着靠进椅子里，大声地说了句：

"姓关的，你怎么说就怎么好！谁叫你是我妹夫呢！哈，我这个倒霉蛋，专当人大舅子！"

这是什么话？乔书培情不自禁地对那个姓关的看过去，灯光下，那男人有一张非常吸引人的脸孔，轮廓好深，挺直的鼻梁和深邃的眼睛，黝黑的皮肤和浓浓的眉。他燃起了一支烟，又对殷振扬说了句什么，殷振扬就笑了起来。小弟送了一瓶酒去，他们在开瓶、倒酒、碰杯、喝酒。

书培心里有些恍惚，头脑里有些发晕。他瞪视着殷振扬和那"姓关的"，看他们微笑，谈天，举杯，喝酒。然后，书培觉得琴声有阵混乱，显然采芹弹错了音，那"姓关的"直跳了起来，似乎有尖锐的东西刺伤了他，他立即抛下殷振扬，站起身来，走上台去。书培也往台上看去，心脏一下子跳到了喉咙口。采芹已停止弹琴，她用手支着额，正倚靠在琴盖上，似乎不胜怯弱。姓关的直冲上去，用手一把扶住了她，在她耳边低语了两句话，采芹摇摇头。姓关的坐了下来，琴声继续下去了，姓关的接替了采芹，他弹得如行云流水。采芹低垂着头，她整个人，似乎都倚靠在"姓关的"的怀里。

书培的心神更恍惚了，头脑更昏晕了。陈樵的话重新在他耳畔响起：

"她不是一个人，有另外一个弹电子琴的男人和她在一起……他们亲热得厉害……"

他的呼吸急促了，他死死地盯着采芹和姓关的。采芹慢慢地站了起来，把电子琴完全交给了那个人。书培注意到那人给予了她一个最关心最温柔最怜惜的凝视。天哪！书培的心脏绞扭了起来，五脏六腑都绞成了一团。怪不得殷振扬喊他妹夫，他懂了！他终于懂了！怪不得采芹决意离开他，他懂了，他终于懂了！怪不得最近采芹不回家，他懂了，他终于懂了。她真的有了一个第三者，她真的变了心，背叛了他，他懂了，他终于懂了！

采芹走下来了，她一直走到殷振扬的座位上，坐了下来。殷振扬递给他妹妹一杯酒，他的嗓门依然很大：

"我看你的身体糟透了，你应该去看医生！"

采芹虚弱地笑了笑。该死！她那笑容依然牵引着他，像有根细线从她身上直通他的心脏，她一颦一笑都拉扯得他心痛。采芹握住那杯酒，一饮而尽，她又用手支着额，呆坐在那儿，殷振扬递给她第二杯。该死！你要灌醉她吗？他再也按捺不住，从自己隐藏的角落里站了起来，他连想都没想，就径直走向了采芹和殷振扬。

他站在他们面前了。

"我能不能加入你们，也喝一杯？"他沉着声音问。

采芹蓦然抬头，脸色变得比纸还白。

"书培！"她喃喃地喊，"你来做什么？"

"这儿是公共场合，没有挂牌子说不许我进来啊！"他说，拉开了椅子，坐了下来。

"哈！"殷振扬怪笑了，看看乔书培又看看采芹，再看看那正往这边注视的关若飞。"真是一次伟大的聚会！"他对乔书培举杯，"欢迎，妹夫！"

又是妹夫？书培心里比雪还明白了。他端过采芹面前的酒杯，一口气灌了下去。直视着采芹，他说：

"你知道你是什么？你是只狗熊！"

采芹睁大眼睛看着他，不知道他在说什么。

"听过'熊捡棒子，捡一支丢一支'这句话吗？"书培说，微笑着，"东北人把玉蜀黍叫作'棒子'，狗熊常常半夜到玉蜀黍田去偷棒子，它们又笨又贪心，看到了棒子，就用左手把它捡起来夹在右胳肢窝里，到了下面，它又看到另一支棒子，就用右手捡起来夹在左胳肢窝里，这样，它每一伸手，原来的棒子就掉了，它一路捡，一路丢……"他再倒满了酒杯，啜了一口，"到最后，它仍然只有一根棒子。"他盯着采芹，笑容消失了，他的眼光痛楚、怨毒而充满了恨意，"你为什么不最后再捡我？"

采芹被击倒了。她的眼睛睁得又圆又大，默默地盯着他，她的嘴微张着，拼命地吸着气，胸部一起一伏，她重重地呼吸，似乎得了呼吸困难症。她的脸色更白了，连脂粉也遮盖不了那份苍白，她的嘴唇上毫无血色。

书培看了电子琴一眼。

"他叫什么名字？"他冷冷地问。

采芹不答。殷振扬笑了。

"原来你还不知道他的名字！"他嬉笑着说，"鼎鼎大名的关若飞，他在娱乐界的名字响当当，比你这个默默无闻的大学生不知道强了多少倍！"他轻蔑地望着书培，因为他的痛苦而得到一份报复性的快乐。

书培抽了口气，是了！关若飞，他听过这个名字，采芹提过这个名字。

"这就是你要离开我的原因，是吗？"他盯着采芹，脸被酒和怒气所染红了，眼睛里布满了血丝。但是，他的声音仍然维持着平静，像海啸前的那股伏流，缓慢而凝重地流动着："这就是你最近不愿回家的原因，是吗？这就是你永远累了的原因，是吗？关若飞，这就是整个问题的关键！陈樵告诉过我，我却不肯相信，关若飞，他是你的第几根棒子？"

采芹仍然不说话，仍然只是呆呆地看着乔书培。仍然大睁着眼睛，仍然拼命地吸着气。乔书培再灌了一杯酒，他的手落在采芹的手上，盖住了那只手，他开始捏紧她，用力地捏紧她，似乎想把她的骨节全体捏碎。

"你一定早就想离开我了，是不是？你走得平平静静，你当然平平静静，因为我的留条给了你最好的借口，是吗？"他摇摇头，眼里的怨毒更深了，"你真是高段！你是第一流的好演员！你可以让我自责得差点自杀，而你却和新的男友优哉游哉地弹电子琴！你……你……"他更紧更紧地握牢她的手，"这些日子以来，你一直过着双重人格的生活，是吗？白天，你是他的，夜里，你回到我的身边，怪不得你累了！累了！永远累了！哈！"他笑了，他的笑容惨淡得像哭，"我居然为了你神魂颠倒，我是傻瓜。不过，请你告诉我一句话，关若飞确实比我强吗？"

她仍然不回答。他摇撼着她的手：

"说话！你说话！不要再做出这股茫然无助的样子来！我不会再被你这对眼睛所骗！你流泪了吗？你为谁流泪？多美丽的泪珠，闪亮得像一颗颗小星星，最好能串成一顶皇冠，罩在你那纯洁得像天使一样的小脑袋上……"

"乔书培，放开她！"

忽然，有个陌生的声音在他身边响起，他一惊，愕然地抬起头来，就和关若飞那对深刻的眼光接触了。关若飞正挺直地站在他们面前，一脸的愤怒和激动。

"乔书培，放开她！"他再说，语气里有种坚定的力量，"你弄伤了她！快放手！她已经要晕倒了！"

他望着关若飞，浓眉，深邃的眼睛，又有性格又漂亮又吸引人的脸型。鼎鼎大名的关若飞，他的名字响当当，比你这个大学生不知道强了多少倍！他松开了握紧采芹的手，直视着关若飞：

"你心痛？"他问。

"我是心痛。"他答，坐了下来，也直视着他，"如果采芹是我的女朋友，我不会伤害她一根小指头！"

"如果？"他冷哼了一声，"如果？你用了好奇怪的两个字。难道到这种时候，你们还要遮掩什么？放心，关若飞，假如采芹能为了你而整日不归……"

关若飞一把抓住了殷振扬胸前的衣服，殷振扬正在那儿看把戏似的看得津津有味。而且，他已经有了七分醉意，被关若飞这样当胸一抓，他吓了好大一跳，本能地用手臂一格，咆哮着问：

"干吗？你要跟我打架？有没有认错对象？"

"告诉他！"关若飞压低嗓子怒吼着，"告诉这个莫名其妙的书呆子，采芹为什么需要夜以继日地工作？你说！殷振扬！你告诉这个浑小子，采芹为什么要跑场，一天赶到三个地方去演奏！你说！你说！"

"不关我事！"殷振扬格开了关若飞，仍然嬉笑着，一副"隔岸观火"的样子，"大概她喜欢跟你老兄在一起，你弹她唱，她弹你唱，这叫夫唱妇随吧！"

"殷振扬！"关若飞怒不可遏，"你是个不折不扣的流氓！你为什么不告诉他，你欠下的赌债，采芹拼了命在帮你还，你为什么不说？为什么不说？为什么不说……"

"喂喂喂！"殷振扬喊着，把关若飞的身子压了下去，"这是公共场合，你一直警告我不要引人注意，你自己怎么这样乱吼乱叫的！你要我告诉乔书培什么？你何不自己告诉他？你爱采芹，不是吗？你敢说你不爱吗？如果不是有你老兄陪着采芹跑场，采芹会跑吗？怎么！你这个王八蛋！他妈的！你的男儿气概哪里去了？你连恋爱都不敢承认……"

"你们……不要吵了吧！"忽然间，一直不开口的采芹幽幽然地开了口，她用手背拭去了面颊上的泪痕，把手怯怯地伸给关若飞，她凝视着关若飞，悲哀地、温柔却口齿清晰地问，"关若飞，爱我是件很耻辱的事吗？你为什么不承认呢？"

关若飞怔住了。他迎视着采芹这对大而明亮的眸子，感到她那冰冷而微颤的手伸向了自己，他就整个心都紧缩起来了。他瞪视着她，心里有点儿明白，也有点儿不明白。她却又细细地、柔柔地说了一句：

"你不爱我吗？"

"见鬼！"他诅咒着，"你明知道我爱你！整个餐厅从经理到小弟无人不知！"

采芹轻叹了一声，回头望着乔书培。

"对不起，书培。"她轻声说。

书培狐疑地望着这一切，他狐疑地看看殷振扬，又看看关若飞，再看看采芹，他的目光停留在采芹脸上。

"你在帮殷振扬还债？"他问，"你在跑场？为什么你不告诉我？那么，你也在'绿珊瑚'表演了？……"

"不要再问了！"采芹疲倦地锁起了眉头，"哥哥是对的，如果没有关若飞，我也不会有兴趣跑场……还债，那是另外一个问题。我喜欢这种生活，书培，对不起。对我而言，你那种生活实在太单调了！"

书培的眼光又尖刻了起来，他的呼吸又急促起来，他的声音又变得沉痛而沙哑起来：

"你是什么意思？你终于承认了，你是存心要离开我？你早就想离开我了？你厌倦我了？"

"唉！"她低叹着，似乎疲倦得快死掉了，她垂下眼睫毛，望着桌布上的格子，"书培，我们的童年都过去了，你知道，童年的爱情都是不成熟的。而我们却在不停地长大，不停地改变我们自己的兴趣。你知道，这些日子，我们虽然在一起，却一直彼此伤害，你说过，我让你失去自尊，失去亲情，失去朋友……"

"那已经是过去的事！"他涨红着脸说。

"是的，是过去的事。"她低语着，"我们的现在却是由过去堆积起来的，所以，你不能把过去一笔抹杀。我们彼此都伤害太深了，在一起，只是增加双方的痛苦……"她吸了口气，"好了，说这些还有什么用呢？我承认了，我是一只捡棒子的狗熊，好了吧？你让我去吧！"

他伸手用力托起她的下巴，他命令说：

"你看着我！"

她被动地抬起睫毛来，被动地望着他。

"你离开我，是因为关若飞？"他一个字一个字地问，"还是因为我让你失望？"

"这又有什么不同？"她挣扎着说，想摆脱他的手。

"有不同！"他有力地说，捏紧了她的下巴，固定了她的视线，"如果是我的所作所为，有伤害了你的地方，有让你失望的地方……"他困难地咬咬嘴唇，那嘴唇上立刻留下两个深深的牙印，他压抑住了自己的自尊，仍然冲口而出，"我可以改！我可以为你改！我可以道歉……如果你是为了关若飞……"他又咬嘴唇，那两个牙印更深了，"我没话说，我只有撤退！"

她定定地望着他，眼光一瞬也不瞬。

"那么，"她低声而稳定地说，"我只能告诉你，是为了关若飞！"

他再看了她一会儿，死死地看了她一会儿。他那样子，就像是已经被宣判了死刑。然后，他松开了握住她下巴的手，转过头来看着关若飞，他对关若飞深深地点了点头：

"她是你的了！"他说，从口袋里掏出一叠钞票，他扔在桌上，"今晚我请客！"他站起身子，望着殷振扬，语声铿锵地说："老虎不吃自己的儿子，哥哥别喝妹妹的血！她如果有个新的开始，你——给她一条生路吧！"转过头，他再也不看采芹，大踏步地走出了餐厅，投身到门外的夜色里去了。

殷振扬愣在那儿了。半晌，他回过头来，看到关若飞也愣在那儿了。而采芹苍白着脸，身子摇摇欲坠。他大叫了一声：

"她晕倒了！"

关若飞及时伸出手去，采芹倒进了他的臂弯里。

第二十三章

乔书培一个人呆呆地坐在小木屋里。

采芹已经走了四天了。对书培而言，这四天像是四个漫长的世纪。早上起床，她不在身边，中午回家，她不在家里，晚上，是空落落的小屋盛着满满的一屋子寂寞。奇怪，以前她在的时候，他并没有特别感受到她的存在。她忙起来的时候，也经常从早到晚不在家，但是，他总知道她会回来，总感觉到她的气息，充满在小屋的每个角落。而现在，她走了，再也不回来了，他在一天比一天加深的痛苦中去衡量自己对她的爱，在那锥心的刺痛里迷失，而在那发疯般的想念里被折磨得快病倒了。

这个晚上，他就又一个人孤独地坐在小屋里，燃起一支烟，品茗着自己的寂寞。许多时候，他总幻觉有人敲门，幻觉她在外面轻呼着他的名字，当他跳起来去开门的时候，门外却一无所有。他认为，自己已经快得神经病了。从认识以来，采芹离开过他很多次，却从没有一次这样让他苦恼悲切得像个濒死的人。

关若飞，那个响当当的人物！他咬牙回思着关若飞的一切，他深吸着气。乔书培，你输了！那个关若飞比你好一百倍，一千倍，一万倍……而你又对采芹那么挑剔，那么残忍，难怪采芹变心……他跳起来，用拳头一拳对墙上捶去，那木屋整个都震动起来了。他苦恼地把背脊贴在墙上，仰头望着屋顶。天哪，采芹，你回来吧！如果我还能补救我的过失……我会用加倍的爱心来对你，我再不挑剔，再不残忍，再不对你说刺心的话了……采芹，你回来吧！他把身子转过来，把头抵在墙上，采芹，我想你，想你，想你……想得快发疯了，你回来吧！不不不，她不会回来了。他刻骨地想了起来：她再不是负气而去，她是真真正正地离开他了，她有了另一个开始，另一个男人！

他忽然听到有脚步声走上楼梯，他惊觉地竖起耳朵，屏住了呼吸，那脚步声走上阳台了，走向小屋了……可能吗？她回来了！可能吗？她听到他心底对她的呼唤了！可能吗？有心灵感应通达了她，许多小说里都写过的，她回来了！他回过身子，靠在墙上，睁大了眼睛，死死地盯着那房门，他的心脏像擂鼓似的狂鸣，震得他的耳鼓都在响，他摇摇头，有敲门声吗？有吗？

"砰砰砰！"敲门声真的响了起来。

他惊跳，动也不敢动。"幻想"又来欺骗他了。

"砰砰砰！"敲门声又响了起来。

他满头冷汗，仍然动也不动。

"书培！"门外在轻唤着，那女性的、温柔的声音！她回来了！她回来了！"书培，你不在家吗？"

我在！我在！我在！他心中狂叫，直冲到门口去了，一把打开房门，他狂喜地喊：

"采芹……"

"哦！"门外的女孩笑靥如花，两个小酒窝在颊上闪动，"对不起，不是采芹，是燕青。让你失望了！"

他往屋里退了两步，他的脸色一定很吓人，因为燕青顿时收住了笑，伸手要去扶他：

"你怎么了？"她惊呼着，"你病了而不看医生吗？你苍白得像个死人！"

"我没什么。"他挣扎着说，退到房间里，在椅子上跌坐下来。那张圆形的大藤椅，采芹在士林买回来的。她每次受了委屈，就把自己蜷缩在这张椅子里。他痛楚地蹙起眉头，为什么你要给她委屈受？她在的时候，你只会欺侮她，冤枉她，责难她……她奔波着为殷振扬还债，你却咬定她迷失堕落。她为什么不把殷振扬的事告诉你呢？她不敢啊，傻瓜，你那样自命清高，她怎敢说出来！她怕你啊，她一直像只受伤的小麻雀，像防风林里那只小麻雀……

"你坐好，我去给你倒杯水来。"燕青嚷着，往厨房里跑，接着就叫了起来，"怎么你家连开水都没有！"

"哦，"他回过神来，"我忘了烧。"

燕青从厨房里出来了，又是笑靥迎人的。

"没关系，我来帮你烧。"她走过来，仔细地看看那小屋，又仔细地看看他，叹了口气，"你怎么把房间弄得这么乱七八糟，你自己也是，你几天没刮胡子了？真是越来越有艺术家气概了！你知不知道，你已经一连两次没去帮我爸爸工作，我老爸很关心你，以为你生病了！"她俯头更仔细地看他，"你是不是生病了？"

"没有。"他闷闷地回答。

"没有？"她挑高了眉毛，眼中闪着光，"你明明生病了，而且病得很厉害，这种病的名字叫'相思病'！是一种心形细菌造成的，那细菌会慢慢地侵蚀人体，从骨头吃到内脏，从内脏吃到肌肉，最后，把整个人都化成飞灰……啊啊，这是种很可怕的病，幸好不传染！"

他想笑，但是他笑不出来。

燕青不再理他。她去厨房烧了开水，泡了两杯茶，把茶端到客厅来，她递给书培一杯，自己拿了一杯。然后，她拖了一张椅子，坐在书培的对面，收起了那副调皮的笑容，她一本正经地说：

"我们来谈谈采芹，好不好？"

他把头转开，皱拢眉头。

"你知道她走了，还谈她干什么？"

"是的，我知道她走了。陈樵都对我说了，她跟一个弹电子琴的——那人叫什么名字？"她忽然问。

"关若飞。"他机械地回答。

"哦，关若飞。"她点点头，"据说，是采芹和关若飞恋爱了，你们三个居然面对面地摊牌了，然后，你把采芹'移交'给了关若飞。是吗？"

书培的眉头蹙得更紧了。

"你一定要谈这件事吗？"他阴鸷地问。

"是的，一定要谈。"燕青坚定地瞪着他，那对大眼睛里盛满了智慧，"因为，你是当局者迷，我是旁观者清。让我告诉你一句话，采芹绝不可能爱上关若飞！"

书培浑身一震，抬起眼睛来，怔怔地盯着燕青。他的呼吸急促了起来。

"你怎么知道？"他哑声问。

"我知道。"她闭了一下眼睛，温柔地看着他。她的声音诚恳、清脆而真挚，"因为我比陈樵他们都深刻地观察过采芹，我像个科学家分析原子似的去分析过采芹，她不可能爱上关若飞，因为——你是她整个的世界，她眼里、心里、思想里、意志里……都被你填得满满的了，她根本没有多余的地位来接纳关若飞。"

他的呼吸更急促了，他的眼睛开始发光了。

"这……这只是你的想法，你没见过关若飞，那人确实是个人才，长得仪表不凡，弹一手好琴……"

她扑下身子，忽然用双手握住他的手，低声问：

"你……有没有觉得过，我并不难看？也还……有一点点可爱之处？"

他怔了怔。

"是的，你确实很可爱，不止一点点。"他坦白地说。

"那么，你为什么没有爱上我？"她率直地问，坐正了身子，"你明知道，追求我的人有一大把，你为什么没有爱上我？何况……"她深深地看他，嘴边浮起一个似笑非笑的表情，"我对你下过相当多的功夫，想尽办法来吸引你的注意，念你念的书，背你背的诗，拼命要表现我的风度和学问，拼命想压倒你那个殷采芹，甚至陪你去帮我老爸做那份枯燥得要死的工作……怎么，我仍然没有办法让你爱上我？"

"哦?"他脑子里有些昏乱，有些歉然，有些糊涂。"对不起，燕青，"他喃喃地说，"事实上，你确实很吸引我，如果没有采芹，我想……"

"要命!"她叫，脸微微涨红了，推开椅子，她站起来，在室内兜了一个圈子，回到他面前的时候，她的脸色已经恢复了平静。"你放心，书培。我不是来向你求爱的，我早就对你放弃了! 否则我也不会坦白对你说了!"她说，"我告诉你这些，只为了向你证明一件事，当你心里有了采芹以后，别的女人再强，对你也没有吸引力了。那个关若飞，他的地位和我差不多，只是比我惨! 因为他可能不像我这么潇洒。我对你，老实说，想征服你的念头比爱情多，那个关若飞……我不知道了! 假若他真爱上采芹，他就是世界上最可怜的人了! 采芹，她是绝不可能爱上他的!"

书培目不转睛地看着燕青，他又能呼吸，又能思想，又能分析，又能希望，又能振奋了。他深吸了口气，讷讷地说：

"你怎么能这样肯定? 采芹亲口对我承认，她要关若飞而不要我，你怎么能这样肯定? 假若她不爱他，为什么她要他?"

"我不知道。"她有点困惑，"或者，关若飞只是她的一个工具，一个借口。或者，是你伤了她的心，她觉得跟你在一起再也没有前途了。或者，她受到了某些压力，使她自惭形秽……像我，像何雯，都可能构成她的压力。你最好想一想，你们分手前，你是不是做了什么让她心灰意冷的事情?"

他直跳了起来。

"那张纸条!"他说。

"什么? 那张纸条?"

他叫着："我写了一张纸条给她，我写了很多混账话，天知道！我并没料到会造成这样的后果……可是，"他又萧索了下来，望着她，他摇了摇头，"这仍然只是你的猜测而已，她也很可能爱上关若飞。我们之间发生过比纸条更严重的事，她都没有这样决绝而去。不，这只是你的猜测……"

"好吧！"燕青站起身来，"我只是把我的感觉告诉你！相不相信是你的事，"她摇摇头，深思地说，"采芹，她心里只有你！"她往门口走去，抬头对室内扫了一眼，忽然有所发现地问："那张画呢？你给她画的那张像呢？到哪儿去了？"

"她带走了。她说，相聚一场，算给她的纪念。"

"这不就明白了！"燕青胜利地叫了起来，"既然根本变了心，既然根本爱上了别人，带走你的画干什么？她就该把你干干净净地从她生命里除去，还留什么纪念？她怎能每天对着关若飞，而让你的纪念夹在他们中间？你——"她瞪着他，"还没有成熟，你根本不了解女人！想想清楚吧！"她推开房门，从门口地上拾起了一封信，"嗨，有你一封信，不知道什么时候寄来的！你这个房间真乱！说不定是采芹写给你的，你也不拆封……"

书培直扑过去，一把抢过那封信，看看封面的字迹，他的心就凉了一半。不是采芹，是父亲！父亲从家乡寄来的，一定是命令他"暑假非回家不可"。哦，他已经千头万绪，心乱如麻，怎样回去？但是，如果采芹真离开他了，他就"不如归去"了。归去，归去，他又迷惘起来，他如何归去，面对那小海港，那防风林，那白屋，那岩洞，那海滩和那"彩霞满天"啊！

"我走了！"燕青在说。

他惊觉过来，抬头看着燕青，一时间，他觉得有千言万语，想对燕青说，他无法表达自己内心的感动和感激，如果没有采芹，他真的会爱她的，他想。他也真的受她吸引，他想。燕青对他温和地笑笑，眼睛闪亮地说：

"你什么话都不要对我说，只答应我一件事。"

"什么事？"

"如果有一天，你和采芹结婚了，我一定要当伴娘！"她说，翩然一笑，飞快地跑走了。

书培呆怔在那儿，如果有一天，还会有这一天吗？采芹已经走了，跟另外一个男人走了！如果有一天，还会有这一天吗？他跌进了椅子里，突然想起，他们早就可以结婚了，每一天都可以结婚，他却拖延着，拖延着，拖延着……一直拖到她投进别人怀里。为什么拖延呢？他低下头，望着父亲的来信，他对着那信封凄然微笑。慢吞吞地、机械地，他拆开信封，抽出信笺，他开始读下去。刚读了一个头，他就整个人都震动了，所有的意志都集中了，他仔细地、迅速地念着那封信：

书培：

我用了两整天的时间来思想，来考虑，我到底要不要写这封信给你。现在，我终于想清楚了，终于体会出许多我一向忽略的事情，所以，我必须写这封信给你了。

我猜，采芹一定非常守信用，她绝不会告诉你，我在前天早晨到了你们的小阁楼，和她见了面，谈了话！……我停留了大约半小时，然后，我就走了。虽然采芹曾要去学校找你，是我严词阻止了。因为，当时我被我所看到的景象和采芹的存在吓呆了，我只想赶快离开，让你不要发现我来过。既然你如此处心积虑地隐瞒我，你和采芹同居的事实，那么，你必然对我另有交代。我是从你那小阁楼里逃走了。我想，我当时是下意识地期待你的"另一交代"。你既然和她同居一年多之久，而不谈婚姻，你当然是另有打算了。

我直接乘火车回到了家里，然后，我开始思想，开始回忆，从你童年和采芹的点点滴滴，想到我这次和采芹的"意外见面"。你相信吗？书培，我想得越多，想得越久，我就对采芹的同情越深，好感越重。前天早晨，我们只匆匆地交谈了数语，我没见过比她更敏感而聪明的女孩，她立即发现了我对你的失望，对这整个事件的失望（不可否认，它当时对我像个致命的打击）。她那样迫切地急于安慰我，甚至一再表示她和你只是'暂时同居关系'，你的真正女友是苏燕青。而当我对你的成就怀疑时，她又那样满脸发光地赞扬你、谈你、说你。你的画、你的设计、你的文学编撰工作……她把你说得像个世界上唯一仅有的天才。哦，书培，在那一刹那间，我就了解了一件事，她对你的爱绝不亚于我对你的，虽然这两种爱的性质不同。甚至于，她给我一种感觉，她比我更爱你。我爱你，因为你是我的儿子，她爱你，因为你是你。我爱你，还想占有你，她爱你，连

"占有"的念头都"不敢"有。因为，她自觉她是那么渺小，渺小得像只蚂蚁，像一粒细沙，哪一只蚂蚁或细沙可以"占有""世界"呢？书培，如果当时我不能体会，我现在已经完全体会了。我几乎不太能了解你怎会变成她的"世界"，但是，我想，在她是个小女孩儿的时候，你就已经是她的"世界"了。

不可否认，我一直是个思想保守、生活拘谨、道德观念深重的老人，我固执而严肃。对采芹，我从头就不赞成，我不喜欢她的家庭，不喜欢她的父母，不喜欢她的哥哥，也不喜欢她那段"历史"！你是对的，你宁可躲在台北，而不让我知道采芹的存在，你知道这样会给我太大的打击。哦，书培，你这样"孝顺"我，你预备以后把采芹怎么办？当你必须面对我的时候，你是不是就准备牺牲采芹了？你是不是真狠得下心来打破她整个的世界？你有没有认真衡量过，她在你的生命里，到底有多少比重？如果你没有衡量过，我却衡量过了。我看到了那张画像，你给她画的像，她站在彩霞满天的窗前，浑身沐浴在金色的阳光里……发光的不是天空，而是采芹！书培，我知道了。如果她不是你的"世界"，她起码也是你的"阳光"了。

这两天来，我在和我自己"交战"，不知道我该对这件事采取怎样的态度。但是，我不想还好，我越想就越愤怒。对你的愤怒，对我自己的愤怒。书培，我怎么会把你教育成这种典型？你简直把你的父亲看成没有灵性、不懂爱情的老顽固！你居然不敢面对我，说一句：

"我爱采芹，我要采芹，你同意，我娶她！你不同意，我也娶她！"

书培，你好没个性，好没骨气。我真不懂采芹怎么会爱你！可是，儿子呵，我真谢谢你没有这样做，如果你真敢这样做，你就失去你的父亲了。你也了解这一点的，是不是？你知道我就是那样一个老顽固的，是不是？所以，你宁可独自一个人在矛盾和苦恼中去煎熬了？你既无法抛下采芹，你又无法抛下老父。孩子，你岂不太苦？岂不太苦？

你该谢谢采芹的。短短半小时的会面，她征服了我。天知道，我仍然不喜欢她的家庭、父母、哥哥……可是，如果今年暑假，你不把她带到我面前来，你不和她好好地完成"佳礼"，我是不会原谅你的！永远不会原谅你的！

信已经写得太长了，我不再多说了。如果你还有什么不了解的地方，去问采芹吧！

祝健康

父字

又及：采芹和我谈到那张画像里的彩霞，她曾说，那是黄昏的彩霞，因为黄昏后就是黑夜。请代我转告她，黄昏的彩霞和清晨的彩霞都是一样的。反正，那是你们的"彩霞"。对一对真心相爱、终身相守的情侣来说，不但要共有"朝朝"，而且要共有"暮暮"！

　　书培一口气念完了这封信，忽然发现自己满脸都是泪水，他把头埋在膝上，让泪水一直涌出来。心里的浓雾却在慢慢地散开，散开，散开……这就是原因了！原来父亲来过了！这就是那个早晨所发生的事：先是自己留了那张混账条子给她，然后父亲来了。于是，他的压力，父亲的压力，殷振扬的压力……他们合力把她逼走了！这就是燕青所说的压力了！这就是了！

　　他举起那封信，忽然把自己的嘴唇紧压在那信笺上。爸爸啊！你不是老顽固，你不是！你不是！你比我更懂"爱情"啊！你在半小时里已经体会出采芹对我的爱，我却在十几年的相处后还不了解！该死的乔书培！你既不如父亲，你也不如燕青，他们都知道采芹不会移情别恋，只有你这个荒唐的白痴，才会认为她会舍你而去！

　　可是，采芹在哪儿？采芹在哪儿？采芹在哪儿？

　　抓起了那封信，跳起身子，他冲出了房门。找采芹去！找采芹去！找采芹去！他全心灵、全意志、全思想、全感情都在呐喊着：找采芹去！

第
二
十
四
章

采芹在医院里已经躺了四天了。

这是第四个晚上了，关若飞在病床前来来回回地踱着步子，一面打量那躺在床上，毫无生气的采芹。盐水针已经停止注射了，但是，采芹的脸色仍然和被单的颜色一样白。在那床头柜上，晚上送来的食物盘，依然一动也没动。采芹的眼睛睁着，迷迷蒙蒙地看着窗子，她似乎在想着什么，在沉思着什么，或在回忆着什么。总之，她心中有两扇门，关若飞几乎可以看到，那两扇门正紧紧地关闭着，不让外界任何的力量闯进去。

终于，关若飞停止了踱步，他一下子就停在采芹面前，直瞪着采芹，他下决心地开了口：

"采芹，你听我说！"

采芹受惊地把眼光从窗玻璃上收回来，落在他脸上，她眼底有着疑惑和询问的神色。

"你在医院已经躺了四天了！"他说，"你是不是一辈子预备在医院里躺下去了？"

采芹闪动着睫毛，嘴唇轻轻翕动了一下，吐出了几个模糊的字：

"我会好起来。"

"你会好起来？"关若飞吼着，他忽然冒火了，在床前的椅子上坐下，他直瞪着她，生气地、大声地说，"你怎么样好起来？你什么都不吃！自从进医院，你就靠生理盐水和葡萄糖在维持着！看看你的手腕，"他将起她的衣袖，注视着那瘦削的胳膊，整个胳膊上都又青又紫，遍是针孔，"医生说，已经没有位置可以再注射了。你为什么不吃东西？你安心要自杀是不是？我真……"他咬牙切齿，"我真窝囊透了！我真想把你丢在这里，再也不要管你了！"

她凝视着他，乌黑的眼珠里有着真诚的歉意。

"对不起，关若飞。"她温柔地低语，"我知道我对不起你！"

"你知道？"他挑高了眉毛，声音压低了，"你知道你什么地方对不起我？"他问。

"太多了！"她低叹着，"我连累你在医院里耽误时间，我让你操心，我使你无法工作……"

他摇头，对她深深地摇头，拼命地摇头。

"都不是！你最气我的是那个晚上，乔书培来的那个晚上！你凭什么把我拖出来当挡箭牌？你凭什么让那小子误会我是你的爱人？"他用手扶住她的下巴，紧盯着她的眼睛，"知道吗，采芹？我一点都不喜欢我扮演的角色，你让我窝囊透了！我越想越窝囊，越想越生气。我不知道你为什么要离开那家伙，但是，我比你更清楚，你绝不是为了我！哈！"他回忆着，"那笨蛋居然把你'给'了我，他走得真漂亮！他妈的！"他忽然冒出一句粗话，又对自己的粗话下了一个注解，"这三个字是从殷振扬那儿学来的。他妈的！"他提高了声音，"我告诉你，那个乔书培'真'是走得漂亮，他对殷振扬讲的那几句话，我简直想为他鼓掌。真要命！采芹，你为什么不爱一个平凡一点的家伙，让我还能保持一点优越感！甚至可以自欺欺人地说服自己，你真的是爱上了我才不要他？"

采芹望着他，他这几句话竟说得她眼睛发亮。他知道她的眼睛是为乔书培而闪亮，他心中酸楚，却也为她的病情萌出了希望。进医院四天以来，这是第一次他看她眼里又冒出生命的光华。

"我们办个交涉好不好？"他柔声低语，"让我去把他找来，你们有任何误会，都可以当面说说清楚！"

她惊跳，脸色顿时变得更白了，眼底的光华在一刹那间全部消失，她神经质地一把抓住床栏杆，试着要坐起来，她挣扎着，喘着气说：

"你敢去找他来，我马上跳楼！"

她的神情把他吓住了，她那样认真，那样严重，显然绝非虚辞恐吓。他慌忙伸手压住了她，急促地说：

"好了，好了，你躺好，我是说着玩的！"

她躺平了，悲哀地看着他。

"关若飞，你并不想要我？"她凄楚地问。

"我不是不想要你，采芹，"他悲哀而坦白地回答，"你和我一样清楚我多想要你，不过，我要的不是你的躯体，是你的心。而现在……我比以前更了解你了，采芹，我——不能要你。”

她软弱地叹口气，居然笑了，那笑容又寂寞又凄凉。

“我懂。”她低低地说，“你不是《飘》里的白瑞德。”

“绝不是！”他同意地说，从餐盘里拿起一杯橘子汁，“喝一点水果汁，好吗？你一定要试着吃东西！”

她再叹口气，顺从地说：

“好吧，我试试看！”

他扶起她的头，把杯子凑在她的唇边，她勉强地喝了一口。立即，她又呛又咳又吐又喘起来，吓得他慌忙按铃叫护士。她大吐特吐，脸由苍白而涨得通红，护士扶着她，让她吐个痛快。她胃里根本没有东西，吐出来的全是清水。好半天，她才平静了，浑身全被汗水湿透了。护士换掉了被单和弄脏的枕头衣物，对关若飞说：

“等一会儿，你再试试看。如果还是不能吃，我们只有再注射葡萄糖。”

“不要再注射了！”她悲哀而痛苦地在枕上摇头，“我怕那针管，那瓶子，不要再注射了。”

“可是，”关若飞叹着气说，“你要吃啊！你为什么不能吃呢？你——”他瞪着她，跺跺脚，“要命，你只是没有生存的意志而已！你潜意识里抗拒食物，你根本不想吃东西，你根本就——他妈的不想活了。”

她疲倦地闭上了眼睛：

“不要跟着哥哥说脏话。”她低语，经过这样一折腾，累得浑身骨头都要散掉了。

病房门被推开了，殷振扬大踏步地跨了进来，仍然满脸笑嘻嘻，一副趾高气昂、得意万分的样子：

"好消息，好消息！"他嚷着，"关若飞，我找到工作了。那老板居然信任我开车，其实，别的技术不行，我的驾驶技术是第一流的！他妈的，开计程车，算我殷振扬今天是落魄了！不过，总比靠妹妹养好些！真他妈的！"他看到采芹了，"怎么，"他愕然地说，"这家医院不行啊？你怎么越治越糟糕了？"

关若飞一把拉住了殷振扬，说：

"你别大吼大叫，让她休息一下，我们到外面去谈谈！"他把殷振扬拉到病房门外。

门外是走廊，有长沙发供人休息，他们在沙发上坐了下来，殷振扬的脸色变了。

"怎么？"他低声问，"她到底是什么病？送进医院来的时候，医生不是说没什么要紧，只是贫血和疲劳过度，休息两天就可以出院吗？怎么现在更瘦了？脸色更坏了？怪不得我妈说，有病千万别住医院，一住医院，就没病变小病，小病变大病，大病翘辫子……"

"喂喂喂，"关若飞说，"你讲点吉利话行不行？"

殷振扬慌忙住了口。

"我今天和医生详细谈过了，"关若飞说，"她身体上确实没什么很严重的病，但是，四天来，她什么都不吃，只要勉强她吃东西，她立刻吐得天翻地覆。医生说，她在潜意识地抗拒生存，换言之，她在下意识地自杀。医生要你同意，如果明天情况还不能改善，要把她转到台大精神病院去。"

殷振扬张大了嘴。

"为什么要我同意？"他问。

"因为你是她唯一的亲属。"

殷振扬怔了几秒钟，然后，他重重地一拍大腿，从椅子上直跳起来，嚷着说：

"医生不知道她的病根，我知道！你别急，我去把那个他妈的乔书培找来，保管她百病全消！你不要吃醋，老实告诉你，我这个妹妹从六岁起就爱上了那个家伙，爱得个天翻地覆死去活来……只有他有办法，我找他去！"他往外就冲。

关若飞一把拉住他，把他拖了回来。

"你慢一点！"他急急地说，"你不要操之过急，说不定弄巧成拙。我刚刚已经向她示意过了，我说要把乔书培找来，谁知我不提乔书培还好，一提到他，采芹就眼睛发直，神色大变，跳起来说要跳楼……我看，找乔书培也没用，搞不好，反而会送掉她的命！"

殷振扬的眼光直射在走廊的尽头。

"不找也不行了。"他喃喃地说，"他自己找了来了！"

"谁？"关若飞惊愕地抬起头。

"除了乔书培还有谁？"

是的，乔书培来了，他正从走廊的那一头，急急地直冲过来，他满头大汗，脸色发青，下巴上全是胡子楂，满头乱发，一脸的憔悴和焦灼，眼睛里布满了血丝，手里紧握着一封信，他一下子就停在关若飞和殷振扬面前了。

"她……她……她怎样了？"他结舌地、惊悸地、恐慌地问。

"不太好。"关若飞摇了摇头，直视着他。

乔书培往病房里就冲，关若飞把他一把拉住。

"不要进去！"他警告地说，"你会杀掉她！"

他站住了，面无人色。

"她到底怎样了？"

"她不想活了！"殷振扬插口说，他说得简单而明了，"四天以来，她什么东西都不能吃，吃什么吐什么，医生说要送精神病房。她也不要见你，听到你的名字她就要跳楼。"

乔书培怔在那病房门口，一动也不动地呆立着。半晌，他一咬牙，又往病房里冲去，关若飞立刻拦在房门口，对他深深摇头，严肃而诚挚地说：

"当心，乔书培，她不能再受任何刺激，你这一进去，说不定会造成不可收拾的后果。你最好想想清楚，你有把握能唤回她生命的意志吗？"

乔书培静静地瞅着关若飞，他的眼睛发红，声音沙哑：

"如果连我都无法唤回她生命的意志，恐怕就再也没有人能唤回了，是不是？"

"是。"关若飞简洁地说，"但是，别忘了，造成她这种局面的也是你！"

有个护士捧着一盘食物走过来了，食物盘里是一碗藕粉，一杯牛奶，她看看拦在病房门口的三个男人。

"请让一让！"她说。

乔书培回过神来，他盯着那食物盘。

“你们不是说，她什么都吃不下去吗？”

“是呀！”护士小姐接了口，“可是，总得试着让她吃呀！再不吃怎么行呢？铁打的人也禁不起饿呀！”

乔书培死盯着那食物盘，心底有根细细的线，在猛然抽动，他从某种记忆底层的痛楚里，蓦然惊觉过来：

“交给我！”他说，接过食物来，他注视着护士，眼光闪烁，“她能吃水果汁吗？”

“她能吃任何东西，只要她吃了不吐出来！”

乔书培飞快地把食物盘放在关若飞手上，飞快地说了句：

“你帮我拿一拿，我马上就来。”

他飞快地转过身子，飞快地奔向楼梯，飞快地消失了身影。关若飞和殷振扬面面相觑，殷振扬喃喃地说了句：

“糟糕！我看这个人也要送精神病院！”

乔书培回来了，手里握着杯水果汁，黄黄的，像蜂蜜般的颜色，他把那杯水果汁放在餐盘中，把手里的几张皱皱的信笺竖在杯子上，他细心地布置那餐盘，好像他要画“静物”画似的。关若飞和殷振扬再面面相觑，谁也不知道他在做什么。终于，他战战兢兢地捧着那餐盘，走进了病房。关若飞和殷振扬情不自禁地跟在他后面。

他径直走向病床。采芹正合目而卧，苍白瘦削得几无人形。听到脚步声，她连眼皮都没动一动。

“采芹！”他低哑地说，“我给你送东西来吃了！”

她如遭雷击，整个人都惊跳了起来，迅速地，她睁开了眼睛，死瞪着他，震颤着说：

"他们还是把你找来了！我说过不要见你，我说过！"

"不是他们把我找来的，"他镇静而低沉地说，喉咙发紧，眼眶发热，声音却坚定而清晰，"是我自己找来的。我一个晚上跑了好多地方，我先去'喜鹊窝'，他们说你四天没上班，我再去'绿珊瑚'，他们也说你四天没来，叫我去'梦湖'咖啡厅试试，我又去了'梦湖'，又没找到，我再折回到'喜鹊窝'，有个小弟才告诉我，你那天晚上晕倒了，他曾经帮关若飞叫计程车送你到中华开放医院来，于是，我就赶到医院里来了！"

她死死地瞪着他，似乎在竭力地自我挣扎，然后，她就蹙紧眉头，用力闭上了眼睛。

"你还找我干什么？"她的声音里夹杂着深切的痛楚，"我已经不是你的了，我也不想再见到你！"

他在床前的椅子里坐了下来，手里还端着那个托盘。

"我在医院门口买到一杯甘蔗汁。"他低声说，声音好柔好细好深沉，"你知道甘蔗汁涨价了吗？要六块钱一杯了。我找了半天，只找到三块钱，我说——我买半杯吧！他居然给了我一满杯……"他的声音哽住了，"你瞧，这还是一个有人情味的世界，是不是？"

采芹不由自主地睁开了眼睛，泪水疯狂地从眼角流下去，濡湿了她的头发，她吸着鼻子，挣扎着说：

"你……不要这样子，你……把我弄哭。"

"对不起，"他也吸着鼻子，"你是要先和我共饮一杯甘蔗汁，还是先看一封信？"

"一封信？"她愕然地问，"什么信？"

他把信笺竖在她眼前，让她去念那上面的字迹，她努力张大眼睛，集中视线，吃力地去看那文字，只看了两段，她已经喘不过气来了：

"不行，我看不清楚，你念给我听！"

"好。"他把托盘放在桌上，拿起那封信，他开始低声地、仔细地、清晰地念着那封信，她一动也不动地躺着，一瞬也不瞬地盯着他。他终于把那封信念完了，包括那段"又及"：

"采芹和我谈到那张画像里的彩霞，她曾说，那是黄昏的彩霞，因为黄昏后就是黑夜。请代我转告她，黄昏的彩霞和清晨的彩霞都是一样的。反正，那是你们的'彩霞'。对一对真心相爱、终身相守的情侣来说，不但要共有'朝朝'，而且要共有'暮暮'！"

他放下信笺，注视着采芹。采芹那含泪的眸子，闪亮得像天际的星辰，她整个面庞，都绽放着无比美丽的光彩。她嘴里喃喃地背诵着：

"对一对真心相爱、终身相守的情侣来说，不但要共有'朝朝'，而且要共有'暮暮'！"她大大地喘了口气，望着书培，喜悦而崇拜地叫着，"哦，书培，他是个多么伟大，多么伟大的父亲啊！"

书培含泪凝视她。

"我只有一点点怀疑……"

"怀疑什么？"

"他会不会嫌你这个儿媳妇太瘦了！"

"哦！"她叫，热烈地握住他的手，"给我那杯甘蔗汁！我又饿又渴！我要好起来，我要马上好起来！"

他捧住那杯甘蔗汁，扶起她的身子，望着她如获甘霖般，一口气喝了下去。她没有呕吐，她一点也没有呕吐。他的眼睛湿漉漉的，怜惜地、专注地、深切地停在她的脸上。

关若飞悄悄地拉了拉殷振扬的衣袖，这间房间里，再也不需要他们两个人了。不受注意地、轻轻地，他们退出了房间，带上了房门。

采芹和书培没有注意任何人的来往和离去，他们只是那样深深地含泪相视，两人的眼光紧紧地交织着，彼此注视着，彼此研究着，彼此吞噬着，彼此包容着……一任时间静静地流逝。

窗外，黑夜正慢慢隐去，彩霞飞满了整个天空。

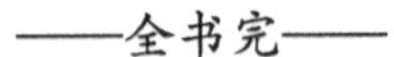

——全书完——

一九七八年四月十七日黄昏初稿完稿

一九七八年五月十一日黄昏初度修正

一九七八年八月七日再度修正

（京权）图字：01-2024-1729

图书在版编目（CIP）数据

彩霞满天 / 琼瑶著 . -- 北京：作家出版社，2024.10
（琼瑶作品大合集）
ISBN 978-7-5212-2891-5

Ⅰ.①彩⋯　Ⅱ.①琼⋯　Ⅲ.①长篇小说-中国-当代
Ⅳ.①I247.5

中国国家版本馆 CIP 数据核字（2024）第 101105 号

彩霞满天

作　　者：琼　瑶
责任编辑：王　昉
装帧设计：棱角视觉　纸方程·于文妍
出版发行：作家出版社有限公司
社　　址：北京农展馆南里 10 号　　　　邮　　编：100125
电话传真：86-10-65067186（发行中心）
　　　　　86-10-65004079（总编室）
E-mail: zuojia@zuojia.net.cn
http://www.zuojiachubanshe.com

字　　数：199 千
印　　张：9.375
版　　次：2024 年 10 月第 1 版
印　　次：2024 年 10 月第 1 次印刷
ISBN　978-7-5212-2891-5
定　　价：42.00 元

品 琼 瑶 经 典

忆 匆 匆 那 年